Margot Käßmann • Joachim Wanke (Hg.)

Bei uns alle Tage

»Den Spuren Christi folgen« Wappenspruch von Joachim Wanke

»Du stellst meine Füsse auf weiten Raum« Wahlspruch von Margot Käßmann (Ps 31,9)

Margot Käßmann • Joachim Wanke (Hg.)

Bei uns alle Tage

Das Matthäusevangelium als Jahresbegleiter

Mit Aquarellen von
Andreas Felger und
Auslegungen von
Bruder Franziskus Joest

FREIBURG · BASEL · WIEN

© Verlag Herder Freiburg im Breisgau 2004
www.herder.de
Alle Rechte vorbehalten

Grafik und Gestaltung:
Sabine Golde, Leipzig

Umschlagmotiv und alle Abbildungen im Innenteil:
Aquarelle von Andreas Felger
© Präsenz Verlag, 65597 Hünfelden
www.praesenz-verlag.de

Biblische Texte sind in der Regel wiedergegeben
nach der Einheitsübersetzung der Heiligen Schrift
© 1980 Katholische Bibelanstalt Stuttgart
und nach der Lutherbibel, revidierter Text 1984,
durchgesehene Ausgabe in neuer Rechtschreibung
© 1999 Deutsche Bibelgesellschaft Stuttgart

Gedruckt auf umweltfreundlichem,
chlor- und säurefrei gebleichtem Papier
Printed in Italy

ISBN 3-451-28490-1

BEI UNS ALLE TAGE

Warum eigentlich hat uns die junge Kirche vier Evangelien überliefert? Im Wesentlichen berichten doch alle Evangelien vom Leben und Wirken Jesu, von seinem Sterben und Auferstehen. Es hat schon sehr bald in den ersten Jahrhunderten des Christentums Versuche gegeben, aus den vier Evangelien ein einziges zu machen, gleichsam eine Evangelienharmonie. Aber diese Versuche haben sich nicht durchgesetzt. Es war zu spüren, dass es ein Verlust wäre, nicht mehr die charakteristische Stimme des jeweiligen Evangelisten zu vernehmen. Matthäus, Markus und Lukas und auf nochmals eigene Weise Johannes stellen das Jesusereignis in ein je unterschiedliches Licht. Sie bringen besondere Perspektiven des Heilsgeschehens zur Geltung, die für den christlichen Glauben bleibend von Bedeutung sind.

Die Überschrift dieses Jahresbegleiters mit dem Matthäusevangelium bringt dieses besondere Profil des ersten Evangeliums gut zum Ausdruck. Hier wird von Jesus Christus als dem berichtet, der bei den Seinen bleiben will »alle Tage bis zum Ende der Welt«, wie es betont am Schluss des Evangeliums heißt (vgl. Matthäus 28,20). Und schon am Anfang stellt der Evangelist Jesus vor als den »Immanuel«, also als denjenigen, in dem Gott mit uns ist und mit uns bleibt (vgl. Matthäus 1,23).

Wer das Matthäusevangelium heute liest, ist den von Jesus berichteten Worten und Taten ebenso nahe wie Christinnen und Christen am Ausgang des ersten Jahrhunderts, als der Evangelist seinen Bericht aus verschiedenen Quellen zusammenstellte. Die im Evangelium zusammengefasste Botschaft des Heiles überspringt Zeit und Raum. Sie stellt jede Generation neu vor die Frage: »Für wen halten die Leute den Menschensohn?« (Matthäus 16,13). Bleibt Jesus ein Weisheitslehrer der Menschheit, von denen es viele gibt, oder ist er der »Menschensohn« schlechthin, der von Gott gekommen ist und der im Endgericht zu retten vermag?

Was am Matthäusevangelium auffällt, ist die zuversichtliche missionarische Einstellung. Hier schreibt einer, der schon über Israel hinaus auf alle Völker als mögliche Adressaten der Verkündigung schaut. Dabei verfällt der Evangelist durchaus nicht der nahe liegenden Gefahr, sich triumphalistisch zu gebärden. Im Gegenteil: Die Jünger Jesu werden sehr drastisch angefragt, ob sie wirklich mit ihrem Bekenntnis zu Jesus Ernst machen. »Nicht jeder, der zu mir sagt: Herr, Herr!, wird in das Himmelreich kommen, sondern nur, wer den Willen meines Vaters im Himmel erfüllt« (Matthäus 7,21). Der Glaube an Jesus muss zum Gehorsam gegenüber dem Willen Gottes werden. Im Alltag des Lebens soll sich der Glaube als echt erweisen. Der Evangelist legt größten Wert nicht nur auf das Gottvertrauen, den Glauben, sondern auch auf die Praxis, auf das Tun, denn danach werden wir einmal, wie das große Gerichtsgleichnis (Matthäus 25) besagt, gerichtet. Und zur Überraschung der Frommen werden dann auch die »Anderen«, die Fremden, die Nichtchristen ihren Platz im Reich Gottes bekommen (vgl. auch das Lob, mit dem Jesus den heidnischen Hauptmann von Kafarnaum bedenkt, Matthäus 8, 5–13).

Das Matthäusevangelium ist kein harmloses Erbauungsbuch. Wer sich ernstlich mit seiner Botschaft auseinandersetzt, wird zu einer Lebensentscheidung gedrängt, die alles im Leben in ein neues Licht taucht. Die Nachfolge Jesu ist auch kein Spaziergang. Sie verlangt Umkehr und Neuorientierung. Aber es gibt ernstlich keine Alternativen für diesen Lebensgewinn, der sich dort einstellt, wo in der Schule Jesu das existentielle »Loslassen« eingeübt wird. »Wer sein Leben retten will, wird es verlieren; wer aber sein Leben um meinetwillen verliert, wird es gewinnen« (Matthäus 16,25).

Die Wahrheit dieser paradoxen Aussage erweist sich allein im Vollzug. Wer im tiefen Wasser schwimmen will, der muss zuvor alle Sicherungen loslassen. Nur so lässt sich erfahren, dass man auch in der Tiefe vom Wasser getragen wird. Wer nicht bereit ist, sich – wie etwa bei einer Bergbesteigung vom Kletterseil – binden zu lassen, wird keine Höhe gewinnen und kaum auf den Gipfel gelangen. Christliche Existenz ist ein Mitgehen mit Jesus zum »Vater im Himmel«. Jesus bleibt darin immer der Meister, der uns vorangeht – und wir sind immer, bis in das Sterben hinein, seine Schülerinnen und Schüler.

Wir sind freilich auf diesem Weg der Nachfolge Jesu nicht allein. Wie kein anderes Evangelium nimmt Matthäus schon die Kirche, die Gemeinschaft der Glaubenden in den Blick. Die Jesus nachfolgen, bilden eine Gemeinschaft, die als solche für alle Zeiten und Generationen zum »Salz der Erde« und zum »Licht auf dem Leuchter« werden soll (vgl. Matthäus 5,13f). Das sind Bildworte Jesu, die auch in unserer Zeit noch unmittelbar ansprechen. Daran muss sich die Christenheit auch heute messen lassen.

Einen Ratschlag zum Schluss: Machen Sie es sich zur Gewohnheit, längere Passagen des Evangeliums auch bei privater Lektüre laut zu lesen. Wir werden so aufmerksam auf Schlüsselworte, auf Textverklammerungen, auf sprachliche »Signale«, mit deren Hilfe der Evangelist uns Hilfestellung zum Verstehen geben will. Wer sich hier geduldig und beharrlich »einhört«, wird bald die charakteristische Stimme des ersten Evangelisten von denen der anderen unterscheiden können.

Wir wünschen Ihnen reichen geistlichen Gewinn mit dem Matthäusevangelium als Jahresbegleiter!

8	Matthäus lesen	Bruder Franziskus Joest

14	Januar: Die Zeichen deuten	MATTHÄUSEVANGELIUM 2,1–12
		Sehen, was ist · Margot Käßmann
		Salz fürs neue Jahr · Joachim Wanke

28	Februar: Fürs Leben lernen	MATTHÄUSEVANGELIUM 4,1–11
		Hunger nach Leben · Joachim Wanke
		Erziehung zum aufrechten Gang · Margot Käßmann

40	März: Der bittere Kelch	MATTHÄUSEVANGELIUM 26,36–46
		Sterbehilfe – Lebenshilfe · Joachim Wanke
		Sterbehilfe – Lebenshilfe · Margot Käßmann

54	April: Globalisierung	MATTHÄUSEVANGELIUM 28,16–20
		Frauen im Zeugenstand · Margot Käßmann
		Missionarische Kirche · Joachim Wanke

66	Mai: Grundgesetz	MATTHÄUSEVANGELIUM 5,1–12
		Die Seele des Rechts · Joachim Wanke
		Den Träumen nachspüren · Margot Käßmann

80	Juni: Aufs Ganze gehen	MATTHÄUSEVANGELIUM 5,21–48
		Bei uns alle Tage · Margot Käßmann
		Zukunftsinvestitionen · Joachim Wanke

94	Juli: Religiös – aber wie?	MATTHÄUSEVANGELIUM 6,1–18
		Gottverlassen? · Margot Käßmann
		Ausgezählt? · Joachim Wanke

106	August: Einsatz und Erfolg	MATTHÄUSEVANGELIUM 13,3–9.18–23
		Mehr als gerecht · Joachim Wanke
		Im Land der Ich-AGs · Margot Käßmann

120	September: Der Hauptgewinn	MATTHÄUSEVANGELIUM 13,31–33.44–46
		Glaube heilt · Margot Käßmann
		Gott begreifen? · Joachim Wanke

134	Oktober: Endstation Glück	MATTHÄUSEVANGELIUM 25,1–13
		Wartestand · Joachim Wanke
		Der Gewalt begegnen · Margot Käßmann

146	November: Liebe zählt	MATTHÄUSEVANGELIUM 25,31–46
		Vielleicht ist es wahr · Joachim Wanke
		Rechenschaft geben · Margot Käßmann

160	Dezember: Immanuel	MATTHÄUSEVANGELIUM 1,18–25
		Bilder der heiligen Familie · Margot Käßmann
		Die Familie Jesu · Joachim Wanke

173	Matthäustexte im Gottesdienst, Literaturhinweise, Bildquellen

MATTHÄUS LESEN   Bruder Franziskus Joest

Unter den vier Evangelien, die uns im Neuen Testament unter den Namen von Matthäus, Markus, Lukas und Johannes überliefert sind, nimmt das des Matthäus die erste Stelle ein. Es »ist nicht nur das gewichtigste judenchristliche Buch des Neuen Testamentes neben dem Hebräerbrief, sondern auch das bekannteste und wirksamste ... Evangelium« (Peter Stuhlmacher). Kein anderes Evangelium hat das Jesus-Bild der kirchlichen Christenheit so geprägt wie dieses. Es bewahrt die auf Matthäus und Petrus zurückgehende Jesus-Überlieferung und stellt zugleich ein Unterrichtswerk für die Jesus-Gemeinde dar, das seinen Stoff didaktisch geschickt aufbereitet. Die frühe Kirche hielt es für das älteste und zugleich für das würdigste, das königliche Evangelium.

Das Besondere des Matthäusevangeliums

Matthäus gehört zu den so genannten »Synoptikern«. Diese Bezeichnung soll andeuten, dass man in den ersten drei Evangelien besonders viele Parallelen findet, sodass man sie in einer »Zusammenschau«, griechisch: *Synopse*, nebeneinander schreiben kann.

Wenn die drei »synoptischen Evangelien« dasselbe berichten, aber jedes auf seine Weise, dann muss man natürlich fragen: Worin besteht die je eigene Weise der Evangelisten? Wenn sie hier oder da voneinander abweichen, worin besteht dann das Besondere, das an dieser Stelle hervorgehoben werden soll? Wenn sie an der einen oder anderen Stelle Ereignisse berichten oder Worte Jesu wiedergeben, die bei den anderen beiden ganz fehlen – man spricht dann vom »Sondergut« des jeweiligen Evangeliums –, worin liegt dann die eigene Akzentsetzung des Autors?

Ein Zeugnis für Juden und Judenchristen

Alle Apostel und die ersten Christen waren Juden. Die Ausrichtung des Matthäusevangeliums auf eine jüdische Leserschaft kann man zum Beispiel daran erkennen, dass es jüdische Bräuche nicht erläutert – deren Kenntnis setzt es bei seinen Adressaten offenbar voraus. Aramäische Wörter übersetzt es nicht – anscheinend werden sie von seinen Lesern verstanden. Dagegen wendet Matthäus große Mühe auf den Nachweis, dass in dem Geschehen mit und um Jesus die Verheißungen der Propheten für Israel erfüllt worden sind. Diese so genannten »Erfüllungszitate« – es sind genau zwölf, nach der Zahl der zwölf Stämme Israels – sind fast identisch aufgebaut und werden eingeleitet mit der beinahe stereotypen Formulierung: »Das geschah aber, damit erfüllt werde, was durch den Propheten gesagt wurde, welcher spricht ...«

Außerdem setzt sich Matthäus wie kein anderer Evangelist mit der Bedeutung der

Tora, des Gesetzes oder der Weisung Gottes an Israel durch Mose, auseinander. Das ist *die* Frage, die einen Juden bewegte. Schließlich hing daran sein ganzes Selbstverständnis als Israelit, sein Gottesverhältnis. Und schließlich war Jesus als Verbrecher gegen die Tora, wegen Gotteslästerung, dem römischen Gericht überliefert worden (Matthäus 26,65).

Jesus und die Tora Israels

Die »Gretchenfrage« aus Goethes Faust: »Wie hältst du's mit der Religion?« lautet für einen Juden: »Wie hältst du's mit der Tora?« Daher berichtet Matthäus – und nur er – die Worte Jesu: »Meint nicht, dass ich gekommen sei, Tora oder Propheten aufzulösen. Ich bin nicht gekommen, aufzulösen, sondern zu erfüllen« (Matthäus 5,17). Nur bei ihm finden wir den Ausspruch: »Wenn eure Gerechtigkeit nicht besser ist als die der Pharisäer und Schriftgelehrten, werdet ihr nicht in das Reich der Himmel kommen« (Matthäus 5,20). Jesus überbietet – nicht die Tora als solche, aber deren bisher übliche Auslegung. Sein »Joch« (ein geläufiges Bild für das Gesetz) ist sanft, seine Last, die er den Menschen auferlegt, ist leicht (Matthäus 11,30).

Matthäus setzt sich besonders scharf mit dem Judentum auseinander. Leider hat sich darauf später kirchlicher Antijudaismus berufen. Jesus-Worte wie diese: »Er wird den Bösen ein böses Ende bereiten und seinen Weinberg (ein gängiges Bild für Israel!) andern Weingärtnern verpachten, die ihm die Früchte zur rechten Zeit geben« und: »Das Reich Gottes wird von euch genommen und einem Volk gegeben werden, das dessen Früchte bringt« (Matthäus 21,41.43), sind oft so verstanden worden, als sei Israel »enterbt« und das Reich Gottes der Kirche übertragen worden – zu der in späteren Jahrhunderten keine Juden mehr, sondern nahezu ausschließlich »Heiden«, also Nichtjuden, gehörten.

Aber das ist nicht im Sinne des Matthäus. Er hat sein Volk nicht abgeschrieben. Er weiß sich berufen, ihm das Evangelium zu bezeugen. Aber er weiß auch darum, dass sich an Jesus und der Bedeutung seiner Person die Geister scheiden. Das macht er in aller Schärfe deutlich, nicht um seine Volksgenossen zu verwerfen, sondern um sie zu gewinnen. Die oben zitierten Jesus-Worte richten sich denn auch nicht gegen Israel als Ganzes, sondern deutlich gegen die Oberen des Volkes, gegen die Hohenpriester und die Pharisäer, die dem Volk seinen Glauben an Jesus ausreden und austreiben wollen (Matthäus 21,45).

Jesus und die Königsherrschaft Gottes

Von den Propheten, aber auch von der Erinnerung an das Königreich Davids her, ist das *eine* Thema des jüdischen Glaubens das Reich Gottes, Gottes Königsherrschaft über Israel, aber auch über die ganze Welt. Matthäus betont in besonderer Weise, dass in und durch Jesus diese Herrschaft ihren Anfang genommen hat. Wo zum Beispiel Markus und Lukas nur kurz berichten: »Jesus zog umher und predigte in ihren Synagogen« (Markus 1,39; Lukas 4,15.44), da sagt Matthäus ausdrücklich: »Und Jesus zog umher in ganz Galiläa, lehrte in ihren Synagogen und predigte das *Evangelium von dem Reich* und heilte alle Krankheiten und alle Gebrechen im Volk« (Matthäus 4,23). Mit demselben Satz rahmt er die ganze Bergpredigt und den ersten Bericht über die Heilungen Jesu ein. Damit macht er deutlich, worum es geht.

Für Matthäus ist das Evangelium ein »Evangelium vom Reich Gottes«, von Gottes Königsherrschaft (griechisch *basileia*, von *basileus*, das heißt: König), und Jesus ist es, der sie bringt, ja verkörpert. Entsprechend der jüdischen Ehrfurcht, nicht nur den in der Tora offenbarten Gottesnamen (»JHWH«, vgl. Exodus/2 Mose 3,14) nicht auszusprechen, sondern auch das Wort »Gott« zu umschreiben, spricht das Matthäusevangelium von der Königsherrschaft Gottes als vom »Reich der Himmel«.

Jesus, der Messias Israels

Matthäus bezeugt, dass Jesus der an Israel verheißene Messias-König ist, der dieses Gottesreich verkündet und verwirklicht. *Messias* ist hebräisch und bedeutet »der Gesalbte (Gottes)«; das war ein Königstitel in Israel. Übrigens ist unser Wort »Christus« nur die griechische Übersetzung davon. Wenn wir »Jesus Christus« sagen, bekennen wir Jesus als König der Juden, wie es ja auch auf seinem Kreuz geschrieben stand (Matthäus 27,37). Während das Lukasevangelium die Ankündigung der Geburt Jesu aus der Perspektive Marias erzählt, berichtet das Matthäusevangelium aus der Sicht des Josef. Als Nachkomme Davids war Josef für Matthäus besonders wichtig, weil durch ihn das Kind der Maria (das Evangelium setzt die Jungfrauengeburt voraus) juristisch gültig in den königlichen Stammbaum Davids eingegliedert wurde.

Jesus, der Messias für alle Völker

Wie Lukas stellt auch Matthäus einen Stammbaum Jesu an den Anfang, lässt ihn aber im Unterschied zu Lukas mit Abraham beginnen. In der Tora des Mose lautet die Verheißung an Abraham »In dir sollen gesegnet sein alle Völker« (Genesis/1 Mose 12,3). Für Matthäus hat sie sich in Jesus, dem Nachkommen Abrahams, erfüllt, dessen Evangelium allen Völkern verkündigt wird.

Nur Matthäus erzählt vom Zug der weisen Männer aus dem Osten nach Betlehem mit ihren königlichen Geschenken Gold, Weihrauch und Myrrhe (Matthäus 2,1–12) und unterstreicht damit die Bedeutung Jesu als König für alle Völker. Das »Evangelium vom Königreich Gottes« erfüllt die Verheißungen an Israel, aber es greift weit über diesen Bereich hinaus und meint die ganze Welt.

Jesus, der neue Mose

Vergleicht man das Matthäusevangelium mit dem Markus- oder Lukasevangelium, erkennt man schnell die Arbeitsweise des ersten Evangelisten: Er fasst seinen Stoff zu größeren Komplexen zusammen. So komponiert er Worte Jesu, die bei Lukas breiter gestreut sind, zu großen Rede-Einheiten. Vor allem fallen bei Matthäus fünf längere Reden Jesu auf: die »Bergpredigt« (Kap. 5–7), die »Aussendungsrede« (Kap. 10), die »Gleichnisrede« (Kap. 13), die »Gemeinderede« (Kap. 18) und schließlich die »Wehe- und Endzeitrede« (Kap. 23–25). Vielleicht sollen die fünf Reden an die fünf Bücher Mose erinnern. Damit charakterisiert Matthäus Jesus für die Israeliten als den »neue Mose«.

Die wichtigste Rede ist die so genannte »Bergpredigt« (Matthäus 5–7). Bis heute (Friedensbewegung!) steht sie im Mittelpunkt von Auseinandersetzungen darüber, wie weit die Lehre Jesu auch im öffentlichen und politischen Leben befolgt werden kann und soll. Im Rahmen des Matthäusevangeliums könnte man die Bergpredigt als so etwas wie das »Grundgesetz« der Königsherrschaft Gottes ansehen. Jesus legt in ihr die Grundsätze dar, die im Reich Gottes gelten.

Jesus, »Messias der Worte und der Taten«

Auch die Taten Jesu fasst Matthäus zu größeren Komplexen zusammen: Gleich nach der Bergpredigt berichtet er von zehn Wundern (nahezu alle sind Heilungen), die Jesus vollbracht hat (Matthäus 8–9). Nach jüdischer Überlieferung sollen beim Auszug aus Ägypten ebenfalls zehn Wunder geschehen sein (Anselm Grün). Wiederum erscheint Jesus als der »neue Mose«.

Jesu Lehre und Taten – damit entspricht Matthäus in seiner Schilderung des Wirkens Jesu jüdischen Vorstellungen vom Messias: Der Messias sollte ein Lehrer sein, und er sollte das Heil bringen, das untrennbar auch mit Heilung gekoppelt ist. Julius Schniewind hat die Begriffe »Messias des Wortes« und »Messias der Tat« geprägt. So möchte Matthäus Jesus zeigen. Er verkündet das Reich Gottes in Vollmacht, und seine Taten belegen sein Wort.

Gnade und Ethik im Matthäusevangelium

Matthäus verkündet die allem zuvorkommende Liebe Gottes und seine Gnade. Der Satz des Propheten Hosea »Barmherzigkeit will ich und nicht Opfer« (Hosea 6,6) findet sich im Mund Jesu bei Matthäus gleich zweimal (Matthäus 9,13 und 12,7).

Trotzdem haben protestantische Leser bei Matthäus manchmal ein zwiespältiges Gefühl. Enthält sein Evangelium nicht Sätze, in denen das Heil an Bedingungen geknüpft zu sein scheint – zum Beispiel in der Vaterunser-Bitte: »Vergib uns unsere Schuld, wie auch wir vergeben unseren Schuldigern« (Matthäus 6,12)? Aber diese Bitte findet sich auch in ähnlicher Form im Lukasevangelium (Lukas 11,4) und lässt sich nicht einfach auf die »private Theologie« des Matthäus abschieben; sie muss von Jesus selbst stammen.

Gott erlässt uns unsere Schulden. Das ist Evangelium, frohe Botschaft. An sie knüpft Jesus bei Matthäus die Aufforderung, die *Konsequenzen aus der erfahrenen Gnade* zu ziehen und die empfangene Liebe weiterzugeben. Ein zeitgenössischer protestantischer Theologe meint, »dass die vor allem an Paulus orientierte reformatorische Theologie sehr ungeübt ist, judenchristliche Argumentationen, die von der paulinischen Lehre abweichen, ernsthaft gelten zu lassen«, und er fährt fort: »Da die Lehre des Matthäus von der Jesustradition gedeckt ist, ist seine Darstellung nicht nur an Paulus, sondern auch Paulus an der seinen zu messen« (Peter Stuhlmacher).

Wer war der Autor des Matthäusevangeliums?

Eine alte Notiz, festgehalten von Bischof Papias von Hierapolis (etwa 130 nach Christus), besagt, dass der Apostel und Jesus-Jünger Matthäus »die Worte des Herrn in hebräischer Sprache zusammengestellt hat, und jeder übersetzte sie, so gut er konnte«. Dazu tritt der sicher alte Titel des Evangeliums, der Matthäus als Verfasser bezeugt. Für diese Zuschreibung spricht die Beobachtung, dass nur das Matthäusevangelium den Zöllner Levi mit Matthäus gleichsetzt (Matthäus 9,9; 10,3 vgl. Markus 2,14, Lukas 5,27). Das kann nur »Insider-Wissen« sein. Ferner spricht dafür das Interesse des Evangeliums am Volk Israel, der Tora des Mose und der Erfüllung der prophetischen Verheißung.

Einwenden könnte man, dass der Autor Quellen und vorgegebene Überlieferungen benutzt, wie der Vergleich mit dem Markus- und Lukasevangelium zeigt. Kann das Evangelium also überhaupt der persönliche Bericht eines Augenzeugen sein? Zudem ist das Buch in hervorragendem Griechisch abgefasst und macht keineswegs den Eindruck einer Übersetzung aus dem Hebräischen.

Die Zollstation, an der Levi-Matthäus nach der Erzählung des Evangeliums vom Ruf Jesu getroffen wurde, lag in unmittelbarer Nähe der großen hellenistischen Stadt Julias. Die griechische Sprache wäre also kein Hinderungsgrund, den Zöllner Levi-Matthäus als Autor anzuerkennen. Aber dann wäre die Notiz des Papias falsch, die behauptet, das Evangelium sei ursprünglich »hebräisch« geschrieben (womit wahrscheinlich die aramäische Umgangssprache Palästinas gemeint ist).

Eine andere Möglichkeit geht davon aus, dass ein Schüler des Matthäus dessen Berichte als Evangelium herausgegeben hat.

Wann und wo entstand das Matthäusevangelium?

Manche befürworten ein Datum nach dem Jahre 70, also nach der Zerstörung Jerusalems und der Verbrennung des Tempels. Dagegen sieht man neuerdings wieder deutlicher, dass Matthäus auf dieses traumatische Ereignis nicht detailliert eingeht, obwohl das doch die Worte Jesu hätte bestätigen können. Vermutlich war es eben doch noch nicht eingetreten, als das Evangelium geschrieben wurde (Robinson). Auch die Beobachtung, dass in keinem anderen Evangelium die *Sadduzäer*, die Partei der Tempelpriester, so oft erwähnt wird wie bei Matthäus, spricht dafür. Denn nach der Zerstörung des Tempels hatten die priesterlichen Sadduzäer ihre Bedeutung verloren und waren für die Gemeinde keine Gegner mehr – aus späterer Sicht hätten sie in ihrer Polemik keine Rolle zu spielen brauchen.

Man darf also mit einiger Vorsicht annehmen, dass das erste Evangelium zwischen 60 und 70 geschrieben wurde, womöglich von Matthäus selbst, vielleicht aber auch von einem seiner Schüler und Tradenten. Als Ort der Abfassung gilt allgemein der palästinisch-syrische Raum.

Bei uns alle Tage

Zu Beginn seines Evangeliums bezieht Matthäus die Prophezeiung des königlichen Kindes durch den Propheten Jesaja auf Jesus: »und sie werden ihm den Namen Immanuel geben« (Jesaja 7,14 nach Matthäus 1,23). An dieser Stelle übersetzt er: Immanuel heißt »Gott mit uns«. Dieselbe Formulierung wiederholt Matthäus im letzten Satz seines Evangeliums, wenn er Jesus sagen lässt: »Ich bin bei euch alle Tage bis an der Welt Ende« (Matthäus 28,20). Gott »mit uns« beziehungsweise »bei euch« (»mit« und »bei« sind im Griechischen dasselbe Wort *meta*) – das ist der Rahmen, den Matthäus um sein Evangelium legt. Er verkündet damit: Jesus ist »Gott bei uns«, der mit uns ist im irdischen Leben zu einer bestimmten Zeit an einem bestimmten Ort, immer und überall. Er wird es sein Ewigkeit.

Januar

DIE ZEICHEN DEUTEN

2,1 Als Jesus zur Zeit des Königs Herodes in Betlehem in Judäa geboren worden war, kamen Sterndeuter aus dem Osten nach Jerusalem **2** und fragten: Wo ist der neugeborene König der Juden? Wir haben seinen Stern aufgehen sehen und sind gekommen, um ihm zu huldigen. **3** Als König Herodes das hörte, erschrak er und mit ihm ganz Jerusalem. **4** Er ließ alle Hohenpriester und Schriftgelehrten des Volkes zusammenkommen und erkundigte sich bei ihnen, wo der Messias geboren werden solle. **5** Sie antworteten ihm: In Betlehem in Judäa; denn so steht es bei dem Propheten: **6** Du, Betlehem im Gebiet von Juda, bist keineswegs die unbedeutendste unter den führenden Städten von Juda; denn aus dir wird ein Fürst hervorgehen, der Hirt meines Volkes Israel. **7** Danach rief Herodes die Sterndeuter heimlich zu sich und ließ sich von ihnen genau sagen, wann der Stern erschienen war. **8** Dann schickte er sie nach Betlehem und sagte: Geht und forscht sorgfältig nach, wo das Kind ist; und wenn ihr es gefunden habt, berichtet mir, damit auch ich hingehe und ihm huldige. **9** Nach diesen Worten des Königs machten sie sich auf den Weg. Und der Stern, den sie hatten aufgehen sehen, zog vor ihnen her bis zu dem Ort, wo das Kind war; dort blieb er stehen. **10** Als sie den Stern sahen, wurden sie von sehr großer Freude erfüllt. **11** Sie gingen in das Haus und sahen das Kind und Maria, seine Mutter; da fielen sie nieder und huldigten ihm. Dann holten sie ihre Schätze hervor und brachten ihm Gold, Weihrauch und Myrrhe als Gaben dar. **12** Weil ihnen aber im Traum geboten wurde, nicht zu Herodes zurückzukehren, zogen sie auf einem anderen Weg heim in ihr Land.

DIE ZEICHEN DEUTEN

Die »heiligen drei Könige«
»Wir sind gekommen, ihn anzubeten« – das ist das Motto des Weltjugendtages 2005 in Köln, der Stadt, die sich rühmt, die Reliquien der Heiligen Drei Könige aufzubewahren. Dabei waren es nach Matthäus weder Heilige noch drei, noch Könige. Lediglich das Motto wird vom Evangelisten überliefert: »Wir sind gekommen, ihn anzubeten.« Was waren das für geheimnisvolle Leute, von denen Matthäus erzählt und aus denen die Volksfrömmigkeit drei heilige Könige mit Namen *Caspar*, *Balthasar* und *Melchior* gemacht hat und die als solche bis heute unsere Krippenfiguren ergänzen und bereichern?

Sterndeuter aus dem Osten
»Sterndeuter aus dem Osten« werden sie genannt. Für Juden schwang in dieser Bezeichnung nichts mit von Glanz und Pomp. Für sie galt die Regel: Wer nicht Israelit ist, der ist Diener der Planeten und des Sternkreises. Und das war eine abfällige Bemerkung! Heiden waren das, Ungläubige, Wahrsager, die den Geschöpfen huldigten anstelle des Schöpfers. In *ihrem* Land dagegen – unter dem »Osten« ist vermutlich das Zweistromland zu verstehen, wo schon seit den Tagen der Sumerer und Babylonier die Beobachtung der Gestirne gepflegt und zu beachtlicher Präzision entwickelt worden war –, in ihrem Land und zu ihrer Zeit waren sie vermutlich angesehene und geachtete Wissenschaftler.

Die Babylonier erwarteten seit alters einen Heilskönig aus dem Westen. Die Römische Geschichtsschreibung berichtet von einem gewissen Tiridates, einem »Magier-König« der Parther, der im Jahre 66 nach Christus zu Kaiser Nero nach Rom gezogen kam, weil die Sterne das Erscheinen des Weltkönigs angedeutet hatten. Die Männer bei Matthäus zogen nach Judäa. Vielleicht war im Osten das uralte Wort des Sehers Bileam noch nicht vergessen: »Ein Stern wird aufgehen aus Judas Stamm« (Numeri/4 Mose 24,17).

Der Geburtstern Jesu
Dieser Stern hatte sicherlich nicht acht goldene Zacken und einen gebogenen Schweif, wie ihn unsere Sternsinger heute mit sich führen. Aber muss er deshalb Legende sein? Seit langem gilt es als erwiesen – und neueste Untersuchungen haben diese Berechnungen bekräftigt –, dass im Jahre 7 vor Christus eine Planetenkonjunktion eintrat: Jupiter und Saturn begegneten sich im Sternbild der Fische und blieben lange in relativer Nähe zueinander (Ferrari d'Occhieppo). Das muss schon mit bloßem Auge zu sehen gewesen sein und war

sicherlich ein besonderes Schauspiel. Nun hatten aber die »Sterne« für die Alten eine besondere Bedeutung, sodass ihre Begegnung für sie einen Hinweis enthielt. Jupiter galt als der Königsstern, Saturn dagegen als Stern Palästinas. Auch das Sternbild der Fische wies nach Judäa. So konnte man aus der Konstellation die Botschaft herauslesen: In Juda ist ein neuer König erschienen.

Im Jahre 7 vor Christus soll Christus geboren sein? König Herodes spielt in der Erzählung des Matthäusevangeliums eine traurig herausragende Rolle: Er lässt nach dem Besuch der Weisen alle Kinder bis zum Alter von zwei Jahren töten. König Herodes starb allerdings im Jahre 4 vor Christus. Unsere Zeitrechnung beruht bis heute auf den im sechsten Jahrhundert angestellten Berechnungen des Mönches Dionysius Exiguus, der rückwirkend auf das Geburtsjahr Jesu schließen wollte. Wir dürfen davon ausgehen, das er in seiner Rechnung etwas zu kurz gegriffen hat.

Zweierlei Könige

In der Erzählung des Matthäus werden sowohl Herodes als auch der neugeborene Jesus Könige genannt. Doch welch ein blutiger Tyrann war der Erste! Herodes war kein Israelit, sondern Idumäer (Edomiter). Das war natürlich in jüdischen Augen ein erheblicher Makel. Er hatte in die makkabäisch-hasmonäische Königsfamilie eingeheiratet und anschließend alle Verwandten seiner Frau umgebracht, zuletzt sie selbst, ebenfalls um möglichst jede Konkurrenz für den Königsthron auszuschalten. Auch vor der Ermordung einiger seiner eigenen Söhne schreckte er nicht zurück. Natürlich wusste er von der Hoffnung Israels auf einen Messias, einen neuen König, der Frieden, Freiheit und Gerechtigkeit bringen sollte. Für ihn war das ein Albtraum, die große Angst seiner letzten Lebensjahre. Jede Regung der Hoffnung in Israel überwachte er ängstlich und zertrat rücksichtslos alle, die seiner Herrschaft hätten gefährlich werden können. Seine Furcht vor dem leicht erregbaren nationalen Bewusstsein der Juden erstickte er im Blut seiner Untertanen.

Merkwürdig: Die Schriftgelehrten wussten genau, wo der Messias geboren werden sollte, aber keiner ging hin. Die Fremden fanden den Weg. Die Grausamkeit des Herodes wird die Gelehrten in Bann gehalten haben. Er »fürchtete den kommenden Messias – Jerusalem hoffte auf ihn und fürchtete die Folgen der Angst des Herodes« (Grundmann). Oder waren sie zu stolz, um sich von diesen buchstäblich »dahergelaufenen« Heiden den rechten Weg weisen zu lassen?

Krippe und Kreuz

Nun erzählt Matthäus alles ganz schnell: Sie gehen, finden das Kind, fallen nieder und beten an. Dieses Auf-die-Knie-Fallen ist die Geste der Huldigung. So ehrte man den König oder den Kaiser, so huldigte man Gott. *Proskynese* nennen das die Griechen, Matthäus reserviert dieses Wort ausschließlich für die Huldigung Jesu: In der Erzählung von den Weisen und ganz am Ende des Evangeliums. Beim österlichen Abschied von Jesus auf dem Berg in Galiläa »fielen die Jünger vor ihm nieder« (Matthäus 28,17).

Auf diese Weise schließt Matthäus den ganzen Evangelienbericht ein in die Anbetung. Dieses Stilmittel des Evangelisten, *inclusio* genannt, »Einschluss«, wendet er ein zweites Mal an: Die Weisen suchen den »König der Juden«, und am Ende wird dieser Titel über dem Kreuz stehen: »Jesus von Nazaret, König der Juden« (Matthäus 27,37). Damit bezeugt Matthäus, wer der wahre König ist und wem wirklich Anbetung zukommt. Eine *inclusio* ist auch die Botschaft »Gott mit uns« zu Beginn und am Ende des Evangeliums (siehe Abschnitt »Matthäus lesen«).

Die ganze Welt an der Krippe

Die Weisen aus dem Osten holen ihre Schätze hervor und schenken dem Kind Gold, Weihrauch und Myrrhe. Das sind wertvolle Gaben, königliche Geschenke. In Psalm 72,10–11.15 lesen wir: »Die Könige von Tarschisch und von den Inseln bringen Geschenke, die Könige von Saba und Seba kommen mit Gaben. Alle Könige müssen ihm huldigen, alle Völker ihm dienen … Er lebe, und Gold von Saba soll man ihm geben!« Und in Jesaja 60,3.6 heißt es: »Völker wandern zu deinem Licht und Könige zu deinem strahlenden Glanz … Alle kommen von Saba, bringen Weihrauch und Gold und verkünden die ruhmreichen Taten des Herrn.« Diese Bibelstellen klingen im Bericht des Matthäus deutlich an. Zwar verzichtet er hier auf ein ausdrückliches Erfüllungszitat, aber jeder jüdische Leser muss den Zusammenhang zwischen diesen Schriftstellen und der von Matthäus erzählten Anbetung der Weisen verstanden haben. Vielleicht geht es darauf zurück, dass aus den Weisen in der Volksfrömmigkeit Könige geworden sind.

Matthäus jedenfalls macht dadurch deutlich, dass jetzt die Zeit gekommen ist, da alle Völker, vertreten durch die Weisen, den König der Welt finden und anbeten werden. Wenn sie in der Legende mit unterschiedlicher Hautfarbe versehen wurden, unterstreicht das nur, dass diese Pointe des Matthäus verstanden und bildhaft zum Ausdruck gebracht wurde.

Die Gaben der Fremden

Auch die drei Gaben haben die Fantasie der Ausleger beschäftigt. In der frühen Kirche sah man im Gold einen Bezug auf die messianische Königswürde Jesu, im Weihrauch einen Hinweis auf seine göttliche Natur und in der Myrrhe (ein bitteres Gewürz) einen Bezug zu Jesu Leiden. Zeitgenössische Erklärungen sehen Hinweise auf das, was wir selbst zu bringen haben: Das Gold versinnbildlicht unsere Liebe, der Weihrauch unsere Sehnsucht und die Myrrhe unser Leiden (Anselm Grün). All das darf ich zu Jesus bringen und darauf vertrauen, dass er es annimmt und verwandelt.

Matthäus hatte solche Deutungen wahrscheinlich nicht im Auge (was ihnen ihre Berechtigung allerdings nicht nimmt). Er selbst wollte bereits ganz zu Beginn seines Evangeliums einen Hinweis darauf geben, dass sich an Jesus die Geister scheiden. Wenn es bei Lukas heißt, dass »dieser gesetzt ist zum Fall und zum Aufstehen vieler in Israel« (Lukas 2,34), oder wenn Johannes schreibt: »Er kam in sein Eigentum, aber die Seinen nahmen ihn nicht auf« (Johannes 1,11), so zeigt Matthäus dieselbe Wahrheit auf seine Weise: Die Heiden werden von Gott zu Jesus geführt und beten ihn an, aber sein eigenes Volk erkennt ihn nicht, ja sein König versucht gar, ihn umzubringen. Diese Spannung steht von Anfang an über dem Leben Jesu.

Sternwärts – heimwärts

»Gott aber führt die Weisen auf einem anderen Weg zurück in ihr Heimatland.« Diesen abschließenden Satz darf man auch in Bezug auf unsere inneren Wege verstehen. Mögen meine Wege nach Hause andere sein als vorher. Mögen wir anders gehen, als wir gekommen sind. Die Begegnung mit Jesus Christus hat Kraft zu dieser Veränderung.

JANUAR

SEHEN, WAS IST

Margot Käßmann

Lebenswüste Spaßgesellschaft

Unsere Gesellschaft ist darauf angelegt, nicht allzu tief nachzudenken. Wir sollen und wollen nicht innehalten, nachfragen, in uns gehen. Nein, wir sollen und wollen shoppen und Spaß haben und fernsehen. Wenn es heißt, wir müssten jetzt auch noch an den Sonntagen einkaufen können, um uns zu entspannen, könnte ich einen heiligen Zorn kriegen und sagen: Eines Tages werdet ihr am Konsum ersticken! Natürlich habe ich auch gern Spaß, finde Entspannung überhaupt nicht negativ. Nur müssen wir uns doch fragen, wo unser Leben sinnvoll ist und wo wir wirklich am Sinn vorbeigehen. Wo erliegen wir den Versuchungen der Konsum- und Fernsehwelt? Wo rennen wir wie im Hamsterrad in Teufelskreisen herum? Wo bieten wir Steine an statt Brot? In welchen Lebenswüsten befinden wir uns?

Die Versuchung Jesu

Jesus wusste etwas von Verführbarkeit, er hat selbst gerungen mit den Stimmen, die uns etwas einreden wollen. Das Matthäusevangelium erzählt davon gleich zu Beginn: »Da wurde Jesus vom Geist in die Wüste geführt, damit er von dem Teufel versucht würde« (Matthäus 4,1). Jesus selbst hat Hunger, und der Teufel provoziert: Als Gottes Sohn könntest du doch Steine zu Brot machen! Da würde wohl jeder in die Knie gehen, dessen ganzer Körper nach Brot schreit, jede, deren Kinder hungern. Aber Jesus erkennt: Der Teufel will doch nicht den Hunger stillen. Nein, der Teufel will Abhängigkeit, Unterwerfung. Jesus antwortet: »Der Mensch lebt nicht vom Brot allein, sondern von einem jeden Wort, das aus dem Mund Gottes geht« (Matthäus 4,4). Nein, nicht von irgendetwas, von Gottes Wort lebt der Mensch. Gottes Wort, das sind eben nicht nur Buchstaben, sondern das meint Lebenszusage und Lebensfülle. Das meint den Sinn des Lebens ergreifen und mit frohem Herzen mitten in der Welt stehen.

Jesus haut nicht mit der Faust auf den Tisch, um als starker Mann sozusagen den Teufel auszutreiben mit Gewalt. Jetzt aber mal Klartext reden, und dann ist der Unfug beendet! Oder: Mit Krieg gegen Terrorismus und Schurkenstaaten die Weltprobleme bereinigen! Nein, zu solcher Kraftmeierei neigt Jesus nicht. Sie erweist sich ja auch ganz schnell als Illusion. Jesus lässt sich die Perspektive nicht vom Teufel vorgeben. Vielleicht kann den Teufelskreis nur durchbrechen, wer nicht auf den Teufel starrt, sondern auf Gott schaut?

Glaube als Accessoire

Ich denke, wir müssen zuallererst aufpassen, dass wir unseren Glauben nicht zu einem netten Accessoire in unserem Leben machen. Das meine ich im wahrsten Sinne des Wortes! Da schickt mir ein Versandhaus die besten Tipps für Weihnachtsgeschenke – Ende Oktober übrigens –, und da gibt es doch tatsächlich zwei ganze Hochglanzseiten über das »Trendobjekt Kreuz«. Ob Supermodels oder Schauspiel-Stars: Keine möchte laut Prospekt auf das »Trendobjekt Kreuz« verzichten. »Was Trendsetterinnen an Weihnachten auf ihrer Wunschliste ans Christkind garantiert ankreuzen: Kreuzanhänger in allen Variationen ... für jedes Budget ... und jeden Modetyp«.

Die schönen Damen mit ihren Kreuzen haben nichts, aber auch gar nichts mit dem christlichem Glauben zu tun. Sie bieten all den Schein der Glitzerwelt, der so viele verzweifeln lässt. Das Motto lautet: Wenn du jung bist und schlank und schön, dann macht dein Leben Sinn. Das ist in der Tat ein Teufelskreis. Was, wenn du alt wirst? Was, wenn du ein paar Pfund zunimmst? Was, wenn du den Vorgaben nicht mehr entsprichst? Da kann das Leben zur Wüste werden. Ein Ort, an dem es keinen Sinn mehr gibt. Ich kann nicht mehr mithalten, bin nicht mehr gefragt, abgehaltert als Auslaufmodell. Es ist ein riskantes Spiel mit dem schönen Schein ...

Das wäre ein Vorsatz fürs neue Jahr: Ich breche aus aus dem Teufelskreis des schönen Scheins und trete ein in den Lebenskreis, indem ich mich annehme, wie ich bin, meine Möglichkeiten, aber auch meine Grenzen erkenne. Indem ich Wert lege auf Zeit für mich, Zeit für andere und Zeit für Gott. Aus der Lebenswüste von Stress und Fassade in die blühende Landschaft von Gelassenheit und Liebe. Brot der Zuwendung, statt Steine der Einsamkeit.

Sprachlose Gottesferne

In Deutschland wird Christ-Sein derzeit eher als erstaunliche Reminiszenz angesehen. Menschen haben das Beten verlernt und sind dadurch sprachlos geworden gegenüber Gott. Mir tut es manchmal richtig weh, zu sehen, wie groß die Sehnsucht nach Glauben ist und wie leer die Glaubenserfahrung. Je mehr die eigene Religion verdrängt wird, desto größer scheint die Angst, ja die Phobie vor fremder religiöser Identität zu werden. Je mehr der Kirchturm ignoriert wird, desto größer die Angst vor der Moschee. Die Angst vor der Moschee wird dann plötzlich mit Kreuzen begründet, auf denen geschrieben steht »terra christiana est«.

Aber das Kreuz ist nun gerade nicht ein Zeichen des Triumphes, sondern ein Zeichen der Ohnmacht, der Hingabe Gottes an die Welt. Was für eine Versuchung! Der Glaube als Möglichkeit zur Abgrenzung von Fremden, von anderer Religion. Christ-Sein als Bollwerk gegenüber allem, was mich in Frage stellt.

Das wäre ein Vorsatz fürs neue Jahr: Ich breche aus aus dem Teufelskreis der Angst vor Fremden und trete ein in den Lebenskreis des Miteinanders der Religionen. Aus der Lebenswüste von Angst und Abgrenzung in die blühende Landschaft von eigenem Glauben und Neugier auf andere. Brot des Lernens im Glauben, statt Steine des starren Festhaltens.

Zwischen Fesseln, Labyrinthen und Verantwortung

Wie werden wir glücklich im Leben? Was brauchen wir? Denken Sie einfach einmal an sich selbst, ganz persönlich. Sicher, Erfolg ist gut. Aber was ist Erfolg ohne Liebe? Was ist mit unseren Beziehungen? Welche Wüsten gibt es da. Eheleute, die schon lange nicht mehr miteinander sprechen. Eltern und Kinder, die nicht wagen, offen zu reden. Alte und Junge, die verstummt sind im Erzählen der Lebensgeschichten. Kranke und Gesunde, die nicht Anteil nehmen können aneinander. Sprachlosigkeit allerorten. Wüsten.

Was für eine Versuchung! Mich abschotten gegen andere, einfach nicht hinsehen, nicht hinhören. Ehe beenden, Kinder fortschicken, Großmutter ins Altenheim, Bruder in die Pflege. Das wäre ein Vorsatz fürs neue Jahr: Ich breche aus aus dem Teufelskreis der Abgrenzung und trete ein in den Lebenskreis von Berührbarkeit. Aus der Lebenswüste von Egomanie in die blühende Landschaft von Zärtlichkeit und Zuneigung. Brot der Liebe, statt Steine der Isolation und der Einsamkeit.

Die Zeichen deuten

Wissen Sie, was ein *Menetekel* ist? Mit diesen beiden Worten beginnt im Buch Daniel in der Bibel eine geheimnisvolle Schrift, die während eines Saufmahls an der Wand erscheint. Der König Belsazar wird blass, und als alle Gelehrten die Schrift nicht entziffern können, wird er noch blasser, ihm wird angst und bange (Daniel 5,9), er erkennt die Warnung.

Wie gehen wir eigentlich mit Menetekeln um? Sehen wir die Bilder an der Wand? Ja, das kenne ich auch: Wir verschließen lieber die Augen, weil das Unrecht kaum anzusehen ist, so weh muss es jedem menschlichen Gewissen tun. Die Dimension des Elends auf dieser Welt ist so ungeheuerlich, dass wir sie kaum ertragen. Aber doch, blass sollten wir werden. Und fragen: Wie kann es hier Brot geben, statt Steine, wie

kommen wir heraus aus der Wüste der Teilnahmslosigkeit, der Ablenkung durch Konsum und Medien?
Das wäre ein Vorsatz fürs neue Jahr: Ich richte die Augen nicht mehr stur auf mich, meine private kleine Idylle, die ich verteidige. Sondern ich nehme die Realität wahr und trete ein für andere, in den Lebenskreis von Solidarität der Reichen mit den Armen. Aus der Lebenswüste von mehr Haben in die blühende Landschaft von miteinander Teilen. Brot der Gemeinschaft, statt Steine der Globalisierung des Stärkeren.

Dem Stern folgen
Gottes Liebe lädt uns ein, den Versuchungen der Macht und der Abgrenzung zu widerstehen. Doch, wir können den Todesmächten widerstehen, die Teufelskreise durchbrechen. Ja, wir dürfen uns Gott anvertrauen mit all den Fehlern und Ängsten und Mut gewinnen für entschlossenes Handeln in dieser Welt.
In der Weihnachtserzählung des Matthäusevangeliums hat Gott die Fremden aus dem Osten den ganzen Weg durch die Wüste geführt – damit sie Jesus finden. Es müssen nicht immer diese großen Wege sein. Manchmal sind es die kleinen Schritte – der Mut einer Ärztin etwa, die Flüchtlinge ohne Aufenthaltserlaubnis behandelt. Die Zeit, die sich Frau Schmidt nimmt für den Besuch bei dem einsamen Herrn Müller. Das Wort, das ich am Stammtisch einwende, wenn gegen Juden polemisiert wird. Die Frage an den Nachbarn, der offensichtlich seine Frau schlägt. Wir können ausbrechen aus Teufelskreisen, gerade dazu gibt uns unser Glaube Freiheit. Lassen wir uns nicht abdrängen aus der Gesellschaft und fassen wir selbst Mut aus unserem Glauben und zu unserem Glauben.

JANUAR

SALZ FÜRS NEUE JAHR
Joachim Wanke

Alte Geschichten und eine neue Zeit?

Lohnt es sich, auf unsere alten DDR-Erfahrungen als katholischer Christ zu achten? Gott sei Dank – viele dieser Probleme sind weg. Aber dafür haben wir uns einen ganzen Sack voll neuer Probleme eingehandelt. Zugegeben – niemand (außer einigen Unverbesserlichen) will die alten Verhältnisse von früher wiederhaben. Aber manches haben wir uns doch leichter und bequemer vorgestellt. Die neue Freiheit ist nicht nur ein Geschenk, sie ist auch eine Herausforderung und manchmal auch eine Zumutung, besonders für die Älteren.

Die Jungen werden sagen: »Ihr mit euren alten Geschichten! Grenze und Sperrgebiet, SED-Willkür und Stasiherrschaft, Jugendweihe und Margot-Honecker-Schule – warum habt ihr euch denn das alles gefallen lassen? Wir machen das jetzt alles besser. Also: die Ärmel hochgekrempelt und hinein in das bessere Leben! Hoch lebe das Schaffen und Geldverdienen, denn jetzt lohnt es sich ja erst richtig!«

Salz der Gesellschaft sein

Ich sehe eine Generation heranwachsen, die nicht mehr verstehen wird, was wir Christen vor der Wende und vor allem in den fünfziger und sechziger Jahren hier im Osten erlebt haben. So wie der Mauerstreifen und die Betonpfähle an der Grenze verschwinden, so verblasst das Wissen um das, was damals wirklich zu bestehen war. Aber Christen sind, wenn sie nur wirklich Ernst machen mit der Nachfolge Christi, immer Salz, vor der Wende und nach der Wende, für jede Gesellschaft und in jeder Zeit. »Ihr seid das Salz der Erde. Wenn das Salz seinen Geschmack verliert, womit kann man es wieder salzig machen? Es taugt zu nichts mehr; es wird weggeworfen und von den Leuten zertreten« (Matthäus 5,13).

Salz sein, darauf kommt es an. Das Matthäusevangelium überliefert uns Worte Jesu, die uns »salzig« werden lassen für unsere Welt – Worte, die ich zu Beginn des neuen Jahres in Erinnerung rufen möchte.

Was zum Frieden dient

»Selig, die keine Gewalt anwenden« (Matthäus 5,5). Wir sind dabei, in eine Atmosphäre allgemeiner individueller und gesellschaftlicher Gewalt einzutauchen. Ich brauche gar nicht auf die Phänomene der Gewalt hinzuweisen, die tagtäglich die Spalten unserer Zeitungen füllen – und zwar nicht nur in fernen Ländern, sondern hier, mitten unter uns, auf unseren Straßen, in unseren Städten.

Gewalttätigkeit fällt nicht vom Himmel. Gewalttätigkeit gegen andere, gegen Kinder, gegen Ehe- und Lebenspartner, gegen Fremde, gegen Behinderte,

gegen den politischen Gegner, gegen Einrichtungen und öffentliches Eigentum, Gewalt, die durch Sprache, durch Gewöhnung an verbale Hassausdrücke geweckt und genährt wird – eine solche Haltung ist das Ergebnis ausbleibender Erziehung. Gewalttätigkeit ist Dummheit, die nach Rechtfertigung eigenen Unvermögens sucht, mit sich und den Problemen der Welt fertig zu werden.
Eine rechtmäßige Autorität muss das Recht und den Frieden auch mit angemessener Gewalt schützen. Aber ein Staatswesen ist nicht allein durch Strafgesetze und Polizei zusammenzuhalten, mögen diese noch so perfekt sein. Es bedarf des Willens der Mehrzahl der Bürger, in Frieden und auf gute menschliche Weise zusammenzuleben. Die Menschheit muss lernen, Konflikte auf friedlichem Weg auszutragen. Das ist die große Lektion, die wir noch lernen müssen! Gewaltlosigkeit und Friedfertigkeit fangen im eigenen Herzen, in der eigenen Familie an und setzen sich fort in den größeren Gemeinschaften bis hin zur Weltgemeinschaft der Vereinten Nationen. »Salz der Erde« sind wir, wenn wir Jesu Ruf zur Gewaltlosigkeit und Friedfertigkeit Raum geben in unserem Herzen und in unserem Leben.

Was wirklich zählt

»Sammelt euch nicht Schätze hier auf Erden, wo Motte und Wurm sie zerstören und wo Diebe einbrechen und sie stehlen« (Matthäus 6,19). Solche Worte Jesu auszulegen, ist gefährlich, weil man schnell in die Gefahr gerät, mit dem moralischen Zeigefinger zu winken. Wir sind uns einig: Lohn und Verdienst gehören zu ehrlicher Arbeit, und Arbeit ist mehr als Geld-Verdienen. Sie gehört zur Würde des Menschen, der von Gott berufen ist, die Welt und sein Leben sinnvoll zu gestalten. Nein, nicht der Besitz als solcher ist anzufragen, anzufragen ist, wenn Besitz und Konsum zum Ersatzgott werden! Davor warnt uns Jesus. Er fragt uns: Welche Rangordnung haben in deinem Leben Geld und Besitz? Was ist dir wichtig? Jesus nennt die Dinge wichtig, die nicht mit uns ins Grab sinken, sondern die vor Gott, also für die Ewigkeit, Bestand haben werden: unsere Treue in der Ehe, unsere Fürsorge für die Alten, die Kinder, die Kranken, unser ehrenamtlicher Einsatz für das Dorf, für ein öffentliches Anliegen, für die Gemeinde – und nicht zuletzt unsere Liebe zu Gott. »Salz der Erde« sind wir, wenn wir dazu helfen, die wirkliche Rangordnung der Werte durch unser Leben aufleuchten zu lassen.

Wem wir uns stellen müssen

»Wer nicht sein Kreuz auf sich nimmt und mir nachfolgt, ist meiner nicht würdig« (Matthäus 10,38). Mir scheint, dass diese Dimension unseres Lebens, die Unausweichlichkeit von Kreuz und Leiden und die Notwendigkeit, sich dem Kreuz zu stellen, heute oftmals ausgeblendet und verdrängt wird. Reklame, Versicherungen, öffentliche Meinungsmacher und manchmal auch Politiker erwecken den Anschein, als könne die Glückseligkeit schon hier auf Erden ausbrechen. Die Erwartungshaltungen an den Staat, die Politik, an das Leben überhaupt sind manchmal ins Maßlose gesteigert, ja gleichsam religiös überhöht. Natürlich: nichts gegen gute Ärzte und eine moderne Medizin; aber Kreuz und Leiden in seinen unterschiedlichen Formen – als körperliches und seelisches Leid, als Krankheit, Behinderung, als Altersabbau oder auch als Schmerz über eine Trennung, als Beziehungskonflikt, als Aushalten von Bosheit und Gemeinheit –, das gehört einfach zu unserem Leben hinzu.

Jesus hat einen Weg gezeigt: Er hat das Kreuz, das wir ihm auferlegt haben, angenommen – und es so verwandelt und zur Quelle des Lebens gemacht. Gewiss, wir dürfen bitten: »Gott, lass das Kreuz mir nicht zu schwer werden.« Wir können auch einer dem anderen das Kreuz ein Stück des Weges tragen helfen wie Simon von Cyrene oder einander beistehen, wie Veronika Jesus beistand. Aber letztlich stirbt jeder für sich allein. Und das fängt manchmal schon recht zeitig an.

Illusionsloser Standort

»Salz der Erde« sind wir, wenn wir uns an den Kreuzträger Christus halten. Der Tod ist die stärkste Anti-Utopie, die es gibt – das hat der marxistische Philosoph Ernst Bloch einmal gesagt. Vielleicht sollten wir sagen: nicht jeder Tod, sondern der als Kreuz in der Nachfolge Christi bestandene Tod. Gehen wir mit Maria, mit Johannes unter das Kreuz Jesu – dort fallen alle Masken und Verstellungen, dort schwinden alle Illusionen. Aber dort begegnen wir auch wirklich unserem Gott, der aus allem Sterben in Sein Leben hineinzuretten vermag.

Salz fürs neue Jahr

Die Worte Jesu »salzen« – noch nach zweitausend Jahren, und sie machen »schmackhaft« – unser Leben, auch im neuen Jahr. Werden Jesu Worte verstanden werden? Ich meine: Gott hat viele Möglichkeiten, uns in Seine Schule zu nehmen. Jeden von uns, auch jeden ungläubigen Zeitgenossen! Keiner wird sich dem entziehen können, was Gott ihm zu seinem Heil zugedacht hat.

Februar

FÜRS LEBEN LERNEN

4,1 Da wurde Jesus vom Geist in die Wüste geführt, damit er von dem Teufel versucht würde. **2** Und da er vierzig Tage und vierzig Nächte gefastet hatte, hungerte ihn. **3** Und der Versucher trat zu ihm und sprach: Bist du Gottes Sohn, so sprich, dass diese Steine Brot werden. **4** Er aber antwortete und sprach: Es steht geschrieben: »Der Mensch lebt nicht vom Brot allein, sondern von einem jeden Wort, das aus dem Mund Gottes geht.« **5** Da führte ihn der Teufel mit sich in die heilige Stadt und stellte ihn auf die Zinne des Tempels **6** und sprach zu ihm: Bist du Gottes Sohn, so wirf dich hinab; denn es steht geschrieben: »Er wird seinen Engeln deinetwegen Befehl geben; und sie werden dich auf den Händen tragen, damit du deinen Fuß nicht an einen Stein stößt.« **7** Da sprach Jesus zu ihm: Wiederum steht auch geschrieben: »Du sollst den Herrn, deinen Gott, nicht versuchen.« **8** Darauf führte ihn der Teufel mit sich auf einen sehr hohen Berg und zeigte ihm alle Reiche der Welt und ihre Herrlichkeit **9** und sprach zu ihm: Das alles will ich dir geben, wenn du niederfällst und mich anbetest. **10** Da sprach Jesus zu ihm: Weg mit dir, Satan! Denn es steht geschrieben: »Du sollst anbeten den Herrn, deinen Gott, und ihm allein dienen.« **11** Da verließ ihn der Teufel. Und siehe, da traten Engel zu ihm und dienten ihm.

FÜRS LEBEN LERNEN

Jesus als Lernender

Über Jesus sagt der Hebräerbrief, dass »er, obwohl er Gottes Sohn war, doch an dem, was er litt, Gehorsam gelernt« hat (Hebräer 5,8). Das ist ein kühnes Wort. Aber es ist wahr. Auch Jesus erlebte Wüste; auch er war in Versuchung; auch er war allerlei Verlockungen ausgesetzt; auch er belästigt von inneren Stimmen; auch er belastet von äußerer Not, nämlich dem Hunger; auch er bedrängt von der Frage nach den Erfolgsaussichten; auch er versucht von Stolz und Hochmut: Ich bin doch Gottes Sohn, da kann doch auch etwas für mich herausspringen, das steht mir doch zu. Ich hab es doch nicht nötig, in Armut zu darben. Die ganze Welt gehört mir doch!

Jesus lernte an dem, was er litt, Gehorsam. Nicht, dass er vorher ungehorsam gewesen wäre, das meint der Hebräerbrief nicht. Aber sein Gehorsam musste sich bewähren. Jesus lernte alle menschliche Versuchung kennen, alle Anfechtungen, in denen wir auch stehen. Er lernte sie nicht nur theoretisch kennen, sondern er stand selbst mitten drin in diesem Feuer, er kostete sie aus bis in ihre unheimlichen Abgründe hinein.

Lernen aus Solidarität

Jesus widerstand der Versuchung, sich die Versuchung durch Nachgeben vom Halse zu schaffen. Er lernte, seinen Gehorsam unter Anfechtung durchzuhalten. Die Erzählung des Matthäusevangeliums von der Versuchung Jesu beginnt damit, dass der Heilige Geist selbst Jesus in die Wüste treibt, *damit* er versucht würde. Es war also göttliche Absicht, dass diese Bewährung geschieht. Es war damit zugleich auch ein göttliches Risiko, denn eine Versuchung, die von vornherein gar keine Chance hat, ist keine.

Der Hebräerbrief sagt aber auch, wozu das notwendig war: »Damit er barmherzig würde und ein treuer Hoherpriester, ... denn worin er selbst gelitten hat und versucht worden ist, kann er denen helfen, die versucht werden« (Hebräer 2,17–18). Das kann ein großer Trost sein!

Lernen, wovon wir leben können

Jesus hatte bei seiner Taufe die Stimme Gottes gehört, die ihm zusagte, Gottes Kind, Gottes Sohn zu sein. Mit diesem Bewusstsein war er nun allein in der Wüste und hatte ganz einfach – Hunger. Der Versucher tritt ihm mit den elementarsten Grundtrieben des menschlichen Lebens entgegen. Der Urtrieb des Menschen ist der Nahrungstrieb, noch fundamentaler als der Fortpflanzungstrieb, denn mit Nahrungsaufnahme und Stoffwechsel steht und fällt alles organische Leben. Wenn es auf Hauen und Stechen geht, dann tötet der Mensch den Menschen wegen des Brotes. Hier geht es um eine ganz elementare leibliche Not. Hier geht es um die tiefste Lebensangst.

Kein Wunder, dass der Versucher da ansetzt. Es ist die Frage: *Wovon* lebt der Mensch? Jesus wusste sehr wohl, dass er auf die Dauer essen musste, um am Leben zu bleiben. Aber er wollte sich Essen nicht um jeden Preis verschaffen. Nicht um *jeden* Preis. Der Preis war hier: »Bist du Gottes Sohn, dann ...« Probier's doch aus. Tu etwas für dich selbst.

Wovon lebt der Mensch? Die Antwort findet Jesus in der Heiligen Schrift. »Der Mensch lebt nicht vom Brot allein« – also lebt er vom Brot, aber eben nicht vom Brot allein, – »sondern von einem jeden Wort, das aus dem Mund Gottes geht« (Deuteronomium/5 Mose 8,3).

Wovon lebt der Mensch? Wovon leben wir? Ich kenne das auch: Essen als Ersatzbefriedigung; essen aus Enttäuschung; essen, um Spannung abzubauen; essen aus Langeweile; essen aus Resignation – der Mensch ist, was er isst. Wenn das alles ist, wenn es keine tiefer gehende Hoffnung gibt, warum dann nicht heute essen und trinken, denn morgen sind wir tot? Essen aus Verzweiflung, weil es das einzige Vergnügen ist, das einem bleibt. Mit dem Essen fing der Sündenfall an. Denn Eva sah, dass von dem Baum gut zu essen wäre (Genesis/1 Mose 3,6).

Wovon lebt der Mensch? Wahrhaftig nicht vom Brot allein. Hier setzen die drei »Ratschläge des Evangeliums«, die Evangelischen Räte, an: Armut, Keuschheit und Gehorsam. In dieser Form sind sie im Mönchtum erstmalig so formuliert worden und bilden seine drei Richtmarken, aber sie sind es eigentlich für jedes christliche Leben. Die *Armut* ist Konzentration auf Gott. Sie will alles aus seiner Hand empfangen und alles Ablenkende und Irritierende beiseite legen. Sie will zufrieden sein mit dem, was da ist. So hat es Jesus gelebt. Und so geht er mit leeren Händen aus der Wüste heraus.

Lernen, wie wir leben wollen

Die zweite Anfechtungswelle appelliert an Ruhm und Erfolg, Bekanntheit und Beliebtheit. Was muss ich tun, um mir Gefolgschaft zu sichern? Auf welche Weise kann ich auf mich aufmerksam machen? Nicht weniger als ein Wunder muss geschehen! Jetzt kommt der Versucher sogar selbst mit einem Bibelwort (Psalm 91,11f).

Hier geht es um die Frage: *Wie* lebt der Mensch? Wie soll er seinen Dienst tun ohne Anhängerschaft, ohne Massenbewegung, ohne von den Begeisterungswogen getragen zu sein? Die Sensation würde es bringen. Das Wunder könnte hier helfen. Eva sah, dass der verbotene Baum lieblich anzuschauen war (Genesis/1 Mose 3,6). Führ den Menschen etwas vor, das sie visuell gefangen nimmt – und sie werden dir zujubeln!

Aber was wäre die Konsequenz? Der Mensch als manipulierte Masse. Die Menschen, eingespannt in fremde Pläne, fremden Ideen dienstbar gemacht, gezwungen, versklavt, aber immer schön bei Laune gehalten, damit sie es nicht merken. Wir kennen das von den Diktatoren dieser Welt. Aber Jesus will den Menschen frei lassen. Er wird ihn wohl einladen, auch herausfordern, vor die Entscheidung stellen, aber nicht manipulieren. Für ihn selbst bedeutet das zunächst die Einsamkeit.

Die *Keuschheit* als mittlere Säule der drei »Evangelischen Räte« meint nicht eigentlich eine Regel der »Moral«. Ihr tiefster Sinn ist eine befreiende Konzentration auf Gott. Sie bedeutet: frei sein von seelischen Bindungen an Menschen, die in das Abhängigkeitsverhältnis einer emotionalen Knechtschaft führen. Nicht die anderen von mir und meinen seelischen Bedürfnissen abhängig machen, aber ebenso auch umgekehrt nicht mich von den andern.

Selbst Gott den Vater lässt Jesus frei. Denn das Wunder wäre ja zugleich die Probe aufs Exempel. In der Stimme bei der Taufe am Jordan hat Gott ja gesagt »Dies ist mein lieber Sohn, an dem ich Wohlgefallen habe« (Matthäus 3,17). Steht der Vater zu seinem Wort? Jesus zwingt auch Gott nicht unter seine Bedürfnisse, auch nicht unter seine religiöse Befriedigung. Er lässt ihn frei. »Ihr sollt den Herrn, euren Gott, nicht versuchen« (Deuteronomium/5 Mose 6,16). Wieder zitiert Jesus ein Wort der Schrift. Aus der Bibel hat er gelernt, aber nicht nur Zitate, sondern den Geist der Bibel hat er in sich aufgenommen. Darum durchschaut er die mit einem Schriftzitat verbrämte Versuchung und kann ihre geheime Spitze aufdecken. So geht Jesus unbekannt aus der Wüste heraus.

Lernen, wozu wir leben dürfen

Zuletzt muss der Teufel die Maske fallen lassen. Jetzt geht es um Macht pur. »Das alles will ich dir geben« – die ganze Welt. Und sollte Jesus nicht zugreifen? Die ganze Welt gehörte doch ihm! War das nicht seine Berufung? Aber die Sache hat einen Pferdefuß: die Anbetung Satans. Erst hier verwendet Matthäus das Wort "Satan«. Vorher war vom »Teufel« und vom »Versucher« die Rede; aber jetzt, wo es um die unverhüllte Forderung der eigenen Anbetung geht, wird die Stimme der Versuchung »Satan« genannt.

Gott selbst hat das nicht nötig. Er *ist* der Allmächtige. Und genau das heißt, dass er *nicht* machtbesessen ist. Er muss seine Macht nicht durchsetzen. Er ist nicht gierig nach Huldigung und Ergebenheit. Er braucht die Unterwerfung der anderen nicht, um seine Macht bestätigt zu sehen. Er kann teilen, er kann andere beteiligen, er kann zurücktreten, er kann

Raum für andere machen. Der Usurpator ist es, der die anderen auf die Knie zwingt. Der abgefallene Engel, der die Wege Gottes bestreitet und bekämpft, der sich in Rebellion selbst zum Herrscher aufschwingt und sein möchte wie Gott, der muss die Macht um der Macht willen durchsetzen. Der braucht sie zur Selbstbestätigung. Er genießt sie. Und er geht über Leichen. Wenn Jesus das anerkennen würde, könnte er an dieser Macht teilhaben. Er könnte sie als Gewaltherrschaft über die ganze Welt und ihre Reiche ausüben. Ist das nicht ein Angebot?

Die Frage ist: *Wozu* lebt der Mensch? Mit welchem Ziel? Eva hatte nach der Frucht gegriffen, weil sie begehrenswert war, denn sie machte klug: »Ihr werdet sein wie Gott« (Genesis/1 Mose 3,5f) – das war eine Aussicht! Wozu lebt der Mensch? Wonach greift er? Wonach soll Jesus greifen? Er lässt sich, im Gegensatz zum Menschen im Paradies, an dieser Stelle auf gar keine Diskussion ein. Gott allein sollst du dienen. Sein wie Gott – das ist unsere Berufung, das war Jesu Berufung; aber wie ist Gott? Gott gibt Lebensraum (Römer 8,29; 1 Johannes 3,2).

Auch der dritte der großen Grundbegriffe christlichen Lebens, der *Gehorsam*, heißt: Konzentration auf Gott. Alles aus seiner Hand empfangen. In jeder Situation und in jeder Begegnung hinhören und hindurchhören auf Ihn, in allem nach Ihm Aussschau halten, Ihn suchen und finden in allen Dingen. Und in diesem offenen Sich-Hinhalten zu Gott sich selbst empfangen. Jesus geht ohnmächtig aus der Wüste wieder heraus.

Unseretwegen

Arm, unbekannt und ohnmächtig war Jesus in die Wüste gegangen. Arm, unbekannt und ohnmächtig geht er wieder heraus. Er hätte satt, berühmt und gewaltig sein können. Es lag in seiner Hand. Aber er hat der Versuchung widerstanden.

Wer war er nun? Was hatte er davon? Die Engel Gottes dienten ihm. Eine Vollmacht floss ihm zu, die keine Macht der Welt verleihen kann, auch nicht der Fürst dieser Welt. Die Vollmacht der Liebe, der Demut, der Selbstlosigkeit und der Reinheit, und das nennen wir Heiligkeit. So hat er an dem, was er litt, seinen Gehorsam bewährt und bewahrt. Er hat gelernt, ihn durchzutragen, wo wir längst nachgegeben hätten. Er hat unsere Versuchungen kennen gelernt, in ganz elementarer Form. Und das hat sein Leben lang nie aufgehört. Er war ständig angefochten, den Weg ans Kreuz aufzugeben, bis hin zum letzten Spott: »Wenn du Gottes Sohn bist, steig herab vom Kreuz« (Matthäus 27,40).

Jesus war Lernender um unseretwillen. Damit er barmherzig sein und denen helfen kann, die versucht werden. Das sind wir.

FEBRUAR
HUNGER NACH LEBEN   Joachim Wanke

Was sehen wir?

»Als Jesus die vielen Menschen sah, hatte er Mitleid mit ihnen, denn sie waren müde und erschöpft wie Schafe, die keinen Hirten haben. Da sagte er zu seinen Jüngern: Die Ernte ist groß, aber es gibt nur wenig Arbeiter. Bittet also den Herrn der Ernte, Arbeiter für seine Ernte auszusenden« (Matthäus 9,36–38). Jesus sieht etwas, was ihn bewegt. Da ist ein reifes Feld, bereit, geerntet zu werden. Im Johannesevangelium gibt es ein ähnliches Wort Jesu an die Jünger: »Blickt umher und seht, dass die Felder weiß sind, reif zur Ernte. Schon empfängt der Schnitter seinen Lohn und sammelt Frucht für das ewige Leben« (Johannes 4,35). Das klingt fast wie ein Jubelruf, wie wenn ein Bauer merkt, dass sein Feld schon überreif zum Abernten ist und der Gewinn, den er heim tragen wird, alle Erwartungen übersteigen wird.

Ich bin überzeugt, dass die Jünger gar nichts gesehen haben. Sie sahen vielleicht das Elend in den armseligen Dörfern, sie sahen die politische Unterdrückung, die Unwissenheit, die hungernden Kinder, die ausgebeuteten Bauern. Sie sahen vielleicht das Mühen der Frommen und der Stillen im Land in seiner Ohnmacht und Wirkungslosigkeit. Sie sahen die Welt, wie wir sie sehen. Aber eben nicht mit den Augen Jesu.

Gott ist am Werk

Jesus sieht in der Welt Gott am Werk. Er ist ja der Herr der Ernte, für den alles reift und dem aller Ertrag gehört. Und dieser Gott sucht die Menschen. Er ist ein menschenfreundlicher Gott, ein väterlicher Gott, der sich erbarmt, wie nur ein Vater sich seiner Kinder im Elend erbarmen kann; und er ist ein Gott, der Leben spenden kann, wirkliches, durchhaltendes, bis ins Letzte erfüllendes Leben. Das sieht Jesus. Er sieht Gott, er sieht die Quelle, und er sieht die Menschen davor verdursten. Er sieht das Licht und ist untröstlich darüber, dass noch Leute weiter im Finstern herumstolpern.

Manche werden sagen: Ich sehe nur Steine, ich sehe nur unfruchtbares Land – und wenn da einzelne Hälmchen stehen, man sieht sie kaum zwischen dem vielen Unkraut. Aber sehen wir da richtig? Ich möchte Ihnen und mir helfen, ein wenig mit den Augen Jesu zu sehen.

Vom Hunger nach Frieden

Woher kommt die unausrottbare Sehnsucht nach Frieden in den Herzen der Menschen – und das nicht nur der Christen? Man könnte meinen, es müsste doch langsam gelungen sein, nach Jahrhunderten von Kriegen und Grausamkeiten aller Art, den Menschen daran zu gewöhnen, dass der Friede nur ein Hirngespinst von Schwärmern ist. Aber trotz aller gegenteiligen Erfahrungen der Vergangenheit und unserer Gegenwart, trotz der so genannten harten Realitäten, können wir uns nicht daran gewöhnen, dass man angeblich nur leben kann, wenn man gegen den Bruder den großen Knüppel schwingt!

Unser Herz ist eben Gott sei Dank noch nicht so abgestumpft. Könnte es nicht sein, dass Gott den Menschen zeigen will, was eigentlich Friede ist und wo er zu finden ist? Wo gibt es ein reiferes Feld für die Friedensbotschaft des Evangeliums als heute?

Vom Hunger nach Menschlichkeit

Der alte Diogenes ist immer noch mit seiner Laterne auf der Suche nach einem Menschen. »Das ist ein Mensch«, dieses Urteil ist heute nahezu das höchste Lob, das wir einem anderen sagen können. Und wir meinen damit: Da hat noch einer Gespür dafür, dass die Welt nicht in Bürokratie und Verwaltetwerden versinken darf. Da sieht einer den Einzelfall, nicht immer nur seine Direktive. Da wagt einer, etwas auf die eigene Kappe zu nehmen, und nicht nur Ausführungsorgan zu sein. »Das ist ein Mensch. Hier geht es menschlich zu.« Wie froh sind wir, wenn wir das von unserem Betrieb sagen können, von unserem Büro, von unserer Hausgemeinschaft. Menschlichkeit heißt: angenommen werden, ohne Vorbehalte, als Einzelner gesehen werden. Menschlichkeit heißt: Zärtlichkeit, Treue, Vertrauen ohne Vorbehalt, Liebe, die nicht zuerst haben, sondern schenken will. Ist es nicht Gott, der uns, der allen Menschen diese unendliche Sehnsucht schenkt, die nach Erfüllung schreit? Unsere Gemeinden haben die Chance, zu Oasen einer von der Liebe Gottes ergriffenen und geprägten Menschlichkeit zu werden.

Vom Hunger nach Leben

»Und als er die vielen Menschen sah, hatte er Mitleid mit ihnen, denn sie waren müde und erschöpft wie Schafe, die keinen Hirten hatten.« Wir alle sehen es an uns und um uns: Wie sehr zappeln sich die Menschen ab – Arbeitswelt, Bildungsdruck, Freizeitzwänge, Eheprobleme, Kindererziehung, die allgemeinen Sorgen und Nöte, die alle treffen. Dazu die individuellen Einzelschicksale, die Erfolglosen, die Verstoßenen, die Behinderten, die Kranken, die Versager, die Zurückgelassenen. Was für einen Hunger nach Leben gibt es – und wie wenig Erfüllung, wie viel Scheitern und Verbitterung. Wer sagt den Menschen, was eigentlich Leben ist? Das Feld ist reif, dass wir uns hineinbergen lassen in das uns eröffnete göttliche Leben.

Optimismus des Glaubens

Gott ist auch heute mit seiner Ernte am Werk. Er sät den Hunger und Durst nach seinem Leben, er schenkt jederzeit dieses Leben dem, der es will. Es braucht nur Erntehelfer, Diener, die Gottes Friede, sein Erbarmen, sein Leben den Menschen anbieten. Aber Gottes Reich ist mitten unter uns, nicht weil wir es schaffen, noch weniger weil wir Pastoren so fromm und tüchtig sind, sondern weil Gott sich selbst uns aufdrängt, weil er uns, die Welt und die Menschen sucht – darum dürfen wir zu jeder Zeit voller Optimismus sein. Wir dürfen nur eines nicht tun: Gottes Erfolge auf unsere Erfolge einschränken. Wir brauchen keine Erfolge, weil Gott schon längst erfolgreich und unwiderruflich sein Heil in Christus der Welt eingestiftet hat.

Verkünden, was in uns lebt

Ist das nicht alles eine zu optimistische Sicht? Der Vorwurf ist an Jesus weiterzugeben. Er sieht eine gewaltige Ernte, von Gott zubereitet. Das Reich Gottes, das Reich des Friedens, der Ort der erbarmenden Liebe, die Quelle des wahren, wirklichen Lebens – all das ist schon Wirklichkeit. Wenn wir nichts sehen, ist damit höchstens gesagt, dass wir nicht richtig sehen können, wo Gott in der Welt heute schon am Werk ist, in den Herzen der Menschen wie in der Sehnsucht der Völker. Für den, der in Gottes gewaltiger Erntearbeit mitwirken will, gilt zuerst, dass er selbst ein von Gott faszinierter, ergriffener Mensch sein muss. Er vermag nur das zu verkünden, was selbst in ihm lebt.

ERZIEHUNG ZUM AUFRECHTEN GANG Margot Käßmann

Hosanna! Ans Kreuz!

Nach Jerusalem sind sie gezogen, Jesus, die Jüngerinnen und Jünger. Jubel hat sie empfangen, mit »Hosianna!« wurde Jesus begrüßt. Das war ein Triumphzug. Große Hoffnungen haben sich damit verbunden. Die Hoffnung, dass nun endlich durch Jesus alles anders werden würde. Gerechtigkeit siegt, das Volk kommt an die Macht, die Unterdrücker werden vertrieben. Träume von einem Leben in Freiheit und Gerechtigkeit, zu Hause im eigenen Land. Können wir uns das überhaupt vorstellen? So große Hoffnungen, so große Träume, so viel Glück.

Und dann kommt das Drama, ja, es kommt, wie es kommen muss. Jesus hat es immer wieder angekündigt, dass der Triumph nicht in einem weltlichen Sieg sich zeigen wird, sondern in Gottes Weg, der für viele Menschen unverständlich ist: »Zum Fest aber hatte der Statthalter die Gewohnheit, dem Volk einen Gefangenen loszugeben, welchen sie wollten. Sie hatten aber zu der Zeit einen berüchtigten Gefangenen, der hieß Jesus Barabbas. Und als sie versammelt waren, sprach Pilatus zu ihnen: Welchen wollt ihr? Wen soll ich euch losgeben, Jesus Barabbas oder Jesus, von dem gesagt wird, er sei der Christus? Denn er wusste, dass sie ihn aus Neid überantwortet hatten ... Sie sprachen: Barabbas! Pilatus sprach zu ihnen: Was soll ich denn machen mit Jesus, von dem gesagt wird, er sei der Christus? Sie sprachen alle: Lass ihn kreuzigen! Er aber sagte: Was hat er denn Böses getan? Sie schrien aber noch mehr: Lass ihn kreuzigen!« (vgl. Matthäus 27,15–23).

Die Mächtigen der Erde

Da tritt er auf, Pilatus, der Herr über Leben und Tod. Ja, so sind die Mächtigen dieser Erde geblieben über 2000 Jahre. Pontius Pilatus, auswechselbar mit den großen Herrschern, die wir auch in den letzten hundert Jahren kennen gelernt haben. Alleinherrscher, die sich zu Herren über Leben und Tod erklären. Den Daumen hoch, den Daumen runter, und schon lebst du oder stirbst du. Für die, die keine Macht haben, heißt das: Angst, Demütigung, Folter und Tod. Auch das ist bis heute geblieben. Die einen sind die Täter, und die anderen sind die Opfer. Die Opfer sind hilflos ausgeliefert dieser Macht über Leben und Tod.

Spannend finde ich, dass Pilatus zögert. Wie sagt er doch: »Was hat er denn Böses getan?« Ja, er hat tatsächlich Zweifel bekommen, ob er das Richtige tut. Manchmal frage ich mich, ob einen der Alleinherrscher unserer Tage auch solche Zweifel befallen.

Menschen sind manipulierbar

Nach Pilatus hat der Mob, die Menge ihren großen Auftritt. Ganz illusionslos müssen wir das sehen: Menschen sind manipulierbar. Machen wir uns nichts vor: Aufrechte, gerade Gestalten gibt es nicht allzu viele in der Geschichte. Da haben sie noch gerufen »Hosianna, gelobet sei der da kommt, im Namen des Herrn!« Und nun schreien sie: »Kreuzige ihn!« Einen Verbrecher wollen sie frei haben, als Geschenk am Feiertag. Barabbas, Aufrührer und Mörder zugleich, soll nun Amnestie erhalten. Das ist absurd, das ist nicht nachvollziehbar, das ist nicht gerecht – aber die Menge lässt sich mitreißen. »Kreuzige ihn!« – »Ich bin stolz, ein Deutscher zu sein!« – »Ausländer raus!« Solche Manipulierbarkeit ist bedrohlich. Die ausgestreckten Arme, der Nazi-Ruf »Sieg Heil« – nach dem Zweiten Weltkrieg geboren, erscheint mir das fremd. Und dennoch waren es ganz normale Menschen, die sich in einen Rausch haben verwickeln lassen. Menschen, die später manchmal nicht mehr wussten, wie sie in diese Situation geraten sind. Im Gespräch mit meiner Mutter habe ich das ansatzweise verstehen gelernt. Das Schwärmen für Hitler. Plötzlich besondere Röcke und besondere Schürzen als Mitglied des BDM (Bund Deutscher Mädel). Der Führer als der Schwarm. Das Idol.

Erziehung zum aufrechten Gang

Wir sind nicht alle tapfer, wir haben alle Angst vor Gewalt. Aber ich bin überzeugt, wir können lernen, mit der Gewalt umzugehen, aktiv zu werden. Bettina Wegner hat in ihrem Lied über Kinder gesungen: »Leute ohne Rückgrat hab'n wir schon zuviel.« Wie kommen wir zu Rückgrat? Wie werden wir aufrechte, freie Menschen, die selbst urteilen und sich nicht manipulieren lassen. Dazu gibt es Beispiele, Trainingsprogramme, Initiativen, die helfen, Gewaltfreiheit als Kraft zu erproben. Die Ermutigung kommt aus der Bergpredigt selbst, aus der Botschaft, die Jesus uns hinterlassen hat.

Die Gewalt, die Jesus selbst erfahren hat, ist eine Gewalt, die in unserer Welt Realität geblieben ist. Jesus hat sich seiner Gefangennahme, seiner Folter und Ermordung nicht widersetzt. Er hat das Leid auf sich genommen, damit Menschen im Leiden sich an ihn, an Gott selbst wenden können. Das ist etwas ganz Besonderes am christlichen Glauben: Unser Gott kennt Leiden. Gott weiß, was es heißt, gefoltert zu werden, gedemütigt zu sein.

Bis heute ist dieser sterbende Mann am Kreuz eine größere Provokation für alle Gewalttäter als jedes Gesetz, als jedes Maschinengewehr.

März

DER BITTERE KELCH

26,36 Darauf kam Jesus mit den Jüngern zu einem Grundstück, das man Getsemani nennt, und sagte zu ihnen: Setzt euch und wartet hier, während ich dort bete. **37** Und er nahm Petrus und die beiden Söhne des Zebedäus mit sich. Da ergriff ihn Angst und Traurigkeit, **38** und er sagte zu ihnen: Meine Seele ist zu Tode betrübt. Bleibt hier und wacht mit mir! **39** Und er ging ein Stück weiter, warf sich zu Boden und betete: Mein Vater, wenn es möglich ist, gehe dieser Kelch an mir vorüber. Aber nicht wie ich will, sondern wie du willst. **40** Und er ging zu den Jüngern zurück und fand sie schlafend. Da sagte er zu Petrus: Konntet ihr nicht einmal eine Stunde mit mir wachen? **41** Wacht und betet, damit ihr nicht in Versuchung geratet. Der Geist ist willig, aber das Fleisch ist schwach. **42** Dann ging er zum zweitenmal weg und betete: Mein Vater, wenn dieser Kelch an mir nicht vorübergehen kann, ohne dass ich ihn trinke, geschehe dein Wille. **43** Als er zurückkam, fand er sie wieder schlafend, denn die Augen waren ihnen zugefallen. **44** Und er ging wieder von ihnen weg und betete zum drittenmal mit den gleichen Worten. **45** Danach kehrte er zu den Jüngern zurück und sagte zu ihnen: Schlaft ihr immer noch und ruht euch aus? Die Stunde ist gekommen; jetzt wird der Menschensohn den Sündern ausgeliefert. **46** Steht auf, wir wollen gehen! Seht, der Verräter, der mich ausliefert, ist da.

DER BITTERE KELCH

Sein letzter Weg

Wie Markus und Lukas erzählt auch das Matthäusevangelium vom Gebetskampf Jesu in Getsemani. Der Bericht des Matthäus ist äußerst sorgfältig geformt, als wäre er zum Auswendiglernen bestimmt gewesen. Erzählung und wörtliche Rede wechseln in gleichmäßigen Abschnitten, wobei die Sätze der Erzählung dreigliedrig geformt sind, die Sätze der Reden zweigliedrig. Daher kann man fragen, ob die sprachlich reinere Form nicht auch die ursprüngliche ist (Lohmeyer).

Wie bei Lukas heißt es: »*Er* geht in den Garten«, nicht *sie* wie bei Markus. Jesus ist der Handelnde auch in dieser seiner letzten Stunde in Freiheit. Er bestimmt das Geschehen. Aber während es bei Lukas heißt: »Sein Jünger folgten ihm«, betont Matthäus, dass Jesus sie auf seinem Weg mitnimmt. Er unterstreicht die Gemeinschaft, die Jesus schenkt, die er aber in dieser Stunde auch sucht. Denn sein letzter Weg beginnt, auf dem sie ihm jetzt noch nicht folgen können. Noch nicht. Diesen Weg muss und will Jesus alleine gehen, aber für sie, für alle mit. Auch für Judas, den er später mit den Worten anredet: »Mein Freund« (Matthäus 26,50). Aber bevor sich diese letzte Einsamkeit auf Jesus senkt, sucht er noch einmal die Gemeinschaft seiner Gefährten.

Eine bewusste Entscheidung

Jesu geht diesen Weg bewusst. Er hätte fliehen können. Zur Zeit des Pesachfestes quoll Jerusalem über vor Pilgermassen. Jesus hätte verschwinden können wie die sprichwörtliche Nadel im Heuhaufen. Die Nacht war eine gute Gelegenheit. Er hätte nicht an dem Platz bleiben müssen, den Judas kannte, und warten, bis er kam. Das Land stand ihm offen. Er blieb, weil er es wollte. An diesem Ort, dem Garten Getsemani, hatte er sich offenbar gern und öfters aufgehalten, denn Lukas erwähnt, dass er »nach seiner Gewohnheit« dorthin ging (Lukas 22,39), und Judas wusste sehr gut, wo er Jesus in der Nacht würde antreffen können.

Dort in Getsemani lässt er neun Jünger an einem Ort zurück und nimmt nur die drei besonders vertrauten Gefährten mit sich: Petrus und »die Söhne des Zebedäus«. Das ist eine semitische Ausdrucksweise des Matthäus und bezeichnet das Brüderpaar Jakobus und Johannes. Diese drei waren bereits mit Jesus auf dem Berg der Verklärung (Matthäus 17,1). Sie waren Zeugen seiner Herrlichkeit, sie sollen jetzt auch Zeugen seiner Not werden. In seiner Bitte: »Wachet mit mir« sucht Jesus wiederum ihre Gemeinschaft, ja ihren Beistand. Aber sie sind nicht in der Lage, dem Geschehen standzuhalten.

Er teilt unsere Angst

Jesus ging diesen Weg nicht wie einer, den das alles gar nicht anficht. Nicht nur der Tod, das Sterben, hat ihn getroffen, sondern auch die Not, die Furcht davor. Das ganze Elend des Menschen, der zum Leben geschaffen ist und doch sterben muss, hat sich auf ihn gelegt. Die Enge, die Unausweichlichkeit des Sterbenmüssens hat ihn bedrängt. Denn »die Ruhe, der Friede, die des Sieges gewisse Freude«, die wir sonst an Jesus beobachten, »beruhten nicht darauf, dass er den Druck dessen, was er tat, nicht spürte und innerlich vom Schmerz des Todes nicht verletzt wurde.« Wenn uns das Verhalten Jesu, sein »Betrübtsein bis in den Tod«, seine Angst und Traurigkeit, irritieren sollten, so hieße das, »dass wir uns gegen das Leiden Jesu sträubten und es mit den Jüngern doch für richtiger hielten, wenn er nicht wirklich gelitten hätte, sondern nur zum Schein, nicht in Wahrheit, nur äußerlich, nicht innerlich, nur im Leibe, nicht in der Tiefe seiner Seele« (Adolf Schlatter).

Auch darin war er Mensch wie wir, nur ohne Sünde. Seine innere Not und Einsamkeit war so groß, dass er sogar seine Jünger bat, mit ihm zu wachen und ihn durch ihr Gebet zu stärken. Aber schon da fing es an, dass ihn alle verließen. Sie vermochten es nicht. Den Weg, der ganz sein eigener Weg war, der zu ihm gehörte wie seine Sendung, diesen Weg konnte und musste er ganz alleine gehen. Da konnte ihm kein Mensch helfen.

Seine Erlösungstat besteht darin, »dass er den Tod schmeckte und ihn dennoch wollte ... nicht darin, dass er innerlich dem Tode entzogen blieb« (Adolf Schlatter). Er hätte das Sterben nicht nötig gehabt, denn »der Tod ist der Sünde Sold« (Römer 6,23). Er hat sich diesem Weg gestellt, weil er *unseren* Tod sterben wollte.

Vater, dein Wille geschehe

Jesus betet: »Mein Vater, wenn es möglich ist, gehe dieser Kelch an mir vorüber. Aber nicht wie ich will, sondern wie du willst.« Deutlich klingt hier die dritte Vaterunser-Bitte an: »Dein Wille geschehe.« Noch klarer tritt das im zweiten Gebet Jesu hervor: »Mein Vater, wenn dieser Kelch an mir nicht vorübergehen kann, ohne dass ich ihn trinke, geschehe dein Wille.« Jesus hat mit letzter Konsequenz selbst gelebt, was er gelehrt hatte. Er lebte das Vaterunser.

Der Kelch als Symbol des Leides, der vorübergehen soll, ist über Jahrhunderte hin bei uns sprichwörtlich gewesen. Wie alle biblischen Symbole verblasst heute auch dieses; aber frühere Generationen wussten sehr gut, wo es herkam und was damit gesagt werden sollte.

Der Prophet Jesaja spricht einmal vom »Kelch des Zornes«, und der Prophet Jeremia nimmt das auf und sieht einen »Becher voll schäumenden Weines« in der Hand des Herrn. Beides sind Bilder des Gerichts, das erste Mal über das Volk Israel, das zweite Mal über alle Völker. Es ist gut möglich, dass Jesus daran dachte und in seinem Gebet damit rang, das Gericht Gottes an sich selbst vollziehen zu lassen. Denn der Tod im eigentlichen Sinne ist die radikale Trennung von Gott. Darunter stehen alle Menschen; jetzt geht Jesus selbst in diese letzte Not hinein.

Wachsende Gewissheit

Deutlicher als die anderen Evangelisten zeigt Matthäus die wachsende Gewissheit Jesu, dass dies sein Weg ist. Betet er beim ersten Mal noch darum, das Leiden möge vorübergehen, wenn es Gottes Wille sei, so scheint er sich im zweiten Gebet bereits in diesen Willen zu schicken. Dazwischen steht die Rückkehr zu den drei Jüngern, um deren Beistand er gebeten hatte und die er schlafend findet. Sein Wort an sie ist nun nicht mehr Bitte um Hilfe für sich, sondern seelsorgerliche Hilfe für sie: »Wacht und betet, damit ihr nicht in Versuchung geratet.« Die Stunde ist schwer auch für die Jünger. Wachen und beten tut not auch für sie. Wieder klingt das Vaterunser an: »Und führe uns nicht in Versuchung.«

Er hätte Nein sagen können

Wie bei der Versuchungsgeschichte (vgl. Monatskapitel Februar) liest sich der Satz aus dem Hebräerbrief wie ein Kommentar zum Geschehen des Evangeliums: »Er (Jesus) hat, obwohl er Sohn Gottes war, an dem, was er litt, Gehorsam gelernt« (Hebräer 5,8). Das heißt natürlich nicht, dass Jesus vorher ungehorsam gewesen wäre. Er heißt aber, dass sich sein Gehorsam jetzt, in der äußersten Zerreißprobe, bewähren musste. Jesus war ja kein Automat, der seinen Auftrag ohne innere Beteiligung abgehakt hätte. Er war Mensch wie wir, hat empfunden wie wir, das Leben geliebt wie wir. Und jetzt musste er seinen Weg bis in die letzte Konsequenz hinein neu bejahen und vollziehen. Sein Gehorsam musste sich jetzt bewähren. Das heißt aber auch: Er *hätte* Nein sagen können. Er hatte einen freien Willen, er stand nicht unter Zwang. Sonst hätte er nicht beten und so hart um seinen Weg ringen müssen. Sein Weg konnte nur ein Weg in Freiheit, und das heißt: ein Weg der Liebe sein.

Was, wenn Jesus an dieser Stelle gesagt hätte: »Bis hierher und nicht weiter«? Was, wenn er hier das Vertrauen in Gott den Vater aufgekündigt hätte? Sein ganzes Lebenswerk wäre an diesem Punkt zusammengebrochen. Aber diese Überlegung konnte ihn hier nicht halten. Was ihn hielt, war das unbeirrte Festhalten am Willen des Vaters: »Vater, nicht wie ich will, sondern wie du willst.« Da hat er im Grunde den Sieg schon errungen. Da geschah der Durchbruch, der sich in der Ruhe spiegelt, mit der er dann seinen Häschern entgegentritt.

Die Stunde ist gekommen
»Die Stunde ist gekommen«, sagt Jesus zu den Jüngern, und benutzt dabei dieselben Worte, mit denen er das Kommen der Königsherrschaft Gottes angekündigt hatte (Matthäus 4,17). Beides steht für Matthäus in einem innersten Zusammenhang. Kreuz und Auferstehung Jesu sind für ihn der Weg, auf dem die Herrschaft Gottes zu uns kommt.
Zunächst allerdings kommen zu Jesus Judas und die Soldaten. Es mag für ihn mit zum Bittersten gehört haben, dass sich der eigene Jünger zum Verrat bereit gefunden hatte. Aber Jesus weiß: Es sind nicht untreue Freunde oder feindlich gesonnene Gegner, denen er im Letzten ausgeliefert ist. Es geht um den Willen des Vaters, den er erfüllen will.

Getsemani und Morija
Es liegt nahe, an einen anderen Opfergang zu denken, der sich Jahrtausende früher abspielte: Abraham, der mit Isaak den Berg Morija bestieg (Genesis/1 Mose 22), nach jüdischer Überlieferung der spätere Tempelberg Jerusalems. Auch Abrahams Glaubensgehorsam wurde in einer äußersten Zerreißprobe geprüft. Aber ihm blieb das Letzte und Schwerste erspart. Nicht seinen Sohn musste er opfern, sondern einen Widder, der die Stelle Isaaks einnahm.
Hier in Getsemani tritt kein Opferlamm an die Stelle Jesu, sondern er selbst wird dazu. Gott der Vater mutet sich das schwerste Opfer zu, vor dem er Abraham, den irdischen Vater, verschonte. Gott Vater und Sohn bringen gemeinsam im Heiligen Geist das eine Opfer zur Versöhnung der Welt.

MÄRZ
STERBEHILFE – LEBENSHILFE Joachim Wanke

Der Gekreuzigte lebt

Auf dem Weg zurück vom Grab Jesu kam den Frauen »Jesus entgegen und sagte: Seid gegrüßt! Sie gingen auf ihn zu und warfen sich vor ihm nieder und umfassten seine Füße. Da sagte Jesus zu ihnen: Fürchtet euch nicht! Geht und sagt meinen Brüdern: Sie sollen nach Galiläa gehen und dort werden sie mich sehen!« (Matthäus 28,9–10).

Die Botschaft, die die Frauen am Grab hörten und die sie auf den Weg brachte – »Ihr sucht Jesus den Gekreuzigten? Er ist von den Toten auferstanden!« – diese Botschaft ist die Initialzündung des christlichen Glaubens. Sie ist die wichtigste Nachricht der Weltgeschichte.

Jesus ist mehr als ein Prophet gewesen, mehr als ein begnadeter Mensch. In ihm hat Gott gehandelt. Im Tod ist er zum Vater heimgegangen, von Gott erhöht in himmlische Machtstellung. Ein neues Zeitalter hat begonnen. Ab jetzt gelten nicht mehr die alten Machtverhältnisse der Sünde und des Todes. Deren Macht ist grundsätzlich gebrochen – so wie ein Sieg schon errungen ist, selbst wenn die öffentliche Siegesfeier noch aussteht.

Die ganze Wirklichkeit sehen

»Sie sollen nach Galiläa gehen und dort werden sie mich *sehen*!« Die ganze Wirklichkeit sehen und sie in das eigene Leben einlassen, dazu brauchen wir mehr als das Auge des aufklärenden Denkens und Urteilens – wir brauchen das vom Osterlicht erfüllte Auge des Glaubens.

Die frohe Botschaft, das »Evangelium«, ist nur mit dieser österlichen Sicht in seiner ganzen Wahrheit und Wirklichkeit zu erfassen, mit einem gläubigen Sehen, das den Verstand nicht ausschaltet, aber ihn doch überschreitet auf einen größeren Horizont hin.

Auferstehung – was ist das?

Auferstanden von den Toten – da geht es um keine Verlängerung des irdischen Lebens. Darüber bräuchte man nicht allzu viel Aufhebens machen. (Das können vielleicht in Zukunft die Biotechniker, wobei ich mir nicht so sicher bin, ob es erstrebenswert ist, wirklich auf Jahrzehnte hin jung bleiben zu müssen. Es ist gut, jung gewesen zu sein, aber »reifer Wein« hat auch etwas für sich!)

Die Auferstehung, von der unser christlicher Osterglaube redet, meint etwas anderes. Es geht um das Leben Gottes selbst, ein Leben, das unseren Sinnen nicht fassbar, unserem Denken nicht zugänglich, höchstens erahnbar ist.

»Schaffe uns neu, Gott, durch deinen Geist, damit auch wir auferstehen und im Licht des Lebens wandeln!« Nicht in dem Leben, das Kosmetikoperateure und andere »Bio-Künstler« uns künstlich erhalten und ausdehnen wollen, sondern das Leben, nach dem unser Herz eigentlich verlangt: ein Leben, in dem wir auf Dauer angenommen und geliebt sind und das *deshalb* unvergänglich sein soll.

Hilfe zum Töten?
In einigen Nachbarländern Deutschlands sind mittlerweile Gesetze in Kraft, die einem Arzt unter gewissen Bedingungen das Töten eines Menschen erlauben. Ich halte solche Gesetze für eine ethische Katastrophe, die verheerende Auswirkungen auf das vertrauensvolle Zusammenleben von Menschen haben werden. Es ist richtig: Niemand will unmenschliches Leid ertragen müssen. Die Aussage, dass eine Mehrheit der Menschen auch bei uns angeblich für Euthanasie ist, ist in diesem verständlichen Wunsch begründet: Ich möchte nicht, dass ich selbst oder ein mir nahe stehender Mensch unmenschlich leiden muss. Verantwortungsbewusste Ärzte bestätigen das: Die heutige Medizin kann helfen, Schmerzen erträglich zu halten. Nicht Euthanasiegesetze brauchen wir, sondern eine noch bessere Schmerztherapie.

Hilfen zum Leben
In einer gemeinsamen Erklärung haben der Landesbischof der Evangelisch-Lutherischen Kirche in Thüringen, Christoph Kähler, und ich zum Beginn der »Woche des Lebens« im Jahr 2004 geschrieben:
»Die letzten Schritte auf dem Lebensweg und auf das Lebensende zu können schwer sein, schmerzhaft und voll Traurigkeit. Die Angst vor dem Tod ist menschlich. Derzeit werden die Möglichkeiten einer aktiven Sterbehilfe diskutiert; in unseren Nachbarländern Schweiz, Holland und Belgien ist sie möglich. Als christliche Kirchen lehnen wir eine aktive Sterbehilfe ab.
Sterbende brauchen Menschen, die sie begleiten, nicht Menschen, die ihr Leben verkürzen. Eine aktive Sterbehilfe öffnet die Schleusen für einen willkürlichen Umgang mit Leidenden und Sterbenden. Wir dürfen uns nicht selbst zu Herren über Tod und Leben aufschwingen. Vielmehr gehören Sterbende zur Gemeinschaft der Lebenden.
Wir unterstützen deshalb nachdrücklich die Hospizinitiativen, die Menschen beim Sterben nicht allein lassen wollen. Das oft ehrenamtliche Engagement verdient unsere Hochachtung. Der Hospizgedanke kann helfen, Sterben und Tod als Teil des Lebens wieder bewusst wahrzunehmen.
Wir sehen auch in einer besseren medizinischen Betreuung schwerstkranker und sterbender Menschen, deren Schmerzen gelindert werden können, einen Weg zu einem menschenwürdigen Sterben. Daneben kann und

soll durch Patientenverfügungen die eigene Verantwortung für den letzten Lebensabschnitt gestärkt werden.

Alle Überlegungen um das Sterben müssen sich an einer Ethik der Würde menschlichen Lebens orientieren. Wir wünschen uns bei Sterbenden und ihren Angehörigen den Mut, auf das Sterben warten zu können und das Leben auszuhalten, solange der Lebensdocht noch glimmt. Die Kraft dazu und die begründete Hoffnung, dass der Tod nicht das letzte Wort hat, gibt uns der Glauben an Gott. Er allein ist Herr über Leben und Tod.«

Sterben gehört zum Leben

Einstellungen zum Wert und zur Würde des menschlichen Lebens können sich ändern. Man merkt es kaum, aber irgendwann ist dann Leben ein »Schadensfall«. Vor einer Sturmflut können nur zuvor gebaute Dämme retten. Die Heiligkeit und Unverfügbarkeit menschlichen Lebens und das ärztliche Selbstverständnis, niemals und auch nicht auf Verlangen hin direkt und aktiv einen Menschen zu töten, ist ein solcher Schutzwall der Menschlichkeit.

Wir Menschen können einander nicht vor dem Tod bewahren. Aber wir können einander einen Vorgeschmack des österlichen Lebens schenken: in der Erfahrung von einem anderen geliebt zu werden, auch wenn das Leben sich neigt, auch wenn es auf Sterben und Tod zugeht.

Zu einer menschlichen Sicht des Lebens gehört dieser Realismus: »Mitten im Leben sind wir vom Tod umfangen!« Aber es gilt noch mehr, sich fest im Osterglauben zu verwurzeln: »Mitten im Tod sind wir vom *Leben* umfangen!« – vom Leben des auferstandenen Christus, vom Leben Gottes selbst! Die Angst vor dem Tod ist uns angeboren – aber wer Ostern feiert, kann die Macht dieser Angst überwinden. Der Tod ist für den gläubigen Christen kein finsteres Loch, kein Versinken in ein Nichts. Er ist ein Tor zu einem neuen Leben, zu einem österlichen Leben. Dafür steht der von den Toten auferstandene Herr Jesus Christus.

STERBEHILFE – LEBENSHILFE Margot Käßmann

Glauben – bestreiten – zweifeln

Bei einer Diskussionsveranstaltung habe ich einmal erklärt: Ohne die Auferstehung gibt es keine Verkündigung des christlichen Glaubens. Hinterher kommentierte jemand: »Na ja, das müssen Sie als Bischöfin natürlich sagen.« Ich habe gekontert: »Sie werden lachen, ich glaube das tatsächlich!« Die Auferstehungsbotschaft ist das Zentrum des Evangeliums. Wir wissen aber auch, dass die Osterbotschaft das Unglaublichste an unserem christlichen Glauben ist. Und das war von Anfang an so.

Gerade Maria von Magdala! Eine Frau. Sieben böse Geister hat Jesus ihr ausgetrieben, und die erzählt nun, er sei auferstanden. So ein Unsinn! Verdrängte Liebesgefühle, Verlustängste – ein Psychotherapeut sollte da mal ran.

Zwei sind unterwegs und meinen, ihn getroffen zu haben. Wie soll man denen denn glauben? Halluzinationen! Einen Trauerprozess haben die nötig. Gibt es nicht einen qualifizierten Arzt, der da etwas verschreiben kann?

Von Anfang an gehört zum Glauben der Unglaube, das Bestreiten. Das kann doch nicht sein. Das ist doch naiv. Völlig unwissenschaftlich. Gegen jede Erfahrung, gegen jedes Wissen! Im Matthäusevangelium heißt es nach Ostern: »Die elf Jünger gingen nach Galiläa auf den Berg, wohin Jesus sie beschieden hatte. Und als sie ihn sahen, fielen sie vor ihm nieder; einige aber zweifelten« (Matthäus 28,16–17).

Ostern ja – aber bitte nichts mit Jesus!

Wir haben es mit Weihnachten da wesentlich leichter. Die großen Gefühle, die Familie, Vater, Mutter und Kind, das sind einfache Assoziationen. Aber Ostern? Kurz vor Ostern bekam ich einmal den Anruf einer Journalistin, die mir sagte: »Wir brauchen noch etwas zu Ostern von Ihnen – aber bitte nichts mit Jesus.« Aber Ostern geht nicht ohne Jesus und nicht ohne Auferstehung. Ostern sind eben nicht nur Eier, Häschen, Küken, Osterfeuer und Osterwasser, sondern Ostern ist der Glaube daran, dass Gott unser Leben über den Tod hinaus hält. Wie das aussehen wird, das wissen wir nicht. Und darüber müssen wir auch nicht spekulieren. Aber wir dürfen darauf vertrauen, dass Gott uns bei unserem Namen gerufen hat und dass unser Name bei Gott geborgen sein wird, auch wenn wir längst gestorben sind. Gerade das führt Christinnen und Christen nicht zur Weltflucht, sondern gibt uns die Freiheit, uns der Welt und ihren Herausforderungen zuzuwenden.

Den Tod anschauen

Nur vom Osterglauben her können wir meines Erachtens den Mut haben, uns ganz offen mit dem Tod auseinander zu setzen. Wir leben ja in einer Zeit, die geradezu panische Angst vor dem Tod hat. Er wird abgeschottet in vermeintlich klinisch saubere Bereiche. Bloß weg aus meinem Gesicht. Bloß keinen Sterbenden zu Hause behalten, das ist ja furchtbar, das kann doch niemand mit ansehen. Jeder möchte schnell und zügig sterben. Und so befürworten 78 Prozent der Deutschen Euthanasie. Unter den Christen sagen nur 14 Prozent der Evangelischen und 18 Prozent der Katholiken: »Über Leben und Tod darf nur Gott entscheiden.« Für mich ist das ein Signal dafür, wie groß die Angst vor dem Tod ist, wie wenig Menschen sich mit ihm befassen und wie groß die Distanz zum christlichen Glauben geworden ist.

Vor kurzem habe ich mit einem holländischen Arzt diskutiert, der schon über hundert Menschen aktiv Sterbehilfe geleistet hat. Wir haben heftig miteinander gestritten, weil ich persönlich aktive Sterbehilfe in keiner Weise befürworten kann. Am Ende des Interviews wurden wir beide gefragt, wie wir sterben möchten. Der Arzt antwortete: »Ich möchte bei vollem Bewusstsein sterben. Damit ich mich verabschieden kann.« – »Und dann?«, fragte die Journalistin, »kommt dann noch etwas?« – »Nichts, gar nichts«, sagte der Arzt. »Es gibt keine Existenz nach dem Tod. Das ist das Ende. Das Leben ist zwecklos und sinnlos.«

Lebensmut und Todesmut

Ich glaube tatsächlich, dass Lebensmut und Todesmut im positiven Sinne zusammen gehören. Wenn ich glauben kann, dass Gott mein Leben hält und trägt über den Tod hinaus, dann muss ich dem Tod auch nicht ausweichen. Ich muss keine Furcht vor dem Tod haben. Dass Menschen Angst vor dem Sterben und dem Tod haben, ist ganz normal. Wir kennen das Sterben nicht und nicht den Tod, und alles Unbekannte macht zunächst Angst.

Alternativen zur Euthanasie

Was können wir tun, anstelle aktive Sterbehilfe zu leisten?
– Es gilt, die Schmerztherapien der Palliativmedizin zu stärken. Sobald Menschen erfahren, dass es möglich ist, schmerzfrei in den Sterbeprozess zu gehen, sinkt die Zahl der Befürworter der aktiven Sterbehilfe auf 36 Prozent. Und es gibt Schmerztherapien, die ein Sterben in Würde ermöglichen.
– Wir müssen zudem die Hospizbewegung stärken. Für viele Familien ist es schwer, gerade diesen letzten Pflegeprozess zu Hause durchzuführen.

Sterbende gehören nicht in ein Krankenhaus, das ja gesund machen soll. Sterbende gehören in eine eigene Umgebung, wo sie liebevoll begleitet diesen letzten Weg in Würde gehen können.
– Wir sollten deutlich machen, dass beispielsweise in den Niederlanden ein Viertel aller Euthanasieopfer ohne ihre persönliche Einwilligung getötet werden. Und wenn nun noch die Todespille für Sterbewillige kommt, Alte, Selbstmordgefährdete? Wäre es nicht plötzlich ein Druck auf die Alten, nun endlich zu gehen? »Man schämt sich ja schon, so alt zu werden«, sagt mir die alte Dame. »Wir belasten die Krankenversicherungen und stellen die Alterspyramide auf den Kopf ...« Freie Entscheidung?
– Und schließlich sind die christlichen Patientenverfügungen, Patientenverfügungen überhaupt, anzuerkennen. In der Verfügung, die wir als Kirchen herausgegeben haben, heißt es:
»An mir sollen keine lebensverlängernden Maßnahmen vorgenommen werden, wenn medizinisch festgestellt ist, dass ich mich im unmittelbaren Sterbeprozess befinde oder es zu einem nicht behebbaren Ausfall lebenswichtiger Funktionen meines Körpers kommt. Ärztliche Begleitung sowie sorgsame Pflege sollen in diesen Fällen auf die Linderung von Schmerzen, Unruhe und Angst gerichtet sein, selbst wenn durch die notwendige Schmerzbehandlung eine Lebensverkürzung nicht auszuschließen ist. Ich möchte in Würde und Frieden sterben können ...«
Das ist eine Sterbehilfe, die ich für richtig halte. Hierüber sollten wir mit Pflegekräften, Ärztinnen und Ärzten, Angehörigen in ein Gespräch kommen. Auch sie müssen ermutigt werden, das Sterben, das sie so vielfach erleben, als Teil des Lebens wahrzunehmen.

Tod und Leid sind Teil des Lebens

Es geht gar nicht anders, als dass Christinnen und Christen von der Auferstehung her auf die Frage der Sterbehilfe blicken. Wir sprechen vom Auferstandenen und nicht von einem Toten. Dieser Glaube gibt uns Lebenskraft. Dieser Glaube kann uns halten und tragen, da wo wir andere im Sterben begleiten, wo wir einen geliebten Menschen verlieren und wo wir selbst im Sterbeprozess stehen.
Ich habe das zum ersten Mal verstanden, als ich als junge Pastorin mit 28 Jahren zum ersten Mal ein Kind beerdigen musste. Die Eltern hatten die kleine Marie-Louise, fünf Jahre alt, in ihrem Kinderzimmer aufgebart. Eine Barbie-Puppe in der einen Hand, einen Strauß Schneeglöckchen in der anderen. Vom Hof, auf dem sie gelebt hatte, haben wir sie hoch zum Friedhof getragen. Nahezu das ganze Dorf kam mit. Und am

nächsten Tag, da waren sie wieder auf dem Feld, die Eltern. Der Tod war bei allem Schmerz in das Leben integriert.

Gerade weil unser Gott lebt, Leben will und dem Leben zugewandt ist, ist es möglich, das Sterben anzusehen. Jesus hat uns gezeigt, dass Leiden zum Leben gehört. Ein Leben ohne jede Erfahrung von Leid ist auch kein erfülltes Leben. Wer Leiden kennt, kennt auch Lebenslust. Zum Leben in Fülle gehören Freude wie Leid.

Jesus ruft uns Zweifelnde als seine Zeugen

Als die Jüngerinnen und Jünger dem auferstandenen Jesus begegnen, »fielen sie vor ihm nieder; einige aber zweifelten« (Matthäus 28,17). Auch wir werden immer wieder mit Zweifeln zu ringen haben. Da brauchen wir uns gar nichts vorzumachen. Zweifeln, so Paul Tillich, gehört zum Wesen des Menschen, weil er endlich ist und nie das Ganze erfassen kann. Wir können uns den Glauben auch nicht erarbeiten nach dem Motto: »So, ab morgen glaube ich das und damit ist die Sache geklärt.« Nein, das hat uns Martin Luther beigebracht: Glaube ist auch ein Geschenk. Ein Geschenk, um das ich Gott bitten kann, im Dialog. Im Gebet. In der Stille, die ich aufsuche, um die letzten Fragen zu stellen.

Was ermutigend ist: Jesus schickt nun gerade diese Zweifler, diese Ungläubigen in die ganze Welt, um vom Glauben zu sprechen. Das finde ich wirklich unglaublich! Diese Fischer und Huren und Zöllner sind nun gerade keine so ganz überzeugenden Leitfiguren. Bei jedem Casting würden sie durchfallen. Keine Sonnyboys, keine Glamourgirls, keine Erfolgsfiguren. Aber sie werden geschickt in alle Welt, das Evangelium zu predigen, zum Glauben zu rufen und zu taufen. Ich finde, das kann jeden und jede von uns nur ermutigen. Auch wir mit unseren Ecken und Kanten, wir mit unseren Zweifeln und unserem Unglauben werden geschickt, Spuren des Reiches Gottes zu legen. Wir können in diese Welt gehen und weitersagen: Er ist auferstanden, er ist wahrhaftig auferstanden!

April

GLOBALISIERUNG

28,16 Aber die elf Jünger gingen nach Galiläa auf den Berg, wohin Jesus sie beschieden hatte. **17** Und als sie ihn sahen, fielen sie vor ihm nieder; einige aber zweifelten. **18** Und Jesus trat herzu und sprach zu ihnen: Mir ist gegeben alle Gewalt im Himmel und auf Erden. **19** Darum gehet hin und machet zu Jüngern alle Völker: Taufet sie auf den Namen des Vaters und des Sohnes und des heiligen Geistes **20** und lehret sie halten alles, was ich euch befohlen habe. Und siehe, ich bin bei euch alle Tage bis an der Welt Ende.

GLOBALISIERUNG

Es ist vollbracht
Jesus hat die Jünger nach Galiläa gerufen (Matthäus 28,7), dorthin, wo alles angefangen hatte. Wo Jesus die Jünger das erste Mal sammelte, da sammelt er sie zum letzten Mal. Aber »Galiläa« dürfte für Matthäus noch eine andere Bedeutung haben. Es ist das nördliche Gebiet des alten Davids-Reiches, dessen endzeitliche Wiederherstellung Israel erhoffte. Es ist das »Galiläa der Heiden«, das schon zu Beginn der Wirksamkeit Jesu eine Rolle spielte (vgl. Matthäus 4,12–17). Jetzt erfüllt sich, was schon am Anfang verheißen war: Das Evangelium, die gute Nachricht von der Königsherrschaft Gottes, wird über Israel hinausgetragen und allen Völkern gebracht werden. In der Ortswahl deutet sich das an.

Der »Berg« wird nicht näher bezeichnet. Er ist Ort der Gottesoffenbarung, wie seinerzeit der Sinai. Wie Jesus den Jüngern auf dem Berg der Verklärung in österlichem Licht erschien (vgl. Matthäus 17,1–9), so erscheint er auch jetzt. Der gesagt hatte: »Ich gehe hinauf nach Jerusalem, ich werde getötet werden und auferstehen« (Matthäus 16,21), der steht jetzt vor ihnen als der, der nach Jerusalem gegangen *ist*, der getötet worden *ist* und auferstand. Es ist vollbracht. Seine Sendung ist erfüllt. Er ist nicht mehr der Irdische (obwohl immer noch wahrer Mensch und wahrer Gott), er ist der Himmlische.

Die Sendung der Zweifelnden
Jesus tritt auf die Jünger zu. Er überwindet die Distanz, auch die Distanz, die durch ihren Zweifel entsteht. »Einige zweifelten« – wie menschlich, wie normal! Umso mehr Vertrauen verdient ihr schließliches Osterzeugnis. Es waren keine leichtgläubigen Schwätzer, die später vor die Menge traten und den Auferstandenen verkündigten. Ihr Zweifel musste erst überwunden werden. Die Szene erinnert an viele alttestamentliche Berufungsgeschichten, etwa die von Mose, von Gideon oder von Jeremia. Sie alle sehen zuerst eine Erscheinung Gottes, und alle reagieren mit Zögern, mit Zweifel, auch mit Selbstzweifel. Doch jedes Mal erfolgt ungeachtet dessen die Beauftragung durch Gott, abgeschlossen mit einer so genannten Beistandsformel: »Ich bin mit dir.« Genau diesen Ablauf beobachten wir auch hier. Jesus beruft seine Jünger und beauftragt sie ganz neu.

Der Gipfel des Matthäusevangeliums
Zwei weitere Kreise schließen sich (wir sahen schon, dass Matthäus das Stilmittel der *inclusio*, des Einschlusses, liebt): Wie sich von der Anbetung

der Weisen aus der Fremde (Matthäus 2,1; vgl. Monatskapitel Januar) und der Erwähnung des »Galiläa der Heiden« (Matthäus 4,15) der Kreis hin zur Weltmission schließt, so schließt sich auch der Kreis der Anbetung: Die Jünger fallen vor ihm nieder, wie es die Weisen damals taten; hier wie dort dasselbe Wort, das »auf die Knie fallen«, »anbeten«, »huldigen« bedeutet.

Und es schließt sich der Kreis der Ankündigung der Geburt Jesu als des »Immanuel«, des »Gott mit uns« – hin zur Verheißung Jesu in der Beistandsformel: »Ich bin bei euch alle Tage.« Zu Recht hat Anselm Grün gesagt: »In dieser Schluss-Szene gipfelt das ganze Matthäusevangelium.«

Der Missionsbefehl

Der so genannte Missionsbefehl ist literarisch sehr sorgfältig aufgebaut. Er besteht aus drei Hauptgliedern, deren Mittelglied drei Unterglieder aufweist, in deren Mitte der Name des Dreieinigen Gottes steht. Man kann sich das grafisch ganz leicht vor Augen führen:

1. Unbegrenzte Vollmacht Jesu
2. Unbegrenzte Mission Jesu
    1. macht zu Jüngern
    2. tauft
        1. auf den Namen des Vaters
        2. und des Sohnes
        3. und des Heiligen Geistes
    3. lehrt
3. Unbegrenzte Gegenwart Jesu

Die Vollmacht Jesu und die Königsherrschaft Gottes

In dieser Selbstaussage der erhöhten Herrn klingen Verheißungen an, die im Alten Testament dem von Daniel geschauten »Menschensohn« zugesprochen werden: »Ihm wurde Macht gegeben und Ehre und Reich, dass die Völker aller Nationen und Zungen ihm dienten« (Daniel 7,14). Diese Verheißung ist in Jesus erfüllt, der sich selbst oft in Anlehnung an den Propheten Daniel als den »Menschensohn« bezeichnet hat. Damit kommen im Missionsbefehl Jesu zugleich Themen und Hoffnungen zu Wort, die im antiken Judentum die Feier des Laubhüttenfestes (*Sukkot*) bestimmten. Mit dem Laubhüttenfest verband sich die Erwartung, dass Gott am Ende der Tage alle Völker als sein Eigentum auf dem Berg Zion versammeln wird. Es war nach dem jüdischen Geschichtsschreiber Josefus »das Fest der Freude am Königtum Gottes schlechthin« (Peter Stuhlmacher).

Eben dies ist ja das Hauptthema des Matthäusevangeliums. In Jesus ist das Königtum Gottes angebrochen, jetzt, in der Sendung der Jünger, kommt es zur Erfüllung. Allerdings ist es immer noch verborgen und verhüllt, »nicht mit Heer oder Gewalt, sondern durch meinen Geist« (Sacharja 4,6).

Die Mission Jesu: Einladung zum Heil für alle

In diesem Geist geschieht auch die »unbegrenzte Mission« Jesu. Weil er unbegrenzte Vollmacht hat, »*darum* gehet hin«. Jesu Macht offenbart sich gerade in der Sendung. Sie ist das Mittel, durch das Jesus den Vorhang der Verborgenheit seiner Herrschaft ein wenig wegzieht. Trotz aller Verfolgung und Anfeindung, ja trotz des Martyriums ist die Gemeinde Jesu nicht auszulöschen, sondern sie wächst. Dieses »zu Jüngern machen« geschieht aber nicht durch Gewaltanwendung, sondern durch werbende Einladung. Darin bezeugt der Erhöhte seine Herrschaft.

»Macht zu Jüngern alle Völker«, das heißt: Bringt sie in eine Gefolgschaftsbeziehung zu Jesus. Teilt ihnen die Erfahrung Jesu mit, die Erfahrung des Vertrauens und der Freiheit der Kinder Gottes, die Erfahrung der neuen Gemeinschaft, der Kirche (Anselm Grün). Und: »alle Völker« – nicht mehr nur Israel. Das ist die Entgrenzung der Botschaft, das Angebot grenzenlosen Heils bis an die Enden der Erde.

FRAUEN IM ZEUGENSTAND Margot Käßmann

Der Tag danach

»Als aber der Sabbat vorüber war und der erste Tag der Woche anbrach, kamen Maria von Magdala und die andere Maria, um nach dem Grab zu sehen« (Matthäus 28,1).

Wir hören, was diese Frauen am Morgen nach dem Sabbat tun. Der Morgen danach. Aber wie war eigentlich der Tag nach dem Tod Jesu? Über diesen Sabbat wissen wir nichts. Wir können ihn nur erahnen, ihn uns vorstellen. Der Tag danach, der Tag, an dem ein tiefes, finsteres Loch entsteht. Jesus ist tot. Alle Hoffnung dahin, der geliebte Freund, der Mann, der ihnen Hoffnung gegeben hat, wurde gekreuzigt wie ein Verbrecher. Der Tod scheint das Ende aller Hoffnungen zu sein.

Das kennen Frauen. Das kennen Frauen in Kriegen, das kennen die Mütter, die Ehefrauen, die Töchter. Tod. Ende. Der Tod stürzt uns in die tiefsten Gräben, in die wir geraten können. Der Tod als das Ende aller Hoffnung. Wie haben sie diesen Sabbat verbracht? Den Sabbat der Hoffnungslosigkeit.

Frauen und ihre Hoffnung

Frauen haben eine unglaubliche Energie. Stellen wir uns das vor! Einen Tag im tiefen Loch und am nächsten Tag nehmen sie ihre Pflicht wieder auf: Sie gehen ans Grab. Nach dem Markus- und dem Lukasevangelium haben sie teures Salböl beschafft, viel Geld dafür werden sie nicht gehabt haben. Aber die letzte Pflicht an diesem Mann, den sie alle auf ihre Weise geliebt haben, diesen letzten Dienst gegenüber einem Menschen, den wir lieben, den wollen sie erfüllen.

Diese Frauen haben die Geschichte getragen. Frauen, deren Liebe über alle Zerstörung, über alle Hoffnung hinausging. Als Abiturientin hat mich in dieser Beziehung Frau Buber-Neumann beeindruckt. In ihrem Buch »Zwischen Hitler und Stalin« hat sie beschrieben, wie Frauen im Gulag und im Konzentrationslager ihre Hoffnung bewahrt haben. Sie hat beschrieben, wie Frauen die kostbare Margarine-Portion in ihr Gesicht verschmierten, um schön zu sein. Sie hat beschrieben, wie sie in einem Zug saßen von Russland gen Westen und alle hofften, dies würde die Befreiung bedeuten. Als die Türen der Güterwaggons geöffnet wurden, standen die Nazischergen vor den Türen und jagten die Menschen, dem Gulag entkommen, ins Konzentrationslager. Die meisten Männer, so sagte sie, sind daran zerbrochen.

Aber Frauen haben eine Hoffnung, die auch in kleinen Portionen leben kann. Frauen können überleben, weil ihr Lebenswille so stark ist. Ob Mütter oder nicht, ich glaube, dass die grundsätzliche Gebärfähigkeit der Frauen etwas damit zu tun hat. Die Frauen am Grab Jesu haben das

Dunkel durchwatet, und nun sind sie auf dem Weg am Morgen, sehr früh. Sie werden kaum geschlafen haben. Und die Sonne geht auf.

Steine auf dem Weg

»Und siehe, es geschah ein großes Erdbeben. Denn der Engel des Herrn kam vom Himmel herab, trat hinzu und wälzte den Stein weg und setzte sich darauf« (Matthäus 28,2).

Auf dem Weg zum Grab werden sich die Frauen gefragt haben, wer denn den Stein davon wegwälzen wird. Sorgen machen sich Frauen immer wieder. Und Steine gibt es genug im Leben von Frauen! Je miserabler die ökonomische Situation eines Landes, desto massiver leiden Frauen. In Westeuropa, einer der besten ökonomischen Situationen der Welt, gibt es versteckt und verborgen einen Frauenhandel, der 400.000 Frauen in die Zwangsprostitution zwingt. Ein tabuisiertes Thema! Nein, wir sprechen nicht darüber, dass eine Million deutsche Männer pro Tag eine Prostituierte aufsuchen! Niemand fragt, woher diese Frauen sind. Viele haben keine Rechte, keinen Pass und beziehen nur Prügel. Viele wissen nicht, wohin. Das sind Steine, die ein Leben wahrhaftig belasten können.

Aber wir kennen auch andere Steine. Frauen, die an ihren Ehen verzagen. Frauen, die sich zurückgesetzt fühlen im Beruf. Frauen, die ihren Wert, ihre Kompetenz nicht anerkannt sehen. So ist das bei uns. Aber wir brauchen nur den Blick zu weiten über unsere Grenzen und wir sehen Frauen, die in Polen sterben an illegalen Abtreibungen, Frauen, die verbluten durch Genitalverstümmelung und ihr Leben lang gezeichnet sind. Frauen, die geprügelt werden, vergewaltigt werden im Krieg.

Aber der Stein wurde weggewälzt! Der »Engel des Herrn« hat das nach dem Matthäusevangelium getan. Kennen Sie das, dieses überschäumende Gefühl der Freiheit? Die Schranke ist gar nicht da? Andere helfen, den Weg frei zu räumen? Es gibt Solidarität, es gibt Gemeinschaft. Es gibt eine Leichtigkeit des Seins, eine Freude, eine Fröhlichkeit im Miteinander, in der die Steine nicht mehr sichtbar sind, sie sind weg, weggewälzt.

Die Botschaft: Er ist nicht im Grab

»Der Engel sprach zu den Frauen: Fürchtet euch nicht! Ich weiß, dass ihr Jesus, den Gekreuzigten sucht. Er ist nicht hier; er ist auferstanden, wie er gesagt hat. Kommt her und seht die Stätte, wo er gelegen hat« (Matthäus 28,5–6).

Ein Wunder. Er ist gar nicht da. Ein Engel verkündet die göttliche Botschaft – wie oft in der Bibel: Schon Maria hat das erfahren, als ihr die Geburt eines Sohnes angekündigt wurde. Nein, Jesus ist nicht im Grab. Er wurde aufgerichtet. Er ist auferstanden. Sie erfahren das und sie begreifen das. Er ist nicht tot, er ist nicht am Ende. Die Welt ist nicht am Ende, weil Gottes Geschichte über das, was wir sehen und erfahren, hinausgeht.

Können Sie sich die Frauen vorstellen? Plötzlich ist es alles ganz anders als erwartet! Wir stehen vor einer Frage. Wir stehen vor einer Hoffnung, und wissen nicht, wie zu deuten ist was wir sehen. Er ist nicht hier.

Manchmal denke ich, die Frauen haben so treu zur Kirche gestanden durch die Jahrhunderte, weil sie viel sensibler für das sind, was unser Sehen und Erfahren übersteigt. Die Wirklichkeit ist viel größer als das, was wir sehen und ertasten können. Die Wirklichkeit, sie wird bestimmt auch durch die Liebe. Wer wollte die Liebe definieren, in Worte packen, begrenzen? Oder die Hoffnung? Er ist aufgerichtet. Er ist auferstanden. Die Hoffnung, sie geht über all das, was wir sehen, hinaus. Solche Hoffnungszeuginnen sind Frauen durch die Jahrtausende gewesen.

Mut zum Zeugnis

»Geht eilends hin und sagt seinen Jüngern, dass er auferstanden ist von den Toten. Und siehe, er wird vor euch hingehen nach Galiläa: dort werdet ihr ihn sehen. Siehe, ich habe es euch gesagt. Und sie gingen eilends weg vom Grab mit Furcht und großer Freude und liefen, um es seinen Jüngern zu verkündigen« (Matthäus 28,7–8).

Furcht und große Freude ergreift sie. Sie spüren, dass dort etwas geschehen ist, was die Wirklichkeit übersteigt. Die Frauen werden zu den Jüngern geschickt, dass sie erzählen von dem, was sie erfahren haben. Wer wollte Frauen da noch sagen, dass sie nicht in die Verkündigung, nicht zum Priesteramt geschickt sind? Wo ist das biblische Zeugnis, das das bestreitet? Frauen sind in allen Evangelien die ersten Zeuginnen der Auferstehung. Sie sind die Ersten, die gesandt werden zu berichten, zu verkündigen.

Den Mut haben, dass der Stein weggerollt sein kann. Den Mut haben, ihn vielleicht selbst wegzurollen. Den Mut haben, davon zu sprechen was ich glaube. Den Mut, meinen eigenen Wert zu erkennen. Den Mut davon zu reden, was ich denke und was ich glaube. Diesen Mut müssen sich Frauen immer neu erkämpfen. Und zwar vor allen Dingen im Kampf mit sich selbst.

Ich denke mir, Maria aus Magdala und die andere Maria, aber auch andere Frauen, sie werden sich zusammengetan haben und diesen Mut gefunden haben. Meine Erfahrung ist, dass diese Ermutigung Frauen sich gegenseitig zusprechen können. Die Frauen am Grab Jesu müssen den Mut gefunden haben, von ihrem Glauben zu reden – sonst wäre nach der Auferstehung die Geschichte abgebrochen. Es lag an dem Mut dieser Frauen, dass die Auferstehung zum Zeugnis wurde: Wir sind zur Freiheit befreit.

APRIL
MISSIONARISCHE KIRCHE
Joachim Wanke

Gott in Deutschland

Es ist ein gewaltiges Lob, das Paulus der kleinen Christengemeinde in Thessalonich ausstellt: »Ihr habt das Wort (des Evangeliums) ... mit Freude aufgenommen ... Ihr wurdet ein Vorbild für alle Gläubigen in Mazedonien und in Achaja ... von euch aus ist das Wort des Herrn nicht nur (dorthin) gedrungen, sondern überall ist euer Glaube an Gott bekannt geworden« (1 Thessalonicher 1,2–8). Ob das Paulus auch im Jahr 2005 an die Gemeinden in Deutschland hätte schreiben können? »Überall ist euer Glaube an Gott bekannt geworden ...«

Natürlich: Wir leben heute in anderen Zeiten! Das Christentum ist bekannt. Es ist eine gesellschaftliche und kulturelle Realität. Aber – ist Gott wirklich bei allen Zeitgenossen bekannt? Und vor allem: Wird er durch uns bekannt?

Ich habe vor einiger Zeit einmal an meine katholischen Mitchristen in Deutschland geschrieben: »Uns fehlt als Kirche nicht das Geld. Uns fehlen auch nicht die Gläubigen. Was uns fehlt ist dies: Die Überzeugung, neue Christen gewinnen zu können!« Manche werden vielleicht sagen: »Neue Christen wachsen doch laufend nach. Die meisten der Neugeborenen werden in Deutschland getauft!« Das ist richtig und auch gut so. Aber was ist mit der zunehmenden Zahl derer, die nicht mehr getauft werden? Sind wir überzeugt, auch sie für das Evangelium gewinnen zu können?

Der Missionsbefehl Jesu

Im Jahr 2004 war der zwölfhundertfünfzigste Todestag des heiligen Bonifatius. Er und sein Missionsteam wären nicht im achten Jahrhundert aus dem alten Angelsächsischen Land hierher gekommen, wenn ihnen nicht die feste Überzeugung eigen gewesen wäre: Wer Christus nicht kennt, dem fehlt etwas! Der muss deswegen kein schlechter Mensch sein – aber er ist ohne Christus schlechter dran!

Wir stehen heute immer noch auf dem Fundament, das Bonifatius und seine Gefährten bei uns gelegt haben. Ihr Lebenseinsatz ist heutzutage aktueller denn je, mehr als in Zeiten eines selbstverständlichen, fraglosen Christentums. »Macht alle Menschen zu meinen Jüngern!« Das ruft Jesus uns auch heute zu. »Habt zumindest den Willen dazu! Auch, wenn es schwierig und scheinbar aussichtslos scheint, bestimmte Vorurteile und Verhärtungen des Denkens aufzubrechen: Sorgt dafür, dass es authentische Zeugen meines Evangeliums gibt!«

Es gibt Glaubenszeugen unter uns

Gottlob: Solche Zeugen Christi gibt es, Frauen und Männer, Eltern und Kinder, Jugendliche und Senioren! Ungezählte Biografien, in denen der Glaube an Gott und die Nachfolge Christi einfach eine Realität ist. Gerade die Generation, die hintereinander den Zusammenbruch zweier Großideologien erlebt hat, hat erfahren: Menschenwerke vergehen – Gottes Wort, Jesus Christus und sein Evangelium bleibt! Die Kirche darf Gefäß für dieses Evangelium sein. Die äußere Gestalt dieses Gefäßes mag sich wandeln. Aber sein Inhalt hat auch heute die Kraft, Menschenherzen zu berühren.

Ich frage Sie: Wer war in Ihrer geistlichen Biografie für Sie ganz persönlich der entscheidende Christuszeuge? Ich kann es von meiner Mutter sagen, aber auch von meiner katholischen Klassenlehrerin in der sozialistischen Schule, die allen Schikanen zum Trotz der Gemeinde treu blieb. Ich verdanke Stärkung und Festigung meines Gottesglaubens den Seelsorgern meiner Kinder- und Jugendzeit. Ich lebe noch heute von dem Christuszeugnis, das uns jungen Priestern Bischof Hugo Aufderbeck vorgelebt hat.

Solche Glaubenszeugen gibt es auch heute. Der Religionslehrer, der nicht nur vom Glauben redet, sondern ihn authentisch lebt! Der Caritasmitarbeiter, der der Liebe Christi sein ganz persönliches Gesicht verleiht. Die Mutter, die mit ihrem Kind an der Bettkante betet. Die Familie, die ihren alten Vater aufopferungsvoll zu Hause pflegt. Das Schulkind, das als einziges aus der Klasse Messdiener ist und sich dafür gelegentlich sogar von den anderen hänseln lässt.

Gewinnender Glaube

Das Evangelium ist mehr präsent als wir das gewöhnlich meinen. Aber andere für den Glauben an Gott gewinnen? Wir haben ja die Probleme in der eigenen Familie, bei den eigenen Kindern und Enkelkindern! Und jetzt gar jene, die Gott und die Kirche für sich abgeschrieben haben – oder die nie die Chance hatten, auf das Evangelium wirklich aufmerksam zu werden? Da stehen wir hilflos da. Wir haben das Gefühl: Da komme ich nicht heran. Es geht uns wie Paulus auf dem Areopag: Als er von der Auferstehung der Toten sprach, sagten die Athener: »Darüber wollen wir dich ein andermal hören!«

Vieles ist den Menschen fragwürdig geworden. Sie sind der großen Worte müde. Feste Überzeugungen sind nicht hoch im Kurs. In dieser Situation hilft allein – ein glaubhaftes, ganz persönliches Wort von Mensch zu Mensch. Dort, wo ein Christ einen anderen in sein Leben, in sein Herz hineinschauen lässt, da geschehen auch heute Wunder! Es gibt Fragen, die irgendwann jedem von Ihnen schon einmal gestellt worden sind. »Wie packst du das nur?« »Wie ist es dir ergangen, als der Arzt sagte: bösartig?« Oder: »Wie kommst du mit deiner Ehe zurecht, mit dem schwierigen Jungen, dem behinderten Mädchen?« Oder:

»Warum rennst du, der du doch sonst so normal bist, dauernd zur Kirche?« Hinter manchen Sticheleien verbirgt sich eine tiefer sitzende Anfrage: »Lass doch einmal etwas von deinem Innern sehen! Ist dir das wirklich alles ernst, was du in deinem Glauben bekennst?«

Wache Zuhörer sein

Nichtkirchliche Zeitgenossen erwarten keine religiösen Ansprachen. Aber sie erwarten, dass wir Christen bei solchen kritischen Anfragen ganz wach da sind – mit Hand, Herz und Mund. Ja, auch mit einem guten Wort. Ein einziges Wort, zur rechten Zeit gesagt, in Liebe und mit Einfühlungsvermögen, kann wie ein Anker sein, der sich im Innern eines Mitmenschen festmacht. Dabei ist wichtig: Christen sind nicht Leute, denen immer und sofort alles gelingt. Im Bild gesprochen: Man kann sogar mit leicht »angeschwärztem Hals« einen anderen auf die reinigende Kraft des Wassers aufmerksam machen! Aber Menschen spüren, aus welchen Quellen einer lebt, besonders dann, wenn er allen Grund hätte, am Leben und an der Welt zu verzweifeln.

Lobby-Arbeit für Christus

»Geht, verkündet das Evangelium allen Menschen! Seid meine Zeugen!«, so ruft es uns Jesus zu. Mich bedrängt, dass in unserem Land so viele Menschen leben, die Gott nicht wirklich kennen. Es mag ihnen so gehen, wie einem Weimarer Kunstprofessor der Goethezeit. Als er zum Sterben kam, reichte man ihm ein Kruzifix. Er sah es an, murmelte noch mit schwacher Stimme: »Herzogliche Kunstsammlungen, Weimarer Zopfstil, 18. Jahrhundert«, drehte sich zur Wand um – und starb.

Das kostbarste Erbe, das wir besitzen, ist kein »Kulturgut«, sondern eine lebendige Erfahrung: Gott zu kennen, wie ihn uns Jesus Christus bekannt gemacht hat.

Gute Nachrichten verbreiten sich im Normalfall nicht so schnell wie Katastrophenmeldungen. Für gute Nachrichten muss man etwas tun. Sie brauchen eine Lobby. Diese Lobby-Arbeit für seine gute Botschaft will Jesus Christus von uns. Das ist sein klarer Auftrag. Wenn wir uns nicht scheuen, unseren Kollegen, Bekannten und Freunden gute Urlaubs- oder Einkaufstipps zu geben – warum sollten wir ihnen nicht sagen dürfen, was uns unser christlicher Glaube bedeutet? Wir sind reicher als wir meinen. Die wenigsten Menschen sind wirklich aus Überzeugung gegen den christlichen Glauben, aber die meisten unserer Mitbürger sind misstrauisch, oft auch der Kirche gegenüber. Sie sehen bei uns zu viel Apparat. Sie sehen zu wenig Evangelium. Das – so meine ich – muss sich ändern!

Mai

GRUNDGESETZ

5,1 Als er aber das Volk sah, ging er auf einen Berg und setzte sich; und seine Jünger traten zu ihm. **2** Und er tat seinen Mund auf, lehrte sie und sprach: **3** Selig sind, die da geistlich arm sind; denn ihrer ist das Himmelreich. **4** Selig sind, die da Leid tragen; denn sie sollen getröstet werden. **5** Selig sind die Sanftmütigen; denn sie werden das Erdreich besitzen. **6** Selig sind, die da hungert und dürstet nach der Gerechtigkeit; denn sie sollen satt werden. **7** Selig sind die Barmherzigen; denn sie werden Barmherzigkeit erlangen. **8** Selig sind, die reinen Herzens sind; denn sie werden Gott schauen. **9** Selig sind die Friedfertigen; denn sie werden Gottes Kinder heißen. **10** Selig sind, die um der Gerechtigkeit willen verfolgt werden; denn ihrer ist das Himmelreich. **11** Selig seid ihr, wenn euch die Menschen um meinetwillen schmähen und verfolgen und reden allerlei Übles gegen euch, wenn sie damit lügen. **12** Seid fröhlich und getrost; es wird euch im Himmel reichlich belohnt werden. Denn ebenso haben sie verfolgt die Propheten, die vor euch gewesen sind.

GRUNDGESETZ

Das Grundgesetz des Gottesreichs

Die »Bergpredigt« bei Matthäus (5,1–7,29) ist im Vergleich zu der »Feldrede« bei Lukas (Lukas 6,20–49) wesentlich länger und ausführlicher. Sie ist die erste große Proklamation Jesu, seine erste große Rede vor den Jüngern und allem Volk. Darum stellt sie so etwas wie das *Grundgesetz* des Reiches Gottes dar. Der König Jesus legt die Grundsätze seines Königreiches dar: So kann und soll man darin leben, das ist der Weg. »Wer diese meine Rede hört und tut, der gleicht einem klugen Mann, der sein Haus auf Fels baute. Und wer diese meine Rede hört und tut sie nicht, der gleicht einem törichten Mann, der sein Haus auf Sand baute« (Matthäus 7,24.26).

Die Radikalität Jesu

Das klingt so einfach und klar. Und klar ist es auch! Aber nicht einfach. Jesus spricht uns die vollkommene Liebe, Nähe und Fürsorge Gottes zu. Zugleich aber ruft er uns in eine vollkommene Hingabe an Gott und aneinander. Diese Vollkommenheit, die Unbedingtheit und Radikalität seiner Rede können einen wohl erschrecken lassen. »Ihr sollt vollkommen sein, wie euer himmlischer Vater vollkommen ist« (Matthäus 5,48). Wer kann das schon? Wir Menschen sind doch nun einmal nicht vollkommen!

Er gibt, was er fordert

Darauf gibt der Evangelist Matthäus eine verblüffende Antwort: Gleich nach Abschluss der Bergpredigt erzählt er nämlich von vier Krankenheilungen (Matthäus 8), so als wollte er sagen: »Seht her, gegenüber dieser Vollkommenheit des Lebens, wie es uns Jesus vor Augen stellt, sind wir alle wie Kranke; wir sind alle wie gelähmt, sodass wir keinen rechten Schritt tun können; wir sind alle wie ans Bett gebunden, sodass wir uns nicht zu dieser Vollkommenheit erheben können. Das ist unsere Lage als Menschen vor Gott. Aber Jesus ist gekommen, um gesund zu machen.«

Bei den Menschen, die damals geheilt wurden, geht es nicht einfach um bestimme Leute aus früheren Zeiten, sondern um uns alle. Die geheilten Kranken von damals sind so etwas wie Platzhalter für uns, unsere Stellvertreter. Darum kann ich zu Jesus sagen, wie einer von ihnen es damals tat: »Herr, wenn du willst, kannst du mich rein machen« (Matthäus 8,2). Und Jesu Antwort gilt auch mir: »Ich will es, sei rein« (Matthäus 8,3), und damit hebt er die Gottestrennung auf.

Die Bitte: »Herr, rühre mich an, heile mich, damit ich lebe, wie ein Jünger lebt«, wird immer wieder meine Antwort sein auf das Wort Jesu, das ich in der Bergpredigt vernehme.

Der Grundartikel des Königreichs

In der Bergpredigt legt der König Jesus die Grundsätze seines Königreiches dar. Jesus spricht besonders seine Jünger an, aber alle dürfen zuhören. Und er beginnt mit einer großartigen Ouvertüre, einer Eröffnung mit Paukenschlag sozusagen: mit den Seligpreisungen. Sie sind gewissermaßen der *Grundartikel* der Bergpredigt, während die »Antithesen« – »Ihr habt gehört, dass zu den Alten gesagt ist, ich aber sage euch« (Matthäus 5,17–48) – so etwas wie die *Grundsätze* und die »Säulen der Frömmigkeit« (Matthäus 6,1–18) in etwa die *Grundrechte* der Bergpredigt darstellen (siehe Monatskapitel Juni und Juli).

Welche Seligkeit?

Karl Heim schreibt zu den Seligpreisungen: »So hat noch nie ein Mensch zu uns Menschen gesprochen ... Wir sind zur Freude geboren. Der Jammer, den wir um uns sehen, ist nur ein Zwischenzustand, der daher kommt, weil wir im Zeichen des verlorenen Paradieses leben. Aber das Ende der Wege Gottes mit uns ist Freude«, die Glückseligkeit, die uns hier zugesprochen wird.

Was ist das für eine »Seligkeit«? Es ist das Glück der Gottesgemeinschaft. Sie gilt schon jetzt, ist aber auf Erfüllung angelegt. Deshalb sind die Seligpreisungen diesseitig, sprechen in das Leben hinein und treffen es auch, und sie sind gleichzeitig weit darüber hinaus. Das Glück der Gottesgemeinschaft ergreift uns hier und ist doch nicht »von dieser Welt«.

Aus der Erwartung leben

Neunmal preist Jesus Menschen »selig«. Die erste und die achte Seligpreisung schließen mit derselben Verheißung: »denn ihrer ist das Himmelreich« und legen damit eine Klammer um die ersten acht. Die neunte scheint eine Erweiterung und Erläuterung der achten zu sein. Die Verfolgung um der Gerechtigkeit willen wird dort ergänzt und erklärt mit lügnerischen Verleumdungen um Jesu willen, der Besitz des Himmelreiches mit dem reichen Lohn im Himmel und dem Trost, dass die Propheten ein Gleiches erlitten haben.

Die acht durch die Verheißung des Gottesreiches gerahmten Seligpreisungen lassen sich in zwei Gruppen zu je vier untergliedern: eins bis vier haben das *Warten der Jünger* zum Inhalt: warten auf den Reichtum Gottes in der eigenen Armut, warten auf Trost im Leid, warten auf den Besitz des Erdreiches, warten auf Gerechtigkeit; fünf bis acht sprechen von der *Haltung oder dem Sein der Jünger*: barmherzig sein und ein reines Herz haben, friedfertig sein und unter Verfolgung leiden (J. Schniewind).

Selig die geistlich Armen

Der Auftakt einer Rede hat immer besonderes Gewicht, so auch hier. Die erste Seligpreisung betrifft die »geistlich Armen«. Warum gerade sie, was ist damit gemeint? Arm ist jemand, der nicht das Nötigste zum Leben hat. Geistlich arm ist einer, der vor Gott nichts vorzuweisen hat, der bloß und mit leeren Händen dasteht. Wie ein Armer, der ein leeres Gefäß vor sich hinstellt, damit ihm ein Vorübergehender etwas hineinlegt, »so müssen wir geistlich Armen täglich in unserem Gebet mit einem leeren Gefäß zu Gott gehen. Nur wenn er es jeden Morgen wieder neu füllt, können wir den Tag über durchhalten. Jesus preist uns selig, wenn wir so, wie der arme Lazarus, selber nichts mehr verdienen können und einfach von der Hand in den Mund leben müssen. Denn gerade in diesem Zustand sind wir ganz auf Gott geworfen. Er ist unser einziger Reichtum und unsere einzige Nahrungsquelle. Auf ihn sind wir allein angewiesen. Wir leben jeden Tag von den Brosamen, die von seinem reichen Tische fallen ...« (Karl Heim). (Ich denke da an unsere tägliche Eucharistiefeier in Gnadenthal. Da halten wir Gott unsere leeren Hände hin, damit er sie füllt.)

Diesen Auftakt gilt es beim Lesen der Bergpredigt im Gedächtnis zu behalten, wenn wir den Eindruck gewinnen, wir müssten uns besser und vollkommener machen, um den radikalen Forderungen Jesu zu genügen. Aber das ist ein Missverständnis. Die Radikalität der Bergpredigt besteht nicht darin, dass ich von mir aus besser *sein* muss, sondern dass ich mich besser *erkenne*, nämlich in meiner radikalen Hilflosigkeit vor Gott, in meinem radikalen Angewiesensein auf ihn. Die Verheißung: »Ihrer ist das Himmelreich« bedeutet dann, dass Gott alles gibt, was ich brauche, dass er nicht tadelt, sondern schenkt. »Ihrer ist das Himmelreich« bedeutet, dass Gott, die Quelle des Lebens und der Glückseligkeit, eben das gibt und schenkt, was ich nicht erarbeiten oder vorweisen kann. Das ist das »Evangelium« nach Matthäus, die gute, befreiende Botschaft von der Liebe Gottes in Jesus Christus. In diesem Sinne sind eigentlich alle Menschen vor Gott arm, aber nicht alle wissen es – oder *trauen* sich nicht, es zu wissen.

Selig die Barmherzigen

Wer aus dieser geistlichen Armut lebt und Gottes Barmherzigkeit täglich im Glauben erfährt, kann dann auch barmherzig sein, wie es die fünfte Seligpreisung anspricht. Er hat gelernt, mit sich selbst barmherzig zu sein, weil Gott es ist. Und er kann mit anderen barmherzig sein, selbst wenn sie fallen und sündigen, weil Gott barmherzig ist. Das heißt nicht, die Sünde zu rechtfertigen, sondern mit dem Sünder Erbarmen zu haben.

Es ist bemerkenswert, dass an der Stelle, wo Matthäus sagt: »Darum sollt ihr vollkommen sein, wie euer Vater im Himmel vollkommen ist« (Matthäus 5,48), das Lukasevangelium formuliert: »Seid barmherzig, wie auch euer Vater barmherzig ist« (Lukas 6,36). Beide haben Recht. Gottes Barmherzigkeit ist seine Vollkommenheit. Gottes Vollkommenheit ist seine Barmherzigkeit (vgl. dazu Matthäus 5,43–46 im Juni-Kapitel). Unser Volk hat zwölf Jahre erlebt, in denen die Barmherzigen als feige und sentimentale Schwächlinge bezeichnet wurden. Schon Nietzsche hat das getan. Wer kann sich Barmherzigkeit leisten in unserer Welt? Da kommt man doch unter die Räder! Nur der Starke setzt sich durch, der Schnellere, der Innovativere. Das sind ja auch keine schlechten Eigenschaften. Aber hat Barmherzigkeit da noch Platz? Bei Gott ja. Denn er trägt alle Menschen in unendlichem Erbarmen. Wer es wagt, sich ihm anzuschließen, wird von Jesus selig gepriesen. Das heißt: Es gibt da einen Lohn, ein Glück, eine Seligkeit, auch eine Rettung, die außerhalb der Möglichkeiten dieser Welt liegen, die Gott schenkt. Und das ist die letztendliche Realität, das, was am Ende zählt.

Selig die Sanftmütigen

Ähnlich steht es mit den Sanftmütigen. Wo besitzt ein Sanftmütiger heute noch Land? Gerade ihm wird es weggenommen. Nun bedeutet Sanftmut im biblischen Denken auf keinen Fall, dass da einer geduckt, mit leiser Stimme und schmachtendem Blick daherkommt. Sie hat nichts mit fehlendem Mut, mit mangelnder Stärke oder gebrochenem Selbstvertrauen zu tun, im Gegenteil. »Sanftmut« im biblischen Sinn ist die Haltung derer, die konsequent auf Gewalt verzichten, nicht über Leichen gehen, die Rechte der anderen und ihre Würde achten. Die auf einen Vorteil verzichten können, wenn die Folgen negativ sind. Die mit anderen teilen, anstatt ihren Besitz nur für sich selbst zu genießen, die sich und ihre Häuser öffnen. Wo können sich solche Menschen heute halten? Gott will ihnen die Erde geben, weil sie sie nicht zerstören.

Selig die hungert und dürstet nach Gerechtigkeit

In diesem Zusammenhang spricht Jesus vom Hunger und Durst nach Gerechtigkeit. Das ist nicht nur die »geistliche« Gerechtigkeit, die Rechtfertigung vor Gott, das ist auch ganz irdische Gerechtigkeit. Wer sich ein einigermaßen aufrichtiges Herz bewahrt hat, der muss Hunger und Durst verspüren angesichts des Unrechts in der Welt und der Unfähigkeit der Menschheit, Unrecht zu unterbinden. Jesus verheißt Sättigung.

Die Seligpreisungen sind »nicht von dieser Welt«, sie sind eine Verheißung. Aber sie umreißen einen Lebensstil, der hier gelebt werden will! Darum gehen sie auch folgerichtig zum Thema Leid, Leidtragen, Verfolgung und Verleumdung über. Denn das wird die Erfahrung dessen sein, der in dieser Welt den Lebensstil der Seligpreisungen ernst nehmen und sich aneignen will.

Selig die reinen Herzens sind

Wir denken bei »Reinheit« und »Unreinheit« meist an ganz bestimmte (un-)moralische Dinge. Aber es geht hier um mehr, es geht um das Lebensganze. In einem reinen Herz gibt es keine selbstbezogenen Wünsche mehr, keine Nebenabsichten, kein anderes Verlangen als nur Gott selbst. Aber: Wer ist schon in diesem Sinn rein?

Jesus malt uns das Bild des heilen Menschen vor Augen. Niemand von uns ist so heil. Aber jeder Mensch sehnt sich danach. Nur Jesus selbst ist so, die Seligpreisungen sind sein »Selbstporträt« (Henri Nouwen). Aber indem Jesus uns in seine Gegenwart ruft, indem er uns in seine Erlösung, in sein Heil hineinstellt und uns seinen Geist gibt, gibt er uns auch Teil an sich selbst, und damit Teil an seinem Heil-Sein und seiner Heiligkeit. Wir dürfen uns täglich danach ausstrecken, und müssen es auch, damit unser Leben mehr und mehr zu diesem Bild hin wächst (Epheser 4,15).

Das Politische der Bergpredigt

Die Seligpreisungen als »Grundartikel« der Bergpredigt – sie sind Anspruch und Zuspruch zugleich. Sie übersteigen menschliches Maß bei weitem. Und doch meinen sie unser Leben. Sie fordern uns, und sie überfordern uns. Sie zeigen uns das Bild Jesu, des Menschen nach Gottes Herzen. Und sie rufen uns da hinein. Darum brach die Frage auf, die Konfessionen, Reformatoren und Politiker beschäftigt hat: Kann man mit der Bergpredigt die Welt regieren? Gehört sie aufs Rathaus? Wo gehört sie hin? In die private Frömmigkeit? Aber jeder Fromme lebt konkret in der Welt und muss seinen Glauben nirgendwo anders als eben dort bewähren.

Das neutestamentliche Gottesvolk ist kein Volk im nationalen Sinne, keine staatliche Gesellschaft, wie es Israel war. Daher ist sein »Grundgesetz« auch nicht identisch mit einer staatlichen Gesetzgebung, wie es in Israel der Fall war. Die Bergpredigt geht weit darüber hinaus.

Und dennoch setzt Jesus in der Bergpredigt Maßstäbe, an denen sich eine staatliche Gesetzgebung orientieren muss, wenn sie menschlich bleiben will.

DIE SEELE DES RECHTS

Joachim Wanke

Anerkennung der Würde des Menschen

Viele sagen: Wir haben das Grundgesetz und mit ihm eine solide Verfassung – nicht eine absolut vollkommene, aber doch die weitaus beste gesetzliche Grundlage für unser Volk und das Zusammenleben der Deutschen in ihrer Geschichte. Wie lautet der erste Satz dieser Verfassung? »Die Würde des Menschen ist unantastbar.« Gut, dass es diesen Satz in unserer Verfassung gibt. Aber ich habe Angst um diesen Satz, genauer: um die Überzeugungskraft, mit der er sich in der Breite unserer Gesellschaft behaupten kann.

Ich meine nicht irgendwelche spekulativen Möglichkeiten, sondern sehr konkrete Gefahren, die sich am Horizont unserer Gesellschaft abzeichnen, zum Beispiel im Bereich der Biotechnologie. Werden uns Gesetze allein vor dem Abgrund der Inhumanität bewahren? Werden uns Paragrafen vor dem Zugriff skrupelloser Macher retten, die auch noch mit menschlichem Leben Geld verdienen wollen?

Anerkennung der Liebe Gottes

Gesetze und Paragrafen haben ihr relatives Recht und ihre Notwendigkeit. Die Bergpredigt Jesu weist uns freilich einen Weg, wie über Gesetze und Paragraphen hinaus die Würde des Menschen gesichert werden kann: durch die *Anerkennung des Rechtes Gottes* an seinen Geschöpfen. Doch ich verbessere mich gleich: durch die *Anerkennung der Liebe Gottes* zu seinen Geschöpfen, vornehmlich des Menschen, der das Angesicht Jesu Christi trägt. Darum ist jeder Mensch heilig und in seiner Würde unverletzlich – nicht, weil Gerichte das dekretieren, sondern weil Gott selbst, der Schöpfer und Erhalter unseres Lebens, sich des Menschen voll Liebe erbarmt.

Gott – betroffen von dem, was Menschen angetan wird.

Wenn ein Mensch etwas kaputt macht und zerstört, ist das schlimm und verwerflich. Wenn er aber etwas kaputt macht und zerstört, was ich liebe und was für mich einen hohen Wert bedeutet, wenn etwa ein mir nahe stehender Mensch ermordet wird, einer, an dem mein Herz, ja mein eigenes Leben hängt, dann ist das für mich doppelt und dreifach schlimm und verwerflich!

So sieht Jesus die Beziehung Gottes zu jedem Menschen und seiner Würde. In den Seligpreisungen (Matthäus 5,1–12) setzt Jesus jene, die arm, schwach und traurig, die voll innerer und äußerer Sehnsucht nach Gerechtigkeit und Friede sind, in Beziehung zu Gott: Sie sind Söhne und Töchter Gottes – und darum werden sie selig gepriesen.

Die Würde des Menschen fängt dort zu leuchten an, wo ein Mensch geliebt wird. Weil wir von Gott geliebt sind, von ihm angenommen, geheiligt und als Sünder gerechtfertigt sind – darum haben wir eine Würde, die uns niemand nehmen kann, selbst nicht die Sozialhilfe oder ein armseliges Sterben zwischen Apparaten auf einer Intensivstation. Deshalb hat der Satz Jesu: »Was ihr den Kleinen und Geringen getan habt, das habt ihr mir getan!« (vgl. Matthäus 25,40), mehr Nächstenliebe in der Geschichte frei gesetzt als alle philosophischen Reflexionen – von Sokrates angefangen bis hin zu Kants kategorischem Imperativ.

Gott im Antlitz des Anderen

»Die Würde des Menschen ist unantastbar«. Ich respektiere, dass jemand, der nicht Christ ist, auf seine Weise den ersten Satz des Grundgesetzes für sich zu begründen sucht – auf philosophische Weise oder einfach mit Hilfe der Goldenen Regel: »Was du nicht willst, was man dir tut, das füg auch keinem andern zu!« Zwar stammt auch diese Regel aus der Bibel (Matthäus 7,12), aber sie wird doch von vielen nichtchristlichen, auch nichtreligiösen Zeitgenossen als tragfähiges Fundament menschlichen Zusammenlebens angesehen. Für mich gilt: Jeder Mitbürger, der die Würde seines Mitmenschen achtet, auch aufgrund seiner nichtchristlichen Überzeugung, ist mir willkommen und wird von mir geachtet. Aber ich wünschte mir, dass möglichst viele Menschen zu dieser Überzeugung nicht nur deshalb stehen, weil sonst unter uns das Chaos ausbrechen würde, sondern aus der Überzeugung, dass in jedem Menschenangesicht sich Gott selbst uns zu erkennen gibt.

Die Seele jeder Ordnung

Gesetzesordnungen sind nützlich und wichtig für unser Zusammenleben – wie eben das Grundgesetz unseres freiheitlichen Staates. Aber diese Ordnungen benötigen eine Seele, sonst bleiben sie totes Papier. Sie brauchen Menschen, die von innen heraus das tun, was uns gemeinsam und jedem Einzelnen heilsam ist. Ich sehe als einzige Macht, die imstande ist, uns Menschen dazu zu bringen, die Liebe. Und darum ist die Liebe – nach dem Apostel Paulus (1 Korinther 13) – neben Glaube und Hoffnung das größte Geschenk: das größte Geschenk, das wir einander machen können. Und das uns von Gott her gegeben ist. Denn »Gott ist die Liebe« (1 Johannes 4,8).

DEN TRÄUMEN NACHSPÜREN

Margot Käßmann

Realismus und Resignation

Den Träumen nachspüren? Wir sind doch aufgeklärte und abgeklärte Menschen des nunmehr 21. Jahrhunderts! Träumer, das sind doch Utopisten, nicht gemacht für den Machtkampf der Welt. Träumerinnen, die sind doch ein bisschen schräg und haben keine Ahnung von der Realität. Wer träumt denn noch? Ungerechtigkeit gehört zur Welt wie das Amen in die Kirche. Kriegsmeldungen und Korruptionsgeschichten beherrschen die Schlagzeilen. Und die Klimakatastrophe kommt sowieso. Jeder ist sich selbst der Nächste. Das ist der *cantus firmus* der Welt. Resignation macht sich breit, mancherorts auch eine Verliebtheit in den Untergang, die Klage.

Und es gibt auch die Angst vor Veränderung, das krampfhafte Festhalten des Eigenen, dessen, was wir vorfinden und kennen. Es träumt sich wohl leichter, wenn man wenig zu verlieren hat.

Träume als Wegweisungen

Menschen haben stets geträumt und aus ihren Träumen die Kraft und den Mut zu Veränderungen geschöpft. Sie haben sich von ihren Träumen leiten lassen und in ihnen Gottes Wegweisung erkannt. Die meisten kennen den größten Träumer der Bibel, Josef. Dass er eigenen und fremden Träumen nachging, hat ein ganzes Volk vor der Hungerkatastrophe bewahrt (Genesis/1 Mose 37,1–11; 41,1–35). Da ist Jakob mit seinem Traum von der Himmelsleiter, in dem Gott ihm Zuversicht gibt für den weiteren Weg (Genesis/1 Mose 28,10–15). Oder denken wir an die drei Weisen, denen Gott im Traum zeigte, dass sie nicht bei Herodes vorbeischauen auf dem Rückweg von Betlehem (Matthäus 2,12). In der biblischen Überlieferung sind Träume Wegweisungen. Spätestens seit Sigmund Freud hat uns die Psychologie einen naiven Zugang zu unseren Träumen der Nacht verbaut – dennoch stehen Träume noch heute für Zukunftsentwürfe, auch wenn unsere so aufgeklärte Zeit ihnen skeptisch gegenübersteht.

War Jesus ein Träumer? Kaum ein Text hat so viele Menschen beeindruckt, beeinflusst, beflügelt wie die Bergpredigt mit ihren Seligpreisungen. »Mit der Bergpredigt kann man keine Politik machen«, sagte Altbundeskanzler Helmut Schmidt. »Ich wüsste gar nicht, wie ich ohne die Bergpredigt Politik machen sollte«, sagt der ehemalige Ministerpräsident von Sachsen-Anhalt, Reinhard Höppner.

Die geistlich Armen

»Als er aber das Volk sah, ging er auf einen Berg und setzte sich; und seine Jünger traten zu ihm. Und er tat seinen Mund auf, lehrte sie und sprach:

Selig sind, die da geistlich arm sind; denn ihrer ist das Himmelreich« (Matthäus 5,1–3). Du liebe Zeit, selig die »geistlich Armen«! Wo kommen wir da hin? Es müssen doch die Besten, die Klugen, die Leistungsträger sein, die unsere Welt gestalten – und wohl auch das Himmelreich. Wen meint Jesus mit den geistlich Armen? Lukas spricht in der gleichen Stelle einfach von den Armen: »Selig seid ihr Armen« (Lukas 6,20). Gemeint ist wohl dasselbe. Es geht um Menschen, die aufgrund ihrer Lebenssituation alles von Gott erwarten müssen. Sie sind ganz und gar auf Gott angewiesen. Und weil sie Gott die Treue halten, werden sie verspottet. Es sind, wie Julius Schniewind sagt, »die Stillen im Land«. Es ist dieses Armsein, das Martin Luther meint, wenn er sagt: »Wir sind Bettler, das ist wahr.« Nicht wegen einer Gabe – wegen eines Mangels werden Menschen selig gepriesen! Die Verachteten, die am Rande. Das ist ein eklatanter Widerspruch zu den Kriterien unserer Leistungsgesellschaft.

Wenn neuere Übersetzungen das »selig« mit »glücklich« übersetzen, wird das noch offensichtlicher. Unsere Gesellschaft lebt nach dem Dogma: Geld und Erfolg machen glücklich. Jesus dagegen spricht denen Glück zu, die sich nur noch auf Gott verlassen. Diese Seligkeit meint aber noch etwas anderes als ein entleerter Glücksbegriff. Selig – das weist auf eine Balance, auf Lebensfülle und Gottesnähe.

Selig die Leidtragenden

»Selig sind, die da Leid tragen; denn sie sollen getröstet werden« (Matthäus 5,4). Trost für die Leidtragenden: für die schreienden Mütter in Grosny, für den langsam sterbenden alten Mann, für das vergewaltigte Mädchen in Bangkok und für den von einer Mine zerfetzten Soldaten? – Vielleicht wird hier am besten sichtbar, wie die Hoffnung der Seligpreisungen unsere Zeit und Welt überschreiten, aber doch gleichzeitig in ihr wurzeln. Das Leiden auf Erden ist unermesslich. Auch das 21. Jahrhundert wird kein vollkommenes Friedensreich schaffen. Vor allem wird der Tod bleiben – aber einst wird er überwunden sein. In der Bergpredigt klingt die Botschaft von der Auferstehung an.

Selig die Sanftmütigen

»Selig sind die Sanftmütigen; denn sie werden das Erdreich besitzen« (Matthäus 5,4). Vor einigen Jahren habe ich die Xukuru-Indianer in Brasilien besucht. Im Nordosten fuhren wir mit einem Lastwagen durch unwegsames Gelände, bis wir an den Ort kamen, an dem sie sich neu ansiedelten. Von dort war ihr Stamm von den Kolonisatoren vertrieben worden. In aller Naivität sind sie eines Tages entschlossen auf ihr altes Land gezogen. Der junge, wahrhaftig sanftmütige Häuptling sagte: »In den Slums der Vorstädte wären wir untergegangen – das können wir auch hier.« So saßen sie da, knapp hundert Leute. Ihr größter Schatz waren drei Säcke Saatgut, und ihr größtes Glück war ein 16-jähriges Mädchen, das ein Baby geboren hatte. Das erste Xukurukind auf Xukuruland seit dreihundert Jahren. Nur drei Monate duldete der Großgrundbesitzer die Besetzung, dann wurden sie mit Gewehren vertrieben ...

Selig die hungert und dürstet nach Gerechtigkeit

»Selig sind, die da hungert und dürstet nach der Gerechtigkeit; denn sie sollen satt werden« (Matthäus 5,6): satt an Gerechtigkeit. Weil alle Arbeit haben? Weil Kinder kein Armutsrisiko mehr sind? Weil jeder Mensch Nahrung und Obdach und Bildung erhält? Manches Mal habe ich den Eindruck, wir gewöhnen uns so an das Unrecht, dass uns Hunger und Durst vergehen. Aber es gibt die, die sich nicht einfinden in diese »Realpolitik«. Die den Fremden Obdach geben. Die vorgefundene Grenzen überschreiten.

Selig die Barmherzigen

»Selig sind die Barmherzigen; denn sie werden Barmherzigkeit erlangen« (Matthäus 5,7). Sich eines anderen erbarmen: Mit der Geschichte vom barmherzigen Samariter (Lukas 15,11–32) hat Jesus uns ein Beispiel hinterlassen, das die Wegschaugesellschaft provoziert.

Selig die reinen Herzens sind

»Selig sind, die reinen Herzens sind; denn sie werden Gott schauen« (Matthäus 5,8). »Schaffe in mir Gott ein reines Herz«, haben wir als Kinder gebetet (als Jugendlichen kam uns das bald lächerlich vor). Ein reines Herz: sich öffnen, vertrauen, lieben. Ehrlich sein und das nicht als dumm empfinden.

Selig die Frieden stiften

»Selig sind die Frieden stiften; denn sie werden Gottes Kinder heißen« (Matthäus 5,9). Ach, wenn die Kirchen aus den vergangenen Jahrhunderten gelernt hätten, dass Friedenstiften ihre Sache ist und nicht die Legitimation von Krieg. Ich setze große Hoffnungen auf das Programm zur Überwindung der Gewalt, das der Ökumenische Rat der Kirchen für die ersten zehn Jahre des 21. Jahrhunderts ausgerufen hat: die Kirchen wahrhaftig als Friedensstifter, in der Familie, im Miteinander der Gesellschaft, in internationalen Konflikten. Das ist wirklich ein Traum für eine neue Zeit.

Selig die Verfolgung leiden
»Selig sind, die um der Gerechtigkeit willen verfolgt werden; denn ihrer ist das Himmelreich« (Matthäus 5,10). Es gibt die großen Szenarien der Verfolgung: Ich denke zum Beispiel an Ken Saro Wiwa (1941–1995), der hingerichtet wurde, weil er für die Rechte der Ogoni in Nigeria eintrat, weil er die Militärdiktatur störte und die Konzerne. Es gibt auch die kleinen Szenarien, hier bei uns: Wer heute in unserem Land von Verteilungsgerechtigkeit spricht, wird schnell mundtot gemacht mit dem Argument, die Planwirtschaft sei diskreditiert, der Markt müsse sich frei entfalten.

Selig seid ihr
»Selig seid ihr, wenn euch die Menschen um meinetwillen schmähen und verfolgen und reden allerlei Übles gegen euch, wenn sie damit lügen. Seid fröhlich und getrost; es wird euch im Himmel reichlich belohnt werden. Denn ebenso haben sie verfolgt die Propheten, die vor euch gewesen sind« (Matthäus 5,11–12). Immer hat es Gemeinden Jesu gegeben, die verfolgt wurden. Die gibt es auch heute, beispielsweise im Sudan, in Indonesien, in Pakistan. Zu einer christlichen Gemeinde zu gehören kann dort lebensgefährlich sein. Hier in unserem Land gibt es eine andere Konstellation. Bei uns wirkt In-der-Kirche-Sein peinlich. »Du in der Kirche, hast du das nötig?«

Festhalten an Gottes Traum vom Menschen
Die Seligpreisungen Jesu – was für ein Traum! Das kann einen zu Tränen rühren in dieser so verwirrten, ja aussichtsarmen Zeit. Über zweitausend Jahre hinweg wurde dieser Traum in allen Kontexten und Kulturen verstanden. Ich wünsche mir, dass wir Christinnen und Christen an diesem Traum festhalten. Wir wissen, alle Tränen wird erst Gott abwischen, wenn Leid und Tod und Geschrei nicht mehr sein werden (Offenbarung 21,4). Aber diese Fähigkeit zum Blick über das Jetzt und Hier hinaus kann beflügeln, das jetzt und hier Mögliche zu tun.

Jesus malt Bilder gegen die Wirklichkeit. Es kann auch ganz anders sein, sagt er. Wir können unseren Träumen nachspüren, uns finden, Wirklichkeit verarbeiten, Wege in die Zukunft erkennen. Wir dürfen uns inspirieren lassen davon, dass Jesus ein Miteinander der Menschen gezeichnet hat jenseits der Machtkämpfe, Intrigen und Leistungsansprüche, jenseits des Gegensatzes von Arm und Reich, von bedeutend und unbedeutend. Leben in dieser Welt kann gelingen.

Unsere real erlebten Erfahrungen von Unrecht und Leid dürfen uns nicht entmutigen. Die Seligpreisungen Jesu sind der Traum des Auferstandenen, nicht eines Toten!

Juni

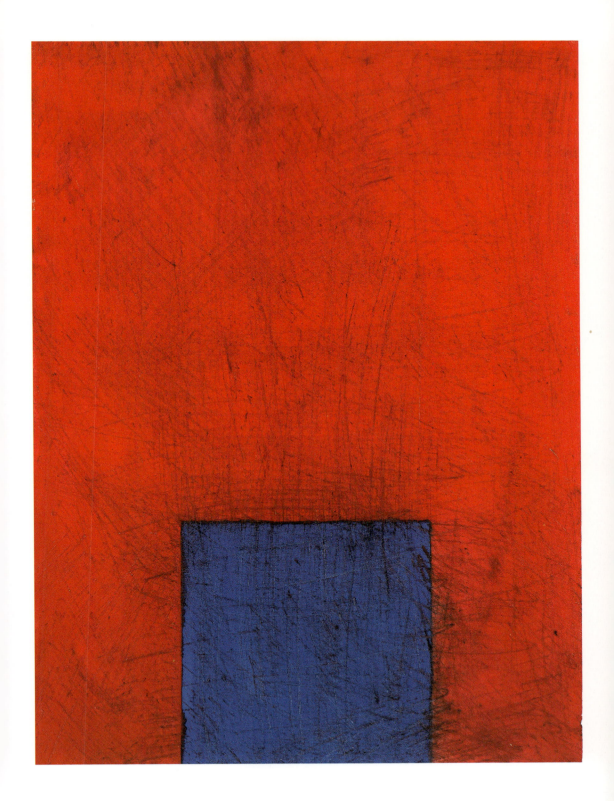

AUFS GANZE GEHEN

5,21 Ihr habt gehört, dass zu den Alten gesagt worden ist: Du sollst nicht töten; wer aber jemand tötet, soll dem Gericht verfallen sein. **22** Ich aber sage euch: Jeder, der seinem Bruder auch nur zürnt, soll dem Gericht verfallen sein; und wer zu seinem Bruder sagt: Du Dummkopf!, soll dem Spruch des Hohen Rates verfallen sein; wer aber zu ihm sagt: Du (gottloser) Narr!, soll dem Feuer der Hölle verfallen sein. **23** Wenn du deine Opfergabe zum Altar bringst und dir dabei einfällt, dass dein Bruder etwas gegen dich hat, **24** so lass deine Gabe dort vor dem Altar liegen; geh und versöhne dich zuerst mit deinem Bruder, dann komm und opfere deine Gabe. **25** Schließ ohne Zögern Frieden mit deinem Gegner, solange du mit ihm noch auf dem Weg zum Gericht bist. Sonst wird dich dein Gegner vor den Richter bringen, und der Richter wird dich dem Gerichtsdiener übergeben, und du wirst ins Gefängnis geworfen. **26** Amen, das sage ich dir: Du kommst von dort nicht heraus, bis du den letzten Pfennig bezahlt hast. **27** Ihr habt gehört, dass gesagt worden ist: Du sollst nicht die Ehe brechen. **28** Ich aber sage euch: Wer eine Frau auch nur lüstern ansieht, hat in seinem Herzen schon Ehebruch mit ihr begangen. **29** Wenn dich dein rechtes Auge zum Bösen verführt, dann reiß es aus und wirf es weg! Denn es ist besser für dich, dass eines deiner Glieder verloren geht, als dass dein ganzer Leib in die Hölle geworfen wird. **30** Und wenn dich deine rechte Hand zum Bösen verführt, dann hau sie ab und wirf sie weg! Denn es ist besser für dich, dass eines deiner Glieder verloren geht, als dass dein ganzer Leib in die Hölle kommt. **31** Ferner ist gesagt worden: Wer seine Frau aus der Ehe entlässt, muss ihr eine Scheidungsurkunde geben. **32** Ich aber sage euch: Wer seine Frau entlässt, obwohl kein Fall von Unzucht vorliegt, liefert sie dem Ehebruch aus; und wer eine Frau heiratet, die aus der Ehe entlassen worden ist, begeht Ehebruch. **33** Ihr habt gehört, dass zu den Alten gesagt worden ist: Du sollst keinen Meineid schwören, und: Du sollst halten, was du dem Herrn geschworen hast. **34** Ich aber sage euch: Schwört überhaupt nicht, weder beim Himmel, denn er ist Gottes Thron, **35** noch bei der Erde, denn sie ist der Schemel für seine Füße, noch bei Jerusalem, denn es ist die Stadt des großen Königs. 36 Auch bei deinem Haupt sollst du nicht schwören; denn du kannst kein einziges Haar weiß oder schwarz machen. 37 Euer Ja sei ein Ja, euer Nein ein Nein; alles andere stammt vom Bösen. 38 Ihr habt gehört, dass gesagt worden ist: Auge für Auge und Zahn für Zahn. 39 Ich aber sage euch: Leistet dem, der euch etwas Böses antut, keinen Widerstand, sondern wenn dich einer auf die rechte Wange schlägt, dann halt ihm auch die andere hin. 40 Und wenn dich einer vor Gericht bringen will, um dir das Hemd wegzunehmen, dann lass ihm auch den Mantel. 41 Und wenn dich einer zwingen will, eine Meile mit ihm zu gehen, dann geh zwei mit ihm. 42 Wer dich bittet, dem gib, und wer von dir borgen will, den weise nicht ab. 43 Ihr habt gehört, dass gesagt worden ist: Du sollst deinen Nächsten lieben und deinen Feind hassen. 44 Ich aber sage euch: Liebt eure Feinde und betet für die, die euch verfolgen, 45 damit ihr Söhne eures Vaters im Himmel werdet; denn er lässt seine Sonne aufgehen über Bösen und Guten, und er lässt regnen über Gerechte und Ungerechte. 46 Wenn ihr nämlich nur die liebt, die euch lieben, welchen Lohn könnt ihr dafür erwarten? Tun das nicht auch die Zöllner? 47 Und wenn ihr nur eure Brüder grüßt, was tut ihr damit Besonderes? Tun das nicht auch die Heiden? 48 Ihr sollt also vollkommen sein, wie es auch euer himmlischer Vater ist.

AUFS GANZE GEHEN

In Matthäus 5,21–48 stellt Jesus gegenüber: »Ihr habt gehört dass gesagt worden ist ... Ich aber sage euch.« In diesen fünf »Antithesen« verkündet Jesus die *Grundsätze* der Königsherrschaft Gottes.

Ganz bereit zur Versöhnung

Matthäus 5,23–26 beginnt mit der Frage des Opfers: Ist diese heilige Handlung vor Gott, wenn einer in den Tempel kommt, um zu opfern, für jüdische Frömmigkeit zur Zeit Jesu nicht das Wichtigste? Nein, das größere Opfer ist die Versöhnung mit dem Bruder, mit der Schwester. Versöhnung ist wichtiger, und sie kann manchmal wirklich auch ein Opfer verlangen. Jedes materielle Opfer hat diese innere Versöhnung zur Voraussetzung oder zielt darauf hin. Versöhnung mit Gott und Versöhnung untereinander hängen so eng zusammen, dass man nicht das eine verachten und zugleich auf das andere hoffen kann. »Geh zuerst hin und versöhne dich ... und *dann* komm und opfere!«

Überraschend ist der Fortgang dieses Wortes: »Schließ ohne Zögern Frieden mit deinem Gegner, solange du noch mit ihm auf dem Weg bist« – nämlich zum Kadi, zum Richter. Jesus setzt stillschweigend den Fall, dass mein Bruder zu Recht gegen mich zürnt, dass ich ihm wirklich Unrecht getan habe. Also nicht: Mein Bruder hat etwas gegen mich, nun ja, das ist *seine* Sache; aber um des Friedens willen werde ich mit ihm reden. Nein, es ist plötzlich *meine* Sache, und ich finde mich mit ihm auf dem Weg zum Richter. Wir mögen ergänzen: zum himmlischen Richter. Und Jesus sagt: Höre auf deinen Bruder, deine Schwester, lenk ein, suche den Frieden. Erst dann kann dein Opfer zur Gabe werden, die Gott gefällt. Weil dein Leben dahinter steht.

Christinnen und Christen in kirchlichen Berufen – Pfarrer, Priester, Nonnen und Mönche, Ordensleute, Pastoralreferentinnen und Diakone und alle Menschen, die sich in der Kirche engagieren – bringen ihr Leben Gott dar, wenn man so will: ein Opfer. Was bedeutet das Wort Jesu übertragen auf dieses Lebensopfer? Nicht der Dienst als solcher, sondern die Beziehung zu meinen Mitbrüdern und Mitschwestern scheint bei Jesus entscheidend zu sein.

Ganz rein

Zweimal spricht Jesus in Matthäus 5,27–32 sein »Ich aber sage euch« (Darum könnte man in Matthäus 5,21–49 auch statt fünf insgesamt sechs »Antithesen« zählen. Sechs ist die Zahl des Menschen: Es geht also um den erneuerten Menschen, den Menschen nach Gottes Herzen. Andererseits stehen diese Verse thematisch so eng beieinander, dass man sie nicht trennen sollte. Es ist *ein* Gedankenzusammenhang.)

Dieses Wort Jesu ist so erschreckend, dass es wichtig ist, sich in Erinnerung zu rufen, dass es um die Liebe geht. Jesus schützt hier die Liebe in der Ehe. Diese Antithese ist nicht dazu gegeben, um sie Geschiedenen um die Ohren zu schlagen. Jesus redet hier nicht seelsorgerlich mit Menschen, die in der oder an der Ehe gescheitert sind. Auf sie ist er anders zugegangen, sie hat er aufgerichtet, ihnen Vergebung geschenkt, einen neuen Weg gewiesen, wenngleich in derselben Klarheit wie hier: »Sündige hinfort nicht mehr« (Johannes 8,11).

In der Bergpredigt legt Jesus das Grundgesetz seines Reiches dar. Hier richtet er die Maßstäbe auf, die in seinem Reich gelten. Er spricht nicht zu den Gefallenen, sondern er warnt die, die stehen. Aber wer von uns steht schon? Wir reagieren wohl prinzipiell mit Zustimmung, wir erkennen, dass Leben so gelingen kann, wir erkennen an, dass es so gut ist, und zugleich stoßen wir auf unsere Hilflosigkeit. Wir können in die Richtung zielen, die Jesus angegeben hat. Aber in dieser Radikalität und Unbedingtheit leben? Gott sei mir Sünder gnädig!

Ganz wahrhaftig

In Matthäus 5,33–37 geht es nicht um das Problem des Eides vor Gericht, sondern um die Beteuerungsformeln im alltäglichen Gerede: »Was ich dir sage, ist wahr, beim Himmel!« Warum haben Menschen solche Beteuerungen nötig? Weil ihr Wort sonst nicht ernst genommen würde?

Jesu Worte beziehen sich auf eine ausgeklügelte Praxis. Man hat sich gefragt: Welche Beteuerungsformel ist bindend, und unter welcher kann ich auch die Unwahrheit verbergen? Jesus: »Weh euch, ihr verblendeten Führer, die ihr sagt: Wenn einer schwört bei dem Tempel, das gilt nicht; wenn aber einer schwört bei dem Gold des Tempels, der ist gebunden. Ihr Narren und Blinden! Was ist mehr: das Gold oder der Tempel, der das Gold heilig macht? Oder: Wenn einer schwört bei dem Altar, das gilt nicht; wenn aber einer schwört bei dem Opfer, das darauf liegt, der ist gebunden. Ihr Blinden! Was ist mehr: das Opfer oder der Altar, der das Opfer heilig macht? Darum, wer schwört bei dem Altar, der schwört bei ihm und bei allem, was darauf liegt. Und wer schwört bei dem Tempel, der schwört bei ihm und bei dem, der darin wohnt. Und wer schwört bei dem Himmel, der schwört bei dem Thron Gottes und bei dem, der darauf sitzt« (Matthäus 23,16–22).

Es geht also um die vollkommene und unbedingte Aufrichtigkeit, Wahrhaftigkeit und Ehrlichkeit. Wie können wir uns auch aufeinander verlassen, wenn unser Ja kein Ja, sondern ein »Jein«, »Vielleicht«, »Weiß nicht« oder gar ein verstecktes »Nein« ist?

Ganz selbstlos

Die Überschrift zu Matthäus 5,38–42 in der Lutherbibel lautet: »Vom Vergelten«. Wenn wir den Abschnitt aber überschreiben mit: »Die vollkommene Selbstlosigkeit«, spricht er für sich.

Das erste Beispiel Jesu bezieht sich auf das jüdische Synagogenrecht: Der Schlag auf die rechte Backe ist im Judentum der *Ketzerschlag*. Mit der rechten Hand kann man die rechte Backe eines Gegenübers nur treffen, wenn man mit dem Handrücken zuschlägt. Es geht also nicht um eine Ohrfeige, sondern um etwas, das schlimmer ist als eine Ohrfeige: Mit dieser Geste wurde man aus der Synagoge, aus der Religionsgemeinschaft ausgestoßen. Jesus sagt: Lasst euch das gefallen, wehrt euch nicht dagegen.

Das zweite Beispiel Jesu bezieht sich auf das römische Besatzungsrecht: Ein Legionär hatte das Recht, jeden, den er traf, aufzufordern, ihm seinen Tornister eine Meile weit tragen zu helfen. Das war Nötigung, aber unter der Besatzung rechtens.

Gott selbst ist »vollkommen selbstlos«, denn Gott gibt uns jeden Augenblick das Leben und das, was wir dazu brauchen. Er geht mit uns mehr als nur eine Meile, er geht mit uns alle Umwege. Selbst wenn ich sündige, erhält er mir auch dann noch das Leben, weil er ein Ziel, eine Hoffnung für mich hat. Die Ordnung der Liebe, auf die das Gesetz zielt, wird auch hier greifbar.

Mit einem Wort: ganz aus Liebe

Matthäus 5,43–48 spricht von der vollkommenen Liebe. Wir stehen ratlos und hilflos vor einer solchen Unbedingtheit und Radikalität. Dennoch erkennen wir, dass Gottes Liebe so unbedingt und radikal ist und dass wir selbst davon leben, dass es so ist. Denn warum sollte *uns* Gott lieben? Wollte ich anfangen zu unterscheiden zwischen dem, was an mir liebenswert ist, und dem, was an anderen nicht mehr liebenswert ist? Da bin ich im wahrsten Sinne des Wortes in Teufels Küche. Eben dies hat Jesus immer wieder in seinen Worten von der Vergebung angeschnitten, in seiner Auslegung zur fünften Vaterunser-Bitte (Matthäus 6,14–15) oder im Gleichnis vom Schalksknecht (Matthäus 18,21–35). Immer wieder sagt er: Vergebt und rechnet nicht, denn ihr lebt vom unendlichen Erbarmen Gottes!

Gott ist Liebe

Matthäus 5,48 schließt nicht nur die letzte Antithese ab – obwohl diese sicherlich bewusst am Schluss steht; denn sie stellt eine Steigerung dar, die ins Zentrum führt: Gottes Liebe ist Feindesliebe, ob es uns bewusst ist oder nicht.

Der letzte Vers von der Vollkommenheit Gottes ist aber zugleich der Abschluss aller fünf Antithesen und fasst sie in sich zusammen. Gottes Vollkommenheit besteht in seiner Barmherzigkeit, in seiner unbedingten Liebe. Wo diese Liebe Raum hat, da erfüllen sich Gesetz und Propheten, da erfüllt sich die Berufung des Gottesvolkes, die Berufung Israels und die der Kirche.

Ethik und Erlösung

Jesus ruft mich in der Bergpredigt dazu auf, dieser Liebe Raum zu geben, indem ich ganz versöhnungsbereit, ganz rein, ganz wahrhaftig, ganz selbstlos, mit einem Wort: ganz aus Liebe lebe. Ich erkenne, wie Recht er hat – und ich verzweifle an meinen Möglichkeiten. Damit ein Leben in dieser Liebe und Klarheit und Schönheit Raum gewinnen kann, brauche ich Erlösung, die mich frei macht von den Bindungen an mich selbst, den falschen Rücksichten auf die Welt, den Ängsten, die mich hemmen. Gott sei Dank: Es ist der Erlöser, der hier zu uns spricht.

Und noch etwas: Hier, im letzten Vers von Kapitel 5, spricht Jesus zum ersten Mal von »eurem Vater im Himmel«. Wo wir an unsere Grenzen stoßen und wie bei den Seligpreisungen sagen möchten: Das ist jenseits der Möglichkeiten dieser Welt!, und: Wo bleiben wir da, wenn wir all das tun?, und: Setzen wir unser Leben nicht ständig der Gefahr aus, wenn wir Feinde lieben, versöhnungsbereit oder selbstlos sein wollten? – gerade da weist uns Jesus darauf hin, dass Gott nicht ein ferner Gesetzgeber ist, sondern unser Vater im Himmel, der uns trägt, hält, bewahrt, ruft. Weil unser Vater vollkommen ist in seiner Barmherzigkeit, darum sollen wir Kinder Teil an seinem Wesen haben. Weniger steil geht es nicht. Es ist die Liebe, die uns herausfordert.

BEI UNS ALLE TAGE
Margot Käßmann

Zwischen Vertrauen und Angst

»Aber die elf Jünger gingen nach Galiläa auf den Berg, wohin Jesus sie beschieden hatte. Und als sie ihn sahen, fielen sie vor ihm nieder; einige aber zweifelten. Und Jesus trat herzu und sprach zu ihnen: Mir ist gegeben alle Gewalt im Himmel und auf Erden. Darum gehet hin und machet zu Jüngern alle Völker: Taufet sie auf den Namen des Vaters und des Sohnes und des Heiligen Geistes und lehret sie halten alles, was ich euch befohlen habe. Und siehe, ich bin bei euch bis an der Welt Ende« (Matthäus 28,16–20). Wenn die ersten Jüngerinnen und Jünger nicht auf diese Zusage Jesu vertraut hätten, wenn sie nicht gespürt hätten, dass Jesus lebt und mit seinem Geist bei ihnen bleibt – dann gäbe es gar keine Kirche! Die Jüngerinnen und Jünger wären stumm geblieben, hätten sich ängstlich weggeduckt, »einige aber zweifelten«, heißt es bei Matthäus (Matthäus 28,17)

Bitte um den Geist

»Ich bin bei euch bis an der Welt Ende.« Wir brauchen heute dringend dieses Vertrauen auf die Zusage Jesu: Ich habe den Eindruck, unsere Kirche wird immer verzagter. In einer Umfrage heißt es, bei den unter 30-Jährigen seien nur noch 13 Prozent der Auffassung, dass die Kirche gut in unsere Zeit passt. Und für 47 Prozent in dieser Altersgruppe hat die Kirche nur wenig mit dem Leben zu tun. Ach, seufzt da so mancher, ja, so ist es. Es werden halt immer weniger. Und das Geld wird immer knapper. Und was können wir schon tun? Ach, ach, es geht zu Ende mit der Kirche!

Dieses Lamento ist in vielen Variationen zu hören, und manche sind fast schon verliebt in den Lobgesang des Untergangs. Und dann denke ich: Du lieber Heiliger Geist, nun lass es doch bitte mal ein bisschen brausen!

Vom Brausen des Heiligen Geistes berichtet die biblische Pfingstgeschichte (Apostelgeschichte 2). Die Jüngerinnen und Jünger waren niedergeschlagen, verängstigt. Jesus war tot. Ende und Aus. Alle Hoffnungen begraben. Da tat sich nichts außer ein paar Leuten, die behaupteten, Jesus als Auferstandenen gesehen zu haben. Psychopathen halt, die nicht loslassen können, haben manche wohl gedacht. Oder sollte doch etwas dran sein an der Sache? Sie haben jedenfalls nicht ganz losgelassen, die Gemeinschaft gesucht, wohl auch die Stille. Und sie haben sich geöffnet für Gott.

Vom Brausen des Geistes

Plötzlich erlebten sie ein großes »Brausen«, wie es in der Bibel heißt (Apostelgeschichte 2,2). Und sie alle redeten, und jeder hörte sie in der eigenen Muttersprache, ja, jeder und jede konnten verstehen, was gesagt wurde (Apostelgeschichte 2,11). Plötzlich ist allen klar: Er lebt. Das Leben siegt. Jesus ist auferstanden. Gott zeigt uns, dass er den Tod kennt, aber er ist gegenwärtig mitten unter uns, bei uns alle Tage. Und unter diesen Fischern und Huren und Zöllnern und Schreinern bricht es heraus: Gott ist da, Gott sagt unserem Leben Sinn zu. Genau wie Christus es versprochen hat, begleitet er uns auf unserem Weg: »Ich bin bei euch alle Tage bis an der Welt Ende« (Matthäus 28,20). Gottes Heiliger Geist gibt uns Kraft zum Leben und Mut zum Sterben.

Wes Geistes Kind?

Aus den Jüngerinnen und Jüngern ist es so herausgebrochen, dass jeder sie damals verstanden hat. Sie haben begeistert davon gesprochen, wie Gott ihr Leben trägt, be-geistert im wahrsten Sinne des Wortes. Sie waren angefüllt von Gottes gutem Geist. Vielleicht denken Sie jetzt, was soll das bedeuten? Und: Wie verstehen wir das?

– Ich finde, es ist einem Haus abzuspüren, welcher Geist dort wohnt. Ob es eine eher kühle Atmosphäre ist oder eine herzliche. Ob dort Geld regiert oder Liebe. Es gibt den Geist eines Hauses, eines privaten wie eines öffentlichen.

– Oder denken wir an den Geist der Olympischen Spiele. Damit meinen wir, dass es wichtiger ist, dabei zu sein als zu siegen. Dass Völkergemeinschaft sichtbar wird und der Geist des *fair play*. Es ist sehr wohl spürbar, wenn dieser Geist dem Doping und dem Geld weichen muss.

– Wie wäre es mit Musik? Ein Rockkonzert ebenso wie ein Orgelkonzert oder eine Oper: Da kann jemand völlig begeistert sein, weil etwas »rüberkommt«, eine Botschaft, eine Stimmung.

– Auch eine Naturerfahrung kann uns im Innersten treffen. Sie kann eine Ahnung von Mächten und Gewalten vermitteln, die wir nicht kennen, oder einen Menschen zu Tränen rühren. Ein stiller Abend am Meer kann unsere Seele antasten.

Gottes Geist erkennen

Solcher Geist – was ist das nun? Wir können es nicht wissenschaftlich dingfest machen, es ist nicht herstellbar, nicht käuflich, nicht machbar. Da ist etwas am Werk, was wir nicht fassen können und mit Geist bezeichnen. Und weil das, was zu Gott gehört, heilig ist, sprechen wir vom Heiligen Geist. Gottes Geist ist daran erkennbar, dass er Menschen bewegt, von

Gott, von der Erfahrung mit Jesus Christus zu sprechen. Er wird Tröster genannt, als Mutter wahrgenommen, als Ermutigung erfahren.

Wären wir bereit für solches Brausen? Haben wir den Mut zu reden von dem, was wir glauben, von dem, was unserem Leben Kraft und Sinn gibt? Vielleicht können wir den Heiligen Geist als die Wehen der Kirche bezeichnen. Wenn die Wehen einsetzen, dann kann eine Frau sich nicht wehren. Ein Brausen beginnt in ihrem Körper und der Geburtsprozess wird ausgelöst. Sie ist ganz und gar erfüllt von dem Geschehen. Es gibt kein Zurück, das Leben will geboren werden. Ja, vielleicht können wir den Heiligen Geist als Hebamme der Kirche bezeichnen. Ich wünsche mir, dass wir uns als Kirche diesem Geburtsprozess neu anvertrauen.

Jesus zeigt uns, dass der Tod keine Grenze ist, sondern Gott uns trägt über Leiden und Sterben hinaus: »Ich bin bei euch alle Tage bis an der Welt Ende.«

JUNI

ZUKUNFTSINVESTITIONEN   Joachim Wanke

Zweierlei Sichtweisen

Wenn junge Eltern stolz ihr kleines Kind vorstellen, sehen sie mit anderen Augen auf diesen Jungen, dieses Mädchen als Außenstehende. Diese sehen vielleicht nur ein Wesen, das manchmal wie am Spieß brüllt und zu ungelegensten Zeiten seine Rechte einfordert. Sie sehen später den frechen Schuljungen, der nur Flausen im Kopf hat, oder das zickige Mädchen, das anderen mit seinen Launen die letzten Nerven raubt. Eltern aber sehen etwas anderes: Sie vertrauen darauf, dass aus ihrem Kind einmal ein tüchtiger Mann, eine tüchtige Frau wird. Und meistens haben sie ja auch Recht! Denn in jedem Kind steckt ein guter Kern, sind gute Anlagen vorhanden. Sie müssen sich nur entfalten können.

So ist das mit uns Menschen. Wenn zwei etwas Gleiches sehen, muss das nicht unbedingt bei jedem zum gleichen Urteil führen. Wenn Eltern auf ihr Kind schauen, da sieht das Herz mit, die Hoffnung, das Vertrauen und – nicht zuletzt: der Glaube, dass Gott ihnen mit diesem Kind ein kostbares Geschenk anvertraut hat.

Worauf es Gott ankommt

»Mit dem Himmelreich ist es wie mit einem Mann, der guten Samen auf seinen Acker säte. Während nun die Leute schliefen, kam sein Feind, säte Unkraut unter den Weizen und ging wieder weg. Als die Saat aufging und sich die Ähren bildeten, kam auch das Unkraut zum Vorschein. Da gingen die Knechte zu dem Gutsherrn und sagten: Herr, hast du nicht guten Samen auf deinen Acker gesät? Woher kommt dann das Unkraut? Er antwortete: Das hat ein Feind von mir getan. Das sagten die Knechte zu ihm: Sollen wir gehen und es ausreißen? Er entgegnete: Nein, sonst reißt ihr zusammen mit dem Unkraut auch den Weizen aus. Lasst beides wachsen bis zur Ernte« (Matthäus 13,24–30a).

Jesus sieht beides auf dem Acker: den Weizen und das Unkraut. Er ist Realist. Er verschließt nicht seine Augen vor dem, was ist. Aber er lässt sich nicht vom Unkraut ängstlich machen. Unendlich wichtiger als das Unkraut ist der ausgesäte Weizen. Auf den kommt es Gott an. Das will Jesus seinen Jüngern, das will er uns sagen: Der Weizen wird sich durchsetzen, weil Gott es so will. Das Gute ist mächtiger als das Böse.

Wider die Resignation

Ich höre manchmal ängstliche, resignierte Stimmen: »Alles wird schwieriger: in unseren Familien, in den Gemeinden, in der Seelsorge. Es gibt zu viel ›Unkraut unter dem Weizen‹. Es gibt zu viele, die reden, und zu wenige, die etwas tun. Zeitnot, Unruhe und Hektik halten uns im Griff.« Wenn so geklagt wird, frage ich manchmal zurück: Ja, habt ihr eigentlich anderes erwartet? Ein alter Theologieprofessor erinnerte bei der Behandlung des Taufsakramentes die Studenten an das bekannte Luther-Wort: Der alte, räudige Sünden-Adam wird im Wasser der Taufe ersäuft. Und der Professor fügte hinzu: Aber seid wachsam: Der Kerl kann schwimmen! Nein, solange die Erdenzeit besteht, wird uns und anderen der alte Sünden-Adam zu schaffen machen.

Zum Christ-Sein gehört Realismus. Die Marktwirtschaft ist zwar durchaus attraktiver als die sozialistische Mangelwirtschaft – aber sie gibt auch mehr Gelegenheit zum Sündigen! Jedes Träumen und Fantasieren von einer Kirche, die überall willkommen und gutgeheißen wird, ist Unsinn. Irgendetwas wird immer am Evangelium auszusetzen sein. Und die Erwartung einer Nachfolge Christi ohne Kreuz, ohne Widerspruch, ohne dass es auch bei uns selbst »weh tut« ist Träumerei – und zutiefst unbiblisch. Ein solches Christentum hat Christus nicht begründet. Aber Jesus hat uns etwas anderes gesagt: »Wo Gott sät – da darfst du vertrauen, dass seine gute Saat aufgeht und sich durchsetzt!«

Im Herzen des Menschen

»Werft eure Zuversicht nicht weg!« (Hebräer 10,35). Schwierig sind Leute, die ihre »Frust-Erfahrungen« ständig vor sich hertragen. Sie verbreiten eine Stimmung, die sich in solchen Sätzen äußert: »Es hat doch alles keinen Zweck!« – »Es lohnt nicht, sich einzusetzen!« – »Es kommt doch nichts dabei heraus!« – »Da kann man halt nichts machen!« Solche Schlagworte legen sich wie feiner Frost auf die Gemüter.

Gott gibt dem Menschen zwar die Freiheit zu machen, was er partout will – aber wenn der Mensch sich verrennt, schickt er ihm auch den Katzenjammer. Er lässt ihn zum Nachdenken kommen, wie den verlorenen Sohn, der schließlich gemerkt hat, dass er im Haus seines Vaters vielleicht freier war, als er meinte. Tief im Herzen des Menschen ist ein ganz feines, aber sicheres Gespür angelegt für das, was uns wirklich gut tut, was frei und glücklich macht – in jeder Generation. Es gibt neue Fragen, für die keine Patentantworten bereitliegen. Aber auch unserer Generation hat Gott die Kraft des Denkens gegeben, und er lenkt auch heute die Herzen der Menschen mit »tausend Fäden«. Das lässt mich hoffen – auch für unsere Zeit.

Mut, mehr zu verlangen

Was Gott uns schenkt, ist größer als alles, was diese Welt zu bieten hat. Da geht es um mehr als um Pflegeversicherung und Altersrenten, um mehr als Arbeitsplätze und Lohnerhöhungen. Das alles ist wichtig, sogar sehr wichtig – aber unser Glaube macht uns Mut, nach noch Größerem zu verlangen: nach Gott selbst, nach seinem Leben, das wie ein Saatkorn uns ins Herz gesenkt ist. Ein solcher Mut nimmt das irdische Leben tapfer und vertrauensvoll an – mit seinen Freuden und mit seinen Verwundungen.

Zukunftsfähigkeit

Das gläubige Vertrauen gibt uns die Kraft, auch unsererseits wie Gott selbst das Gute zu säen – und zu hoffen, dass es sich gegen alles »Unkraut« durchsetzen wird. Ich wünsche mir diese Zuversicht für Eltern, Lehrer und Erzieher – das Vertrauen darauf, dass jedes gute Wort, jedes Hinführen zur Wahrheit, jede Zuwendung und Liebe sich tausendfach lohnen werden. Junge Menschen brauchen weniger Computer als vielmehr Personen. Sie wollen nicht so sehr auf Bildschirmen lesen als in Gesichtern, in Biografien. Ich wünsche mir diese Zuversicht bei allen, die sich für den Glauben und in den Gemeinden einsetzen. Jedes gute Samenkorn des Evangeliums wird seine Frucht bringen – vielleicht nicht gleich und sofort, aber doch trotz aller Widerstände mit Gottes Hilfe auf Dauer. Wir dürfen Gott beim Säen seines guten Samens in den Ackerboden dieser Welt helfen: Gottes Liebe bezeugen, das Wort der Versöhnung sagen, Mut machen zum Dienen, anstiften zum Erbarmen.

Gott investiert in uns

Wir alle zollen der Macht des Bösen meist zu viel Respekt. Ich gebe zu: Das Böse findet oft das größere Echo. Wir kennen die Kinderfrage: »Lieber Gott, warum muss ich gut sein, auch wenn es keiner sieht?« Die Gefahr, dass wir Christen unsere Hoffnung von der Zustimmung und Anerkennung anderer, von Moden und Zeitmeinungen abhängig machen, ist sehr real.

Darum ist es notwendig, dass wir uns das Wort des Glaubens und der Ermunterung weitersagen: Tu das, was in Gottes Augen wichtig und wertvoll ist – und vertraue, dass Gott auch dort Früchte wachsen lässt, wo du es nicht sofort merkst: beim Verzeihen, beim gegenseitigen Ertragen, beim Einsatz für andere, beim Stehen unter dem Kreuz. »Wenn dann die Zeit der Ernte da ist, werde ich zu den Arbeitern sagen: Sammelt zuerst das Unkraut und bindet es in Bündel, um es zu verbrennen; den Weizen aber bringt in meine Scheune« (Matthäus 13,30). Was wird dem Feuer anheim fallen, was wird in Gottes Scheune gefahren? Es lohnt sich beim Guten zu bleiben! Gott hat in uns und in diese Welt investiert.

Juli

RELIGIÖS – ABER WIE?

6,1 Habt Acht auf eure Frömmigkeit, dass ihr die nicht übt vor den Leuten, um von ihnen gesehen zu werden; ihr habt sonst keinen Lohn bei eurem Vater im Himmel. **2** Wenn du nun Almosen gibst, sollst du es nicht vor dir ausposaunen lassen, wie es die Heuchler tun in den Synagogen und auf den Gassen, damit sie von den Leuten gepriesen werden. Wahrlich, ich sage euch: Sie haben ihren Lohn schon gehabt. **3** Wenn du aber Almosen gibst, so lass deine linke Hand nicht wissen, was die rechte tut, **4** damit dein Almosen verborgen bleibe; und dein Vater, der in das Verborgene sieht, wird dir's vergelten. **5** Und wenn ihr betet, sollt ihr nicht sein wie die Heuchler, die gern in den Synagogen und an den Straßenecken stehen und beten, damit sie von den Leuten gesehen werden. Wahrlich, ich sage euch: Sie haben ihren Lohn schon gehabt. **6** Wenn du aber betest, so geh in dein Kämmerlein und schließ die Tür zu und bete zu deinem Vater, der im Verborgenen ist; und dein Vater, der in das Verborgene sieht, wird dir's vergelten. **7** Und wenn ihr betet, sollt ihr nicht viel plappern wie die Heiden; denn sie meinen, sie werden erhört, wenn sie viele Worte machen. **8** Darum sollt ihr ihnen nicht gleichen. Denn euer Vater weiß, was ihr bedürft, bevor ihr ihn bittet. **9** Darum sollt ihr so beten: Unser Vater im Himmel! Dein Name werde geheiligt. **10** Dein Reich komme. Dein Wille geschehe wie im Himmel so auf Erden. **11** Unser tägliches Brot gib uns heute. **12** Und vergib uns unsere Schuld, wie auch wir vergeben unsern Schuldigern. **13** Und führe uns nicht in Versuchung, sondern erlöse uns von dem Bösen. Denn dein ist das Reich und die Kraft und die Herrlichkeit in Ewigkeit. Amen. **14** Denn wenn ihr den Menschen ihre Verfehlungen vergebt, so wird euch euer himmlischer Vater auch vergeben. **15** Wenn ihr aber den Menschen nicht vergebt, so wird euch euer Vater eure Verfehlungen auch nicht vergeben. **16** Wenn ihr fastet, sollt ihr nicht sauer dreinsehen wie die Heuchler; denn sie verstellen ihr Gesicht, um sich vor den Leuten zu zeigen mit ihrem Fasten. Wahrlich, ich sage euch: Sie haben ihren Lohn schon gehabt. **17** Wenn du aber fastest, so salbe dein Haupt und wasche dein Gesicht, **18** damit du dich nicht vor den Leuten zeigst mit deinem Fasten, sondern vor deinem Vater, der im Verborgenen ist; und dein Vater, der in das Verborgene sieht, wird dir's vergelten.

RELIGIÖS – ABER WIE?

Die Grundübungen der Frömmigkeit

Im letzten Vers des fünften Kapitels sagt Jesus zum ersten Mal im Matthäusevangelium: »euer Vater im Himmel«. Das ganze folgende sechste Kapitel handelt von unserem Verhältnis zum Vater. Almosengeben, Beten und Fasten sind die drei Grundübungen der Frömmigkeit im Judentum. Bei Jesus haben sie alle zu tun mit unserem Vater, »der in das Verborgene sieht« oder »der im Verborgenen ist«. Nicht zufällig bildet das Vaterunser die exakte Mitte der gesamten Bergpredigt. Und das Kapitel endet mit der Aufforderung, nicht zu sorgen, weil unser himmlischer Vater weiß, wessen wir bedürfen (Matthäus 6,32). Hier sind unsere »Grundrechte« Gott gegenüber ausgesprochen. Nicht dass wir aus eigener Macht heraus Gott etwas abfordern könnten. Aber als unser »himmlischer Vater« gewährt er uns diese Grundrechte. Das ist die Zusage Jesu.

Religion ohne Zuschauer

Matthäus 6,1 gibt den Grundsatz an, der bei Jesus für die drei klassischen Frömmigkeitsübungen im Judentum gilt: »Habt Acht auf eure Frömmigkeit, dass ihr die nicht übt vor den Leuten, um von ihnen gesehen zu werden.« Jesus stellt Almosen, Gebet und Fasten nicht in Frage, aber ihre Ausübung steht für ihn unter dem Gegensatz von: »vor den Leuten« und: »im Verborgenen«. Dass es dabei auch um Lohn bei Gott geht, bei »unserem Vater in den Himmeln«, das verneint Jesus nicht. Aber es ist »unser Vater«, auf den wir bezogen sind. Vor ihm stehen wir, nicht vor den Menschen. Sein Urteil ist maßgebend, nicht das der Leute. Gott aber ist im Verborgenen, er ist unsichtbar. Darum braucht auch die Ausübung von Frömmigkeit keine Öffentlichkeit, keine Darstellung, keine Aufmerksamkeitserreger, keine Presse. Sichtbar wird sie zwar, denn wir leben ja sichtbar in dieser Welt, aber sie wird es mehr durch ihre Auswirkungen als durch ihre Zurschaustellung.

Die frommen Pharisäer wollten durch die Darstellung ihrer Frömmigkeit anderen einen Anreiz geben – das war ursprünglich eine gute Absicht. Sie wollten Vorbilder sein, damit andere Mut bekommen, auch etwas für Gott zu tun. Aber unter der Hand kann die Motivation umschlagen. Jesus sagt: Frömmigkeit ist nicht zur Schau zu stellen, im Gegenteil, das zerstört ihren wahren Wert. Dass Gott sie sieht, das ist genug.

Spendenquittung

Im Tempel zu Jerusalem gab es folgenden Brauch: Neben dem Opferstock saß eine Aufsicht. Jedes Mal bei einer großen Spende wurde in die

Posaune gestoßen, um die Aufmerksamkeit zu erregen. Dann wurde ausgerufen: »Sowieso hat den und den Betrag gespendet.« Damit stand der großzügige Spender natürlich im Rampenlicht. Jesus lehnt solche Praxis radikal ab (Matthäus 6,2–4).

Auch wir wissen, wie angenehm es ist, wenn jemand Gutes tut, als wäre es eine Selbstverständlichkeit, und wie unangenehm es ist, wenn einer genau weiß, wie fromm er ist und wie gut das ist, was er gerade tut. Solche Menschen bleiben bei sich selber stehen und finden nicht den Zugang zum Herzen Gottes.

Dass die linke Hand nicht wissen soll, was die rechte tut, ist natürlich überzeichnet. Es ist eine überspitzte Formulierung, wie sie Jesus häufig liebt, um zu verdeutlichen, worum es geht. Das Wort vom Splitter im Auge des Nächsten und vom Balken im eigenen Auge (Matthäus 6,3–5) oder vom Abhauen der sündigen Hand (Matthäus 5,30) sind ähnlich drastisch zugespitzte Beispiele. Geben soll für mich so selbstverständlich sein, weil Gott der immer Gebende ist, dass ich gar nicht mehr darüber nachdenke, dass oder ob ich jetzt etwas Besonderes tue.

Gebetsräume

Jesus unterscheidet zwischen dem Gebet des Einzelnen und dem der Gemeinschaft. In Matthäus 6,5–8 heißt es: »Wenn *du* aber betest ...«, an späterer Stelle, beim Vaterunser, sagt er: »*Ihr* nun sollt so beten ...« (Matthäus 6,9a).

Das »Kämmerlein«, das Jesus erwähnt, war wohl eine fensterlose Vorratskammer im Innern des Hauses. Es unterstreicht in aller Deutlichkeit das Verborgene des Gebets. Ebenso wie das Wort von der linken Hand, die nicht wissen soll, was die rechte tut, soll auch dieser Vers nicht wortwörtlich missverstanden werden (sonst dürften wir nur fensterlose Gebetsräume bauen). Wie das Almosen verträgt auch das Gebet des Einzelnen keine Öffentlichkeit. Die Verborgenheit des Herzens genügt. *Dass* wir beten, das setzt Jesus als selbstverständlich voraus.

Beten heißt vertrauen

Wichtig ist aber noch, *wie* wir beten, nämlich nicht mit vielen Worten, mit Geplapper. Wir müssen Gott nicht informieren oder Überzeugungsarbeit leisten. Man muss Gott nicht zu etwas überreden oder durch Wortanhäufung Aufmerksamkeit erzwingen. Das Gebet darf herzlich, aber auch sachlich sein. Letzten Endes geht es hier um Vertrauen, um das Vertrauen in Gott: Was muss ich tun, damit er mich überhaupt wahrnimmt? Jesus sagt: Dein Vater *nimmt* dich wahr. Ein Wort im Verborgenen genügt, und er hört dich.

Ja, manchmal vollzieht sich das Gebet so im Innern und vor uns selbst verborgen, dass Paulus sagen kann: »Desgleichen hilft auch der Geist unsrer Schwachheit auf. Denn wir wissen nicht, was wir beten sollen, wie sich's gebührt; sondern der Geist selbst vertritt uns mit unaussprechlichem Seufzen. Der aber die Herzen erforscht, der weiß, worauf der Sinn des Geistes gerichtet ist; denn er vertritt die Heiligen, wie es Gott gefällt« (Römer 8,26–27).

Fastenregeln

In Israel und im ganzen Orient war es Brauch, sich zum Zeichen der Trauer mit Asche zu bestreuen, sich nicht zu waschen, raue Kleidung zu tragen (»Buße in Sack und Asche« zu tun) und laut zu klagen. Jesus rät uns genau das Gegenteil (Matthäus 6,16–18). Sich salben und sich waschen – das muss dem Empfinden der Menschen ins Gesicht geschlagen haben. Auch hier nimmt Jesus dem religiösen Leben jede Zurschaustellung, weil sie die Aufmerksamkeit von Gott weg auf den Menschen verschiebt, und zwar nicht nur auf den Mitmenschen, der zur Nachahmung ermuntert werden soll, sondern auf sich selbst, auf das eigene Ich und seine Leistung.

Beten in Gemeinschaft: das Vaterunser

Man könnte den Abschnitt über das Vaterunser (Matthäus 6,9–15) zwischen den Worten über das Gebet (Verse 5–9) und über das Fasten (Verse 16–18) als einen Einschub empfinden, denn die Reihe der Frömmigkeitsübungen, die nicht öffentlich, sondern im Verborgenen vollzogen werden sollen, wird dadurch unterbrochen. Der Evangelist Lukas stellt es denn auch in einem anderen Zusammenhang – als Antwort auf die Frage der Jünger, wie sie beten sollten (Lukas 11,1–4). Matthäus nimmt es hier herein, weil es passt. Und es passt auch. Nach dem Gebet des Einzelnen wird auf das Gebet der Gemeinschaft hingewiesen, das einen stärkeren Öffentlichkeitscharakter hat, wenngleich die ersten Christen es nur gebetet haben, wenn sie »unter sich« waren. Es gehörte zu den Perlen, die man nicht jedermann vor die Füße warf, weil er nicht gewusst hätte, wie damit umgehen (Matthäus 7,6).

Gottes Wille und unser Heil

Das Vaterunser ist ein Gebet des vollkommenen Vertrauens und der vollkommenen Hingabe. Die ersten drei Bitten sind ganz auf Gott den Vater zentriert. Als Kinder Gottes kann es für uns keine wichtigeren Anliegen geben, als dass Gott geheiligt werde, dass wir und alle

Welt so leben, wie es der Ordnung der vollkommenen Liebe entspricht, dass Gottes Reich kommen möge – was dasselbe ist – und dass Gottes Wille geschehen möge – was wiederum dasselbe ist. Der Welt kann nichts Besseres und Schöneres passieren, als dass Gottes Wille geschieht, weil das die Erlösung bedeutet.

Vergeben, wie Gott vergeben hat

Interessant ist, welche Bitten Jesus uns in den Mund legt, wo wir für uns selber bitten. Das tägliche Brot brauchen wir für unser leibliches Leben. Das weiß Gott auch, und er neidet es uns nicht. Dafür zu bitten ist nicht ungeistlich, sondern demütig. Aber gleich das nächste ist die Vergebung der Schuld. Auch die brauchen wir, um zu leben. Das weiß Gott auch, aber der Mensch oft nicht. Und weil hier einer der wundesten Punkte in unserem Miteinander liegt, fügt Matthäus zum Schluss noch einen Nachtrag ein, die Erläuterung Jesu zu dieser Bitte (Matthäus 6,15–15). Wie in den Antithesen der Bergpredigt (vgl. Monatskapitel Juni) kann es auch hier nur um unendliche Vergebung gehen, um bedingungslose, vollkommene und vollständige Vergebung.

Müssen wir uns nun doch unser Heil verdienen? Nein, denn die Vergebung Gottes kommt immer zuerst, geht allem voraus und liegt als Fundament allem zugrunde, unserem ganzen Leben. Gottes Vergebung ist nicht von unserer abhängig, aber unsere von seiner. Darum sollen wir mit dem Maß messen, mit dem uns selbst zugemessen wird: und zwar von Gott in vollkommener Vergebung der Schuld. Freiheit, Großzügigkeit, Langmut und Geduld, Liebe und Barmherzigkeit sind die Früchte solcher Vergebung.

Das Vaterunser und das Königreich Gottes

In der Endzeitrede des Matthäusevangeliums spricht Jesus von den »Wehen« (Matthäus 24,8) und der »Bedrängnis jener Zeit« (Matthäus 24,29), von einer Zeit, in der die Jüngerinnen und Jünger in große Bedrängnis geraten werden bis hin zum Abfall vom Glauben: »in vielen wird die Liebe erkalten« (Matthäus 24,12). Mit der Bitte des Vaterunsers, dass wir nicht in »Versuchung« geführt werden mögen, ist wahrscheinlich die Bewahrung in dieser Zeit gemeint. Von ihr heißt es in der Endzeitrede, dass kein Mensch gerettet werden könnte, wenn ihre Tage nicht abgekürzt würden (Matthäus 24, 22).

Die Bitte um die Erlösung von dem Bösen spannt den Bogen zurück zur Bitte um das Kommen des Gottesreiches. Das Vaterunser führt uns ins »Königreich Gottes«, das heißt weit über unsere Möglichkeiten hinaus und doch zugleich unmittelbar hinein in unser konkretes Leben.

GOTTVERLASSEN?

Margot Käßmann

Gott und das Böse in der Welt

»Mein Gott, mein Gott, warum hast du mich verlassen?« (Matthäus 27,46). So betet Jesus zu seinem Vater am Kreuz. Ein Ruf, der bis heute durch die ganze Welt hallt.

Warum hast du mich verlassen, als mein Sohn von einer Bombe zerfetzt wurde?

Warum hast du mich verlassen, als meine Tochter starb?

Warum hast du mich verlassen, als ich vergewaltigt wurde?

Wie kann Gott das zulassen? Wo war Gott? Ist Gott denn nicht allmächtig?

Nein, diese Fragen sind gewiss nicht neu! Mit dem Erdbeben von Lissabon 1755 beispielsweise wurde auf für die Neuzeit entscheidende Weise die Frage nach Gottes Allmacht und dem Leiden der Menschen gestellt. Und seitdem immer wieder: Auschwitz, Gulag, Vietnam, Hunger und Krieg – wie kann Gott das zulassen?

Die Bibel versteht die Welt als von Gottes Hand geschaffen und in Gottes Hand geborgen. Sie ringt um die Antwort. Das Buch Hiob oder die Erzählung vom Propheten Jona in Ninive bestreiten den so genannten »Tun-Ergehens-Zusammenhang«, der Leid und Böses einfach als Strafe Gottes für menschliche Sünde begreift. Und Jesus Christus weist eine Deutung von Leid und Bösem als Strafe deutlich zurück (Lukas 13,1–5).

Gott in Jesus Christus

In Jesus offenbart sich Gott ein für alle Mal als ein liebender Gott, der Menschen bedingungslos neue Gemeinschaft eröffnet. Er tut dies unter Verzicht auf alle menschliche Macht und Gewalt. Das können wir immer wieder schwer verstehen. Was für eine Provokation: Gott, der als Neugeborenes zur Welt kommt. Gott, der qualvoll am Kreuz stirbt! Muss Gott nicht der Held sein, der wie »Rambo« alle besiegt? Oder ohne alle Gefühle, als einer, der über allem steht? Können wir an einen ohnmächtigen Gott glauben – oder ist das nicht geradezu lächerlich?

Die Geschichte von Jesus Christus fordert uns dazu heraus, die Allmacht und die Ohnmacht Gottes zusammenzudenken. Gott der Vater, den Jesus »Abba« genannt hat, leidet am Kreuz mit Gott dem Sohn um der Liebe willen. Dietrich Bonhoeffer schreibt im Juli 1944 aus seiner Haft: »Gott lässt sich aus der Welt hinaus drängen ans Kreuz, Gott ist ohnmächtig und schwach in der Welt und nur so ist er bei uns und hilft uns.« Gott ist bei den Leidenden, das macht das Kreuz ganz deutlich. Und die Auferstehung sagt: Gott will das Leiden in dieser Welt überwinden mit der Macht der Liebe allein. Die Liebe ist stärker als der Tod! Von dieser Verheißung auf Gottes neue Welt leben wir.

Im Namen Gottes?

Gott lässt das Leiden geschehen, aber keinesfalls befördert Gott es aktiv. Gott selbst kennt den Zweifel, ist bei den Leidenden, und Gott will das Leiden überwinden. Gott hat sich für den Weg der Liebe und Versöhnung in dieser Welt entschieden, er will Leben bewahren und nicht vernichten. Da handelt Gott, und nur da handeln Menschen im Namen Gottes. Wer Terror predigt und wer Kriege beginnt, kann sich auf den Namen Gottes nicht berufen. Wenn dies dennoch geschieht, ist das für mich Gotteslästerung.

Immer wieder erfahren wir Gott als abwesend, verborgen. Aber der Gott, den uns Jesus Christus gezeigt hat, ist gerade im Leiden, im Tod bei uns. Gerade wenn wir uns allein und verlassen fühlen, einsam sind und nicht weiter wissen, will Gott für uns da sein. In der Erfahrung des *deus absconditus*, des verborgenen Gottes, können wir uns zum *deus revelatus*, zu Gott, der sich in Jesus gezeigt hat, »flüchten«. Wir dürfen darauf vertrauen, dass Gott alle Einsamkeit und Verzweiflung, alles Leiden und allen Tod überwinden will hier und jetzt – und für immer und ewig.

Martin Luther warnt davor, den verborgenen Gott ergründen und deuten und sich auf diese Weise Gottes bemächtigen zu wollen. Es bleibt also beim Nachdenken, beim Ringen um die Frage nach der Allmacht Gottes und dem Leiden. Bessere Antworten als Generationen vor uns haben auch wir nicht. Mir liegt daran, dass wir unser Augenmerk nicht darauf richten, möglichst exakte, möglichst philosophische oder logische Antworten zu finden, sondern dass wir den Mut haben, uns Gott anzuvertrauen – im Wissen darum, dass Gott Leben will und nicht Tod.

Gott, der das Leben will

Gott, der das Leben will und nicht den Tod: Jahrhundertelang wurde in den Kirchen darüber gestritten, überlegt, ob und wie denn ein »gerechter Krieg« theologisch zu begründen sei. Endlich hat sich in den Kirchen im 21. Jahrhundert offensichtlich weltweit die Einsicht durchgesetzt, dass es nicht um gerechte Kriege gehen kann, sondern nur um gerechten Frieden. Wir wissen doch, dass Krieg gerade nicht *ultima ratio*, »letzte Vernunft«, ist, sondern das Ende der Vernunft. »Krieg soll nach Gottes Willen nicht sein« – das haben die Kirchen der Welt 1948 in Amsterdam formuliert. Seitdem gibt es dennoch eine grauenvolle Kette von Kriegen. Für die, die Jesus nachfolgen, gilt: »Selig sind die Friedfertigen!« (Matthäus 5,9). »Steck das Schwert an seinen Ort!« (Matthäus 26,52). Das ist das biblische Vermächtnis, hieraus leiten wir unseren Auftrag ab. Ja, auch wer nicht zu den Waffen greift, kann schuldig werden, weil ein Diktator mit Giftgas mordet, weil Flüchtlingselend und Terror nicht verhindert werden. Wer aber meint, mit Waffen Frieden zu bringen, wird stets schuldig werden.

Warum werden denn all diese A-, B- und C-Waffen entwickelt? Warum gehören die Vereinigten Staaten, Russland, Frankreich, England und Deutschland der traurigen Hitliste der größten Waffenexporteure an und klagen dann, dass diese Waffen angewendet werden? Warum investiert niemand in Mediation, in die Vermittlung in Konflikten? Warum sehen wir so lange weg, wenn Konflikte sich entwickeln? Wer will die Flüchtlinge aufnehmen, die vor Hunger und Krieg fliehen? Wie können 24.000 Menschen pro Tag verhungern, und keine Fernsehkamera schaut hin? Wie viele Milliarden Dollar hat der Senat der Vereinigten Staaten für den Irakkrieg genehmigt – und wie viele Milliarden würde er benötigen, um die unmittelbaren Bedürfnisse der Armen zu stillen?

Beten um Gottes Reich

»Eines Tages wird Gott abwischen alle Tränen von ihren Augen und der Tod wird nicht mehr sein, noch Leid noch Geschrei noch Schmerz wird mehr sein« (Offenbarung 21,4). Für Christinnen und Christen bedeutet das: Wir setzen uns dafür ein, dass Tränen und Leid schon hier und jetzt überwunden werden als Spur des Reiches Gottes. Wir können zu Gott beten für den Frieden, für die Gemeinschaft der Völker über Grenzen hinweg. Als Bischöfin lerne ich viele Gotteshäuser kennen. Und ich denke, wir merken einem Kirchenraum an, dass hier viele vor uns gebetet haben. Er ist ein durchbeteter Raum. Auch eine durchbetete Welt ist eine veränderte Welt. Vom Aufgang der Sonne bis zu ihrem Niedergang rufen wir rund um den Globus zu Gott und denken aneinander, bitten füreinander. Das ist ein gewichtiges Zeichen der Gemeinschaft und des Friedens gegen allen Terror, der Zusammenleben zerstören will. Was kann das bewirken? Seien wir nicht so kleinmütig! Gebete und Kerzen haben in Deutschland 1989 Beachtliches bewirkt.

Bei uns alle Tage

Unsere Welt braucht Gottes Wort. Sie kennen sicher auch die Sorte Autofahrer, die erkennen, dass sie den Weg verloren haben, aber statt anzuhalten und sich zu orientieren, ob die Richtung stimmt, geben sie Gas, jagen den Motor, um noch mehr herauszuholen. So sieht es heute für viele aus, vielleicht für unsere ganze Welt. Der Glaube sagt: Halt an. Nimm dir die Zeit, dein Leben zu bedenken. Du bist rechenschaftspflichtig gegenüber Gott. Nein, Gott verlässt dich nicht. Gott ist bei dir und wird dich tragen, gerade in den dunklen Stunden deines Lebens.

AUSGEZÄHLT? Joachim Wanke

Wie viel habt ihr?

»Jesus rief seine Jünger zu sich und sagte: Ich habe Mitleid mit diesen Menschen. Sie sind schon drei Tage bei mir und haben nichts zu essen. Ich will sie nicht hungrig wegschicken, sonst brechen sie unterwegs zusammen. Das sagten die Jünger zu ihm: Wo sollen wir in dieser unbewohnten Gegend so viel Brot hernehmen, um so viele Menschen satt zu machen? Jesus sagte zu ihnen: Wie viele Brote habt ihr?« (Matthäus 15,32–34a). Die Jünger mussten auf Anweisung des Herrn zählen. »Wie viele Brote habt ihr?« fragt sie Jesus. »Sie antworteten: Sieben, und noch ein paar Fische« (Matthäus 15,34b) (Die Lust zum Zählen war wohl bei den Jüngern nicht sonderlich ausgeprägt – aber immerhin:) Jesus fragt sie zunächst nach dem, was sie einbringen können angesichts der Menge, die es zu sättigen galt.

Lohnt der Einsatz?

Sieben Brote – was ist das angesichts der vielen Leute? Die Erzählung des Evangeliums spielt mit diesem Kontrast, wohl um die Größe des Wunders herauszuarbeiten, das im Fortgang der Geschichte geschehen wird. Unsere wenigen Leute – lohnt das überhaupt den Einsatz? Eine kritische Anfrage von außen oder ein Stoßseufzer engagierter Christinnen und Christen. Lassen wir ruhig einmal diese innere Anfechtung zu und unterdrücken wir sie nicht gleich tugendhaft. Die wenigen Kinder – und ich reiße mir die Beine aus! Die wenigen Gottesdienstbesucher – und ich fahre eigens hin! Manchmal wette ich, ob bei einem Abendvortrag mehr als zwanzig Leute da sind oder weniger. Dabei habe ich als Bischof immer noch einen Amtsbonus! Nein, es ist schon mühsam, immer wieder erfahren zu müssen, dass wir uns oft mit kleinen Zahlen zufrieden geben müssen.

Das Wunder der Wandlung

Und doch sagt der Herr: »Wie viele Brote habt ihr?« Er will, dass wir das Unsrige bringen. Er will, dass wir unseren Einsatz leisten, so gut wir können, so effektiv wie möglich. Manchmal beten wir vielleicht in unserem Herzen: »Herr, sieh her – nur sieben Brote, nur die Hälfte derer, die heute eigentlich hätten kommen können.« Und wenn bei sechs Kindern die Hälfte fehlt, sitzt man eben mit dreien da ... »Und Jesus nahm die sieben Brote und die Fische, sprach das Dankgebet, brach die Brote und gab sie den Jüngern, und die Jünger verteilten sie an die Leute« (Matthäus 15,36). Ist es erlaubt, das so zu verstehen: Wenn wir Jesus unsere »Brote«, die Frucht unseres Mühens und unseres

Einsatzes übergeben, nimmt er dies an, er wandelt es und lässt uns so austeilen, dass viele satt werden, trotz der Kleinheit, der Kargheit und Ärmlichkeit dessen, was wir ihm darreichen können. Das ist keine soziologische Aussage. Jeder Funktionär, der sich um die Kampagne-Fähigkeit seiner Partei sorgt, wird mit dieser Auskunft nicht zufrieden sein.

Auch die Jünger haben mitgegessen

Aber wir sind gottlob keine Funktionäre! Wir stehen nicht im Dienste einer Idee, einer Partei oder einer Sache, sondern wir arbeiten dem zu, der segnen und verwandeln kann: die Herzen der Menschen und auch uns selbst! Wir stehen nicht einem hilflosen Gott bei, dem wir unter die Arme greifen müssten, weil er sonst nicht zum Zuge käme. Wir stehen vielmehr im Dienste eines Herrn, der uns zusammen mit denen, die uns anvertraut sind, zu retten vermag. »Und alle aßen und wurden satt!« (Matthäus 15,27). Ich gehe davon aus, dass auch die Jünger mitgegessen haben.

Was wir dem Herrn übergeben, das kann er segnen und verwandeln – und wenn es noch so wenig wäre! Aber wir müssen es auch wirklich übergeben, jeden Tag neu.

August

EINSATZ UND ERFOLG

13,3 Und Jesus sprach lange zu ihnen in Form von Gleichnissen. Er sagte: Ein Sämann ging aufs Feld, um zu säen. **4** Als er säte, fiel ein Teil der Körner auf den Weg, und die Vögel kamen und fraßen sie. **5** Ein anderer Teil fiel auf felsigen Boden, wo es nur wenig Erde gab, und ging sofort auf, weil das Erdreich nicht tief war; **6** als aber die Sonne hochstieg, wurde die Saat versengt und verdorrte, weil sie keine Wurzeln hatte. **7** Wieder ein anderer Teil fiel in die Dornen, und die Dornen wuchsen und erstickten die Saat. **8** Ein anderer Teil schließlich fiel auf guten Boden und brachte Frucht, teils hundertfach, teils sechzigfach, teils dreißigfach. **9** Wer Ohren hat, der höre!

18 Hört also, was das Gleichnis vom Sämann bedeutet. **19** Immer wenn ein Mensch das Wort vom Reich hört und es nicht versteht, kommt der Böse und nimmt alles weg, was diesem Menschen ins Herz gesät wurde; hier ist der Samen auf den Weg gefallen. **20** Auf felsigen Boden ist der Samen bei dem gefallen, der das Wort hört und sofort freudig aufnimmt, **21** aber keine Wurzeln hat, sondern unbeständig ist; sobald er um des Wortes willen bedrängt oder verfolgt wird, kommt er zu Fall. **22** In die Dornen ist der Samen bei dem gefallen, der das Wort zwar hört, aber dann ersticken es die Sorgen dieser Welt und der trügerische Reichtum, und es bringt keine Frucht. **23** Auf guten Boden ist der Samen bei dem gesät, der das Wort hört und es auch versteht; er bringt dann Frucht, hundertfach oder sechzigfach oder dreißigfach.

EINSATZ UND ERFOLG

Die Gleichnisrede Jesu

In Kapitel 13 des Matthäusevangeliums begegnen wir der großen Gleichnisrede Jesu. Acht Gleichnisse über das Reich Gottes hat Matthäus hier zusammengestellt und die Rede sorgfältig komponiert. Damit ist er bei seinem Hauptthema: das »Reich der Himmel« oder, was dasselbe bedeutet, die Königsherrschaft Gottes. Die Bergpredigt hat das Grundgesetz dieses Gottesreiches verkündet. Die Gleichnisse erläutern und vertiefen bildhaft, was es mit diesem Reich auf sich hat.

Offenbaren und verhüllen

Warum spricht Jesus überhaupt in Gleichnissen und Bildern? Warum nicht »direkt«? Auch die Jünger haben ihm diese Frage gestellt (Matthäus 13,10). Gleichnisse haben eine besondere Eigenschaft: Sie legen etwas offen, indem sie es verhüllen. Das mag paradox klingen, aber es ist wahr. Ein Gleichnis erklärt einen Sachverhalt durch ein Bild. Das Bild lässt die Sache aufscheinen, ist aber nicht die Sache selbst, sondern eben ein Bild. Diese Eigenschaft der Gleichnisrede scheint die Grundstruktur jeder konkreten Interaktion Gottes mit der Welt zu sein. Blicken wir beispielsweise auf Jesus selbst: In ihm begegnen wir Gott, aber nicht in unmittelbarer Anschauung, sondern in der Verhüllung durch die Menschennatur. Damit ist Gott unscheinbar und verwechselbar geworden, und daran nehmen Jesu Zeitgenossen denn ja auch Anstoß. Oder blicken wir auf die Bibel: Wir nennen sie »Gottes Wort« und »Heilige Schrift«, aber sie kommt als Menschenwort zu uns. In beiden Fällen kann es geschehen, dass Gott uns mitten ins Herz trifft oder dass wir irritiert sind, Anstoß nehmen, an der äußeren Gestalt hängen bleiben und uns abwenden.

Genau das geschieht mit dem Reich Gottes. Es ist nicht in solcher Unmittelbarkeit da, dass alle anderen Reiche aufhörten, zu bestehen. Es *ist* da, aber in Verhüllung, verborgen. Darum kann Jesus nur in Gleichnissen darüber reden. Diese Gleichnisse haben eine doppelte Funktion: Wer sich für Jesu Person und seine Lehre aufschließt, dem erweitern und vertiefen die Bildreden das Verständnis. Wer sich dagegen für Jesus und sein Reden verschließt, der versteht immer weniger, den verwirren sie.

Die Bildrede vom Sämann und den Bodensorten

Jesus erzählt das Gleichnis vom Sämann oder von der vierfachen Art des Bodens (Matthäus 13,3–9). Um das seltsame Verhalten des Sämanns zu verstehen, muss man wissen, dass im Orient zuerst der Same ausgeworfen und dann erst gepflügt wurde. Wir müssen uns also ein altes Stoppelfeld vorstellen, wo die Leute inzwischen einen Trampelpfad getreten haben, wo das Unkraut noch steht und wo man nicht gleich sehen kann, an welchen Stellen unter der dünnen Krume der anstehende Fels ruht. Das zeigt sich erst beim Pflügen. So wurde in Israel geackert, und so wird auch in diesem Gleichnis die besondere Gabe Jesu deutlich, aus den einfachsten und alltäglichsten Vorgängen des Lebens das Bildmaterial für seine Verkündigung zu schöpfen.

Die Auslegung, die Jesus im Matthäusevangelium auf das Fragen der Jünger hin dem Gleichnis mitgibt, zeigt, wie er es meint: Die Bodenarten sind Menschen, die unterschiedliche Beschaffenheit des Bodens spiegelt die verschiedenen Reaktionsweisen der Menschen auf Jesu Verkündigung. Jesus fällt aber keine moralischen Urteile über seine Zeitgenossen. Er beobachtet nur und stellt fest, was geschieht. Er selbst kommt sich vor wie ein Sämann, und er nimmt wahr: Bei manchen fallen seine Worte tief und bewegen etwas, bei anderen prallen sie ab, wieder andere nehmen sie auf, aber es kommt zu keiner Auswirkung, da ändert sich nichts. Das Gleichnis beschreibt also einfach, was *ist*. Jesus hat die Bildrede des Gleichnisses nicht auf bestimmte Menschengruppen verteilt, er hat beispielsweise nicht gesagt: »Die auf dem Weg, das sind die Pharisäer ...«. Er benennt lediglich, wie unterschiedlich die Menschen auf sein Wort reagieren.

Das harte Herz

Das Bild vom Samen auf dem Weg ist einleuchtend: Die Körner liegen ungeschützt auf hartem Grund, jedermann preisgegeben und ausgeliefert. Die Vögel haben im wahrsten Sinne des Wortes ein »gefundenes Fressen«. Dies ist ein Bild für das harte Herz der Menschen, die Jesu Wort nicht aufnehmen, die es ablehnen. Gerufen sind auch sie. Jesus wendet sich an alle; aber sein Ruf dringt nicht tiefer, er dringt nicht ein. Er prallt ab. Er bleibt diesen Menschen fremd. Damit geht die Gelegenheit zu hören vorüber.

Im Grunde genommen ist uns das Wort Gottes immer fremd, jedenfalls in dem Sinne, dass wir es uns nicht selber sagen können. Aber es sucht Herzen, die sich aufbrechen lassen (das ist die Aufgabe des Pfluges), es sucht Herzen wie bei Maria, die das, was sie nicht verstand, in ihrem Inneren bewegte (Lukas 2,19.51).

Das wankelmütige Herz

Im zweiten Bild fällt der Blick auf die Felsen: Äcker im Heiligen Land sind meist klein und karg, eingezwängt in felsige Terrassen. Da kommt es oft vor, dass der Fels unmittelbar unter dem Boden schon ansteht. Und die orientalische Sonne brennt! Da kann sich nichts halten, das seine

Wurzeln nicht in die Tiefe senken kann, wo sich ein wenig Feuchtigkeit findet. Hier sind die gemeint, die im ersten Moment begeistert sind, die aber vielleicht die Liebe Gottes verwechseln mit Vorteilen und Annehmlichkeiten, die sie daraus empfangen. In »heißen« Zeiten, wenn das Christsein beschwerlich und trocken wird, in Anfechtungen, überlegen sie es sich anders.

Im Grunde genommen ist das Wort Gottes immer auch angefochten, weil es uns fremd ist. Es trifft auf Widerstand in uns selbst und außerhalb von uns. Aber es sucht Herzen, die bereit sind, gerade dadurch in die Tiefe zu wachsen und an Tiefgang zu gewinnen.

Das unfreie Herz

Schließlich weist das Gleichnis auf die Dornen hin, wucherndes, stacheliges Gestrüpp, wie es überall im Heiligen Land wächst. Hier muss Wurzelgrund vorhanden sein. Jesus steigert die Bodenbedingungen von Bild zu Bild: Auf dem Weg war gar kein Grund vorhanden, dann ein wenig Boden über dem Gestein, jetzt ist die Tiefe ausreichend, aber die Konkurrenz für die aufwachsende Saat ist zu groß. Jesus sieht es als ein Bild für die Sorgen und für den Trug des Reichtums. »Wo dein Schatz ist, dort wird auch dein Herz sein«, sagt er in der Bergpredigt (Matthäus 6,21). Es kann aber nicht an zwei Orten zugleich sein. Wir sind gefragt, die Prioritäten zu überdenken. Jesus ist nicht gegen Besitz und verantwortliches Handeln als solche. Aber wer steuert und bestimmt mein Verhalten und Denken?

Im Grunde genommen muss sich das Wort Gottes immer gegen andere Sorgen durchsetzen, weil es uns fremd und weil es angefochten ist. Aber es sucht Herzen, die ihm den Vorrang einräumen und von dort her die Fragen des Lebens angehen.

Ethik und Erlösung

Mit dem Gleichnis fällt Jesus keine moralischen Urteile, sondern stellt Tatsachen fest: So ist es, so reagieren Menschen auf sein Wort. Die wichtigste Folgerung daraus ist diese: Man kann nicht aus eigener Anstrengung ein gutes Feld werden. Ein moralisches (ethisches, sittliches) Urteil beinhaltet die Anklage, dass ich mich falsch verhalte, und mündet in die Aufforderung, mein Verhalten zu bessern. Da geht es um die Frage, wie ich richtig lebe. Aber Jesus sagt nicht: »Ihr müsst die Dornen ausraufen, ihr müsst die Steine wegtragen, ihr müsst die Vögel verscheuchen und den Weg aufpflügen, und weil ihr das nicht macht, seid ihr kein gutes Land!« Welcher Acker kann sich denn selbst verbessern? Welcher Acker entkrautet sich von alleine? Das würde unseren Landwirten bestimmt gut gefallen, wenn ihnen das Land die Arbeit abnähme. Aber leider geht das nicht. Und das heißt: Keiner von uns kann aus eigener Anstrengung ein gutes Land werden.

Das entlastet einerseits. Denn es wird gar nicht von uns erwartet, dass wir uns besser machen. Aber andererseits macht es natürlich auch betroffen: Bin ich denn dann dazu verurteilt, dass Jesu Wort unweigerlich zum Beispiel von den Dornen meiner Sorgen erstickt wird? Gibt es da gar kein Entkommen? Kann sich da gar nichts ändern?

Gottes Ackerarbeit

Doch. Ich kann und ich muss Gott, den himmlischen Landwirt, bitten, dass *er* den Acker rodet, den festgetretenen Boden aufpflügt, die Steine wegsammelt und die Dornen ausreißt. Gott kann das tun, und er will es tun, denn er möchte, dass sein Wort Frucht trägt. Und *wenn* Gott es tut, dann kann und muss ich es zulassen.

Wenn das allzu Oberflächliche in uns aufgebrochen wird, dann ist das ein schmerzlicher Vorgang. Und meist gebraucht Gott unsere lieben Mitmenschen dazu. Da ist es viel einfacher, über sie zu schimpfen, sie abzuweisen und bitter zu werden, als sich zu sagen: Hier handelt Gott an mir, hier will er mich aufbrechen, damit ich besser hören kann.

Oder wenn mich Gott in Engpässe führt, damit ich lerne, ihm zu vertrauen und meine Sorgen abzugeben, dann ist es naheliegender, sich den Kopf und das Herz zu zermartern und hin und her zu überlegen, was man tun kann, als zu sagen: Gott prüft mich und lehrt mich hören, vertrauen, abwarten. Das ist sicher kein Appell einer fromm verbrämten Bequemlichkeit, sondern die Einsicht, dass die Bearbeitung unseres Herzensfeldes durch Gott auch Schmerzen mit sich bringt. Aber wer Frucht tragen möchte für Gott, der darf sie sich gefallen lassen. Gott bearbeitet unseren harten Boden aber nicht nur mit Pflug, Hacke und Egge – also mit Werkzeugen, die uns zunächst Schmerzen bringen –, Gott schenkt uns auch den Regen seines Heiligen Geistes und den Sonnenschein seiner Liebe.

Gottes verborgenen Quote

Die Kraft des Wachstums kommt von Gott. Das »gute Land« mit seiner dreißig-, sechzig- und hundertfachen Frucht ist keiner von uns aus sich selbst heraus. Das muss von Gott geschenkt werden. Wie die Frucht zustande kommt und in wie reichem Maße, das ist Gottes Geheimnis. Dass sie zustande kommt, darauf hat Jesus vertraut, als er den Samen seines Wortes ausstreute.

August
MEHR ALS GERECHT
Joachim Wanke

Sehnsucht nach mehr

Nach der politischen Wende 1989/90 hat die ostdeutsche Bürgerrechtlerin Bärbel Bohley das Wort geprägt: »Wir haben auf Gerechtigkeit gehofft – und haben den Rechtsstaat bekommen!« In diesem Wort schwingt Enttäuschung mit, ja eine gewisse Resignation. Nichts gegen den Rechtsstaat – wir möchten ihn nicht missen. Aber dennoch: Die Hoffnung der Menschen auf umfassende Gerechtigkeit war größer als die nach der Wende erfahrbare Realität. Ja, es wird Recht gesprochen – aber ist es wirklich gerecht, dass ich nach dreißig Jahren meine Wohnung aufgeben muss, nur weil ich die neue Miete nicht zahlen kann? Ja, wir sind alle gleich – aber einige scheinen doch »gleicher« zu sein, etwa der Genosse, der damals an der Spitze des Betriebes stand und jetzt im neuen Aufsichtsrat sitzt? Ja, die ideologischen Parolen haben ein Ende – aber ist damit wirklich Wahrhaftigkeit in die Gesellschaft eingekehrt?

Vaclav Havel hat in seiner Dissidentenzeit ein Buch geschrieben, das mich sehr beeindruckt hat: »Versuch in der Wahrheit zu leben«. Das Buch ist ein Plädoyer für den aufrechten Gang inmitten von Lüge und Anpassung. Unsere Erwartungen gehen nie ganz und vollständig in der erfahrenen Realität des Lebens auf. Unsere Sehnsüchte zielen auf mehr als auf »den Spatz in der Hand« – wir wollen die »Taube auf dem Dach"! Wir wollen das Ganze – und nicht nur einen Abglanz davon. Sollen wir uns aber nun diese Hoffnung abschminken? Ja, so sagen die einen. Besser sich keine Illusionen zu machen – man wird weniger enttäuscht.

Vermessene Hoffnung?

»Mit dem Himmelreich ist es wie mit einem Gutsbesitzer, der früh am Morgen sein Haus verließ, um Arbeiter für seinen Weinberg anzuwerben. Er einigte sich mit den Arbeitern auf einen Denar für den Tag und schickte sie in seinen Weinberg. Um die dritte Stunde ging er wieder auf den Markt und sah andere, die keine Arbeit hatten. Er sagte zu ihn: Geht auch ihr in meinen Weinberg. Ich werde euch geben, was recht ist. Und sie gingen. Um die sechste und um die neunte Stunde ging der Gutsherr wieder auf den Markt und machte es ebenso. Als er um die elfte Stunde noch einmal hinging, traf er wieder einige ... und sagte zu ihnen: Geht auch ihr in meinen Weinberg! Als es nun Abend geworden war, sagte der Besitzer des Weinbergs zu seinem Verwalter: Ruf die Arbeiter, und zahl ihnen den Lohn aus, angefangen bei den letzten bis hin zu den ersten ... und jeder erhielt einen Denar« (vgl. Matthäus 20,1–16).

Ob die Arbeiter im Gleichnis vom Weinberg, die erst eine Stunde vor Feierabend vom Gutsbesitzer angeheuert wurden, insgeheim diese vermessene Hoffnung gehabt hatten – nämlich auch den Tageslohn zu bekommen, mit dem sie ihre Familie ernähren konnten, einen Denar? Und wenn dieser Gedanke einen kurzen Moment lang in ihrem Herzen aufgestiegen sein sollte – sie werden diesen Gedanken schnell wieder unterdrückt haben. Sie werden sich gesagt haben. Warum sollte es hier anders zugehen als sonst? Hier geht es eben gerecht zu! Und die Gerechtigkeit verlangt, dass wir »zu spät Gekommenen« eben nur einen Teil des Tageslohnes erhalten. Wo käme die Welt dann wohl hin?

Mehr als Leistung

Wer einen Betrieb verantwortlich leiten muss, der wird dem beipflichten. Und selbst Gewerkschaftler müssten dem innerlich zustimmen: Lohn muss ein Äquivalent von Leistung bleiben – sonst geht alles in der Wirtschaft drunter und drüber. Und doch: Es gibt im Innersten des Herzens die Sehnsucht, die vermessene Hoffnung, nicht nur nach Leistung bemessen und abgefunden zu werden. Gerechtigkeit: Ja, und nochmals Ja. Wer mehr kriegt als ihm zusteht – über den regen wir uns auf. Aber wenn es um uns ganz persönlich geht?

Das Gleichnis Jesu ist keine Handlungsanleitung für Wirtschaftsminister. Es heißt nicht: Mit der Marktwirtschaft ist es wie mit einem Gutsbesitzer ... Jesus sagt: Mit dem Reich Gottes verhält es sich so. Dort – im Gottesreich – geht es nicht nur gerecht zu, sondern: mehr als gerecht.

Ein ungewöhnlicher Gutsbesitzer

Für die Zuhörer Jesu, die wussten, wie es in ihren Dörfern bei der Anwerbung von Tagelöhnern zuging, war es äußerst verwunderlich, dass der Gutsherr mehrfach auf den Markt ging, um Arbeiter für seinen Weinberg anzuwerben. Die Leute wussten ja: Da stehen schon früh am Morgen so viele da und warten auf Arbeit – da hätte eine einmalige Anwerbeaktion am Tagesanfang gereicht. Mit keiner Silbe ist ja gesagt, dass der Gutsherr nicht genügend Arbeitswillige gefunden hätte. Nein, es heißt einfach in der Geschichte: Um die dritte Stunde (also vormittags um neun) ging er wieder auf den Markt ... und um die sechste Stunde (um zwölf) und um die neunte Stunde (also nachmittags um drei). Der Gutsbesitzer geht sogar nochmals nachmittags um fünf Uhr los, um Arbeiter anzuwerben: für ein oder zwei Stunden bis zum Abend!

Ein »normaler« Gutsbesitzer handelt nicht so. Der ist zufrieden, wenn er morgens seine Truppe zusammenhat – mehr interessiert ihn nicht. Hier aber ist einer, der anders ist, anders handelt. Er schaut nach den Leuten. Und zwar nicht nur einmal am Tag. Und alle erhalten einen Lohn, mit dem sie sich und ihre Familien einen Tag lang ernähren können, die Vollzeitarbeiter und die »zu spät Gekommenen« – wider alle Erwartung.

Die Erfahrung ist anders

Das Gleichnis Jesu schlägt der Erfahrung seiner Zuhörer ins Gesicht. Ihre Erfahrung ist: Es gibt die, die Glück haben, die einen Job ergattern. Und es gibt die anderen, die eben kein Glück haben, die leer ausgehen und mit knurrendem Magen nach Hause gehen müssen. So geht es eben in der Welt zu. Pech gehabt. Bist eben nicht dabei gewesen! Wie gesagt: Jesus gibt hier keine Hilfestellung für die Regierungs- und Experten-Kommissionen. Für soziale Gerechtigkeit müssen wir selbst Sorge tragen. Wir brauchen den Rechtsstaat – und wir brauchen Tarife. Aber kann unser Herz allein davon satt werden? Und unsere Gesellschaft menschlich bleiben?

Gott ist anders

Der Gutsbesitzer im Gleichnis Jesu handelt anders, als die Zuhörer es aus ihrem Alltag wissen. So handelt Gott, will Jesus sagen. Gott ist gerecht, aber er ist noch mehr als gerecht. Er schaut nach uns aus, wo wir abbleiben. Er schaut aus, was aus den Zurückgelassenen wird. Er schaut danach aus, ob alle heimkommen: die Leistungsstarken und die Leistungsschwachen und die, die es überhaupt nicht verdient haben, zu Hause – bei ihm – einen Platz zu haben.

Davon erzählt auch ein anderes Gleichnis Jesu im Lukasevangelium (Lukas 15,11–32): vom barmherzigen Vater und dem verlorenen Sohn. Der Vater in dieser Geschichte hat den jüngeren Sohn, der wegwollte, gerecht behandelt. Er erhielt sein Erbteil. Er brauchte sich nicht zu beklagen. Aber der Vater hat sich nicht zufrieden gegeben, dass sein Sohn davonzog. Die Wunde, die der trotzige Weggang ihm zugefügt hat, blieb in seinem Herzen. Aber war der Vater verpflichtet, den Gescheiterten, den Heruntergekommenen, den Schandfleck der Familie, der sein Vermögen mit Dirnen durchgebracht hatte, wieder in Ehren aufzunehmen? Nein, er war es nicht. Und doch hat er es gemacht. So töricht ist Gott. So sieht seine Gerechtigkeit aus. Es ist eine Gerechtigkeit, die nicht uns, sondern die ihn bluten lässt.

Alles wird anders

Die erste Botschaft dieses Gleichnisses lautet: So ist Gott. Er schaut nicht weg, sondern er schaut nach uns. Nach jedem. Auch nach dir, der du meinst: Ich bin abgeschrieben, von wem auch immer. Die zweite Botschaft dieses Gleichnisses ist aber ebenso wichtig: Wer sich so angeschaut weiß, der fängt an, anders zu leben. Wer gerecht behandelt wird, sagt vielleicht: Ich erhalte nur mein Recht. Gut so – ich hatte übrigens auch ein Anrecht darauf! Wer aber Erbarmen gefunden hat, der beginnt, selbst Erbarmen zu üben.

Und das fängt nicht erst im Himmel an. Wer Gottes Handeln mit uns Sündern begriffen hat, der fängt schon jetzt an, nicht nur gerecht mit seinem Mitmenschen umzugehen. Ja, auch gerecht – in der Ordnung dieser Welt, soweit wir dazu verpflichtet sind. Aber eben – so wie Gott – auch mehr als gerecht, und zwar besonders dort, wo wir nicht dazu verpflichtet sind. Unserer Fantasie sind keine Grenzen gesetzt. Wer weiß, dass er sich selbst, sein Leben und sein Heil einem unbegreifbaren Erbarmen verdankt, das mit Kategorien der Gerechtigkeit nicht erklärt werden kann, der fängt an, ein Bürger des Gottesreiches zu werden. Der fängt an, das Unmögliche zu hoffen und in der Kraft dieser festen, auf Gott gerichteten Hoffnung in dieser Welt das uns Mögliche zu wagen, um die Welt gerechter, wahrhaftiger, menschlicher zu machen.

Mehr als Gerechtigkeit

Darum hat es durchaus mit unserem Gleichnis zu tun, wenn Christinnen und Christen in Wirtschaft und Politik bei ihrem Agieren nicht nur an die Arbeitsplatzbesitzer denken, sondern auch an jene, die keine Arbeit haben und gerne Arbeit hätten. Wenn Wirtschaft und Handel nicht nach völliger Freigabe des Ladenschlusses verlangen, sondern auch an die denken, die einen Feierabend brauchen, um bei ihren Familien zu sein. Wenn wir im immer noch reichen Deutschland an jene Völker denken, die darauf warten, dass wir unseren Reichtum mit ihnen teilen, wie die kirchlichen Hilfswerke und viele andere Initiativen es versuchen ...

Kann man Solidarität mit Paragrafen verordnen? Ein wenig schon – ich wünschte, es gelänge uns in Deutschland, ehe unsere Gesellschaft vollends in rivalisierende Indianerstämme auseinander fällt. Aber mehr als verordnete Solidarität haben wir nötig, was der Gutsbesitzer tat, der nicht nur einmal, sondern mehrmals am Tag auf den Markt ging – und nach denen Ausschau hielt, die am Tagesende ihren Denar brauchten.

Frau Bohley hatte Recht: Der Rechtsstaat ist etwas sehr Wertvolles und Wichtiges – aber er stillt nicht unsere Sehnsucht nach einer Gerechtigkeit, die keinen vor der Türe stehen lässt. Wenn die Liebe erkaltet, fängt das Rechnen an. Wir können uns gegenseitig mehr geben als den gerechten Lohn. Gott geht auch so mit uns um. Vor Gott sind wir alle »zu spät Gekommene«.

AUGUST
IM LAND DER ICH-AGS
Margot Käßmann

Was ist gerecht?

»Als es nun Abend wurde, sprach der Herr des Weinbergs zu seinem Verwalter: Ruf die Arbeiter und gib ihnen den Lohn und fang an bei den letzten bis zu den ersten. Da kamen, die um die elfte Stunde eingestellt waren, und jeder empfing seinen Silbergroschen. Als aber die Ersten kamen, meinten sie, sie würden mehr empfangen; und auch sie empfingen ein jeder seinen Silbergroschen. Und als sie den empfingen, murrten sie gegen den Hausherrn und sprachen: Diese Letzten haben nur eine Stunde gearbeitet, doch du hast sie uns gleichgestellt, die wir des Tages Last und Hitze getragen haben. Er antwortete aber und sagte zu einem von ihnen: Freund, ich tu dir nicht Unrecht. Bist du nicht mit mir einig geworden über den Silbergroschen? Nimm, was dein ist, und geh! Ich aber will diesem Letzten dasselbe geben wie dir. Oder habe ich nicht Macht zu tun, was ich will, mit dem, was mein ist? Siehst du so scheel drein, weil ich so gütig bin? So werden die Letzten die Ersten und die Ersten die Letzen sein« (Matthäus 20,8–16).

Da geht er hin, und er ist zornig. Er hat gearbeitet und Lohn erhalten, wie verabredet – das ist aber doch gerecht, oder? Oder ist es ungerecht, dass Schmarotzer, die im letzten Moment erst gekommen sind, dasselbe erhalten wie die, die seit sechs Uhr früh gearbeitet haben? Oder ist es gerecht, weil gerade die Armen den Lohn besonders brauchen? Oder ist es einfach die spontane Geberlaune eines merkwürdigen Weingutbesitzers?

Kriterien für Gerechtigkeit

Was macht der Mensch mit solchen Fragen? Sie wissen, wie heute Orientierung zu finden ist – wir fragen nach der Analyse der Parteien. Also folgende Einschätzung zum Gleichnis (zur Vorsicht: die Reihenfolge der Parteien impliziert keine Wertung):

SPD: Wir sollten mit den Gewerkschaften beraten, wie dieses neue Lohnmodell so abgesichert werden kann, dass Gerechtigkeit empfunden und realisiert wird.

CDU: Es hätte größerer Leistungsanreize bedurft, um ein Leistungsgefälle zu erzeugen. Aber: Es wurden Arbeitsplätze geschaffen, und das ist entscheidend.

FDP: Wir solidarisieren uns mit den Leistungsbewussten, eine Klage vor dem Verfassungsgericht für einen gerechten Lohn für die Erstarbeiter ist erstrebenswert. Besserverdiener brauchen wir.

Grüne: Die angesprochene Frage ist wieder einmal völlig anthropozentrisch gestellt; vielmehr sollte gefragt werden, ob es auf dem Weinberg ökologischen Anbau gibt, das ist das Kriterium zur Beurteilung, das zählt.

PDS: Der Weingutbesitzer zeigt typisch kapitalistische und paternalistische Strukturen. Die Arbeiter sollten sich zusammentun, dann kann manche Weinlese stillstehen.

Eine (fast) moderne Geschichte

Die Menschen im Gleichnis, die auf dem Markt warteten, waren wahrscheinlich ziemlich verzweifelte Menschen, die auf Arbeit hofften. »Er sah andere *müßig* auf dem Markt stehen«, übersetzt Martin Luther, aber wir können das griechische Wort heute auch mit »arbeitslos« übersetzen. Da sind wir gar nicht so weit weg von unseren Lebenszusammenhängen. Auch zur Zeit Jesu war es kostspieliger, Knechte auf Dauer anzustellen, im Angestelltenverhältnis sozusagen, als – wie heute – billige Zeitarbeitskräfte zu holen aus Polen zum Spargelstechen, Erdbeerenpflücken und zur Weinlese.

Über den Besitzer können wir uns nicht beklagen. Er ist reich, aber fair: Ein Denar (»Silbergroschen«) galt als angemessene Bezahlung, die einer Familie für einen Tag den Lebensunterhalt gewährt. Zudem zahlt er am Abend gleich aus. (Über mangelnden Zahlungswillen der Arbeitgeber gibt es manche Klage im hebräischen Teil der Bibel zu finden!) Bis dahin ist also alles in Ordnung – auch wenn es merkwürdig erscheint, dass einer, der noch dazu einen Verwalter hat, den Arbeitsanfall anscheinend so wenig einzuschätzen vermag, dass er alle drei Stunden und gar eine Stunde vor Arbeitsschluss neue Kräfte anheuern muss. Den Geschäftsführer müsste er wahrscheinlich feuern.

Gleicher Lohn für alle?

Dann aber knallt es: Zuerst werden die einstündigen Arbeiter bezahlt – ein Denar. Eine kleine Sensation, denn für eine Stunde einen Tageslohn, das ist ungeheuer viel. Es kommt die Erwartung auf, dass nun alle einen so unerwartet hohen Lohn erhalten. Und durch diese neu entstandene Erwartung entsteht der Ärger: alle ein Denar, unabhängig von der Leistung!? Es war abgemacht, ja. Aber ist es gerecht? Die den ganzen Tag geschuftet haben sind wütend. Der Weinbergbesitzer wirbt um sie: Seid nicht böse, nur weil ich gütig bin.

Das ist eine provozierende Konstellation! »Gleichmacherei als Vorwurf an die Adresse der Arbeitgeber – das bringt jeden Gewerkschaftsboss zum Staunen« (Eberhard Jüngel). Es ist wahrscheinlich gerade diese Umkehrung der Verhältnisse, die hier so provoziert. Das Gleichnis stellt unsere Kategorien auf den Kopf. Es zeichnet eine Kontrastgesellschaft, in der jeder den Denar erhält, den er zum Leben braucht.

Allein aus Gnade

Was ist gerecht? Das Weinberggleichnis bleibt eine Provokation – auch für die Kirche übrigens, seit zweitausend Jahren. Es stellt die Leistungsfrage in der Leistungsgesellschaft. Ich denke oft, dass der Glaube an die Rechtfertigung des Menschen allein aus Gnade die größte Provokation für eine Gesellschaft darstellt, die sagt: »Leistungsträger vor! Leistung muss sich wieder lohnen. Wer wirklich was leisten will, findet auch Arbeit!« Manches Mal muss sich unsere Kirche anhören, sie kümmere sich ausschließlich um die Menschen am Rande, nicht um die Leistungsträger, die den Sozialstaat erwirtschaften. Zu denen an den Hecken und Zäunen, den Tagelöhnern, sind wir allerdings als Kirche gesandt, da ist das Zeugnis Jesu wohl nicht zu verbiegen. Aber die Reichen und Leistungsfähigen sind eben nicht einst die Letzten! Die Frage ist, wie sie mit den Gaben, die ihnen geschenkt sind, umgehen. Sind sie vor Gott verantwortliche Haushalterinnen und Haushalter, oder treten sie auf mit der Arroganz eines »Alles von mir geschaffen«? Wer die eigenen Gaben und Reichtümer als Geschenk Gottes empfängt, steht anders in der Welt.

An das ursprüngliche Gleichnis hat Matthäus angefügt: Die Ersten werden die Letzten sein (Matthäus 20,16). Das soll eine Warnung sein an die, die ganz vorn stehen in der Gemeinde, ein Trost auch für die, die ganz hinten stehen. Im Gleichnis selbst aber werden die Ersten gar nicht zu Letzten gemacht, sie erhalten ja ihren vollen Lohn. Der Akzent liegt auf der Frage, ob wir die Güte Gottes annehmen wollen oder sie zu reglementieren versuchen. Letzten Endes lädt das Gleichnis ein, sich herzlich mitzufreuen mit denen, denen unverdient geschenkt wird.

Gegen unsere alltägliche Verschwörung

Das allerdings ist schon ein schwieriges Unterfangen im Lande des Neids und der Ich-AGs. Die brauchen Expertenkommissionen gar nicht zu erfinden, die gibt's schon längst überall. Ich und noch einmal Ich stehen im Zentrum. Das wissen wir auch alle und können sogar darüber lachen. Abendlich vor der »Tagesschau« taucht der bekannte ostfriesische Komiker in Pastorenmanier auf und sagt mit pastoraler Stimme: »Liebe Lotto-Gemeinde, ein Jackpot allein macht nicht glücklich!«, und dann sehen wir ihn in Geldsäcken wühlen und grinsend rufen: »Wer's glaubt, wird selig!« Was lehrt uns das – außer, dass für einen Gag wieder einmal unsere Glaubensüberlieferung verspöttelt wird? Die Botschaft des Spots heißt: Egoismus ist »in«. Wie bei einer kleinen Verschwörung: Wir wissen es doch alle, oder?

Das Gleichnis von den Arbeitern im Weinberg hält fest: Vom Reich Gottes her gibt es eine Störung der Werte, auf denen unsere Gesellschaft ruht. Die Perspektive des Reiches Gottes bleibt stets eine Herausforderung des Vorhandenen.

September

DER HAUPTGEWINN

13,31 Ein anderes Gleichnis legte Jesus ihnen vor und sprach: Das Himmelreich gleicht einem Senfkorn, das ein Mensch nahm und auf seinen Acker säte; **32** das ist das kleinste unter allen Samenkörnern; wenn es aber gewachsen ist, so ist es größer als alle Kräuter und wird ein Baum, sodass die Vögel unter dem Himmel kommen und wohnen in seinen Zweigen. **33** Ein anderes Gleichnis sagte er ihnen: Das Himmelreich gleicht einem Sauerteig, den eine Frau nahm und unter einen halben Zentner Mehl mengte, bis es ganz durchsäuert war.
44 Das Himmelreich gleicht einem Schatz, verborgen im Acker, den ein Mensch fand und verbarg; und in seiner Freude ging er hin und verkaufte alles, was er hatte, und kaufte den Acker. **45** Wiederum gleicht das Himmelreich einem Kaufmann, der gute Perlen suchte, **46** und als er eine kostbare Perle fand, ging er hin und verkaufte alles, was er hatte, und kaufte sie.

DER HAUPTGEWINN

Die Gleichnisrede Jesu

Matthäus hat die Gleichnisrede Jesu über das Himmelreich sorgfältig aufgebaut. Am Anfang (Matthäus 13,3–23) und am Ende (Matthäus 13,51–52) steht je ein Gleichnis in Verbindung mit einem Jüngergespräch. Dass Gleichnis und Gespräch am Beginn sehr viel länger sind als Gespräch und Gleichnis am Ende der Rede deutet darauf hin, dass die Jünger verstanden haben, was Jesus sagen will, und jetzt nicht mehr vieler Worte bedürfen.

Eingerahmt von diesen beiden Stücken finden wir zwei kleine Gleichnissammlungen: Einem längeren und zwei ganz kurzen Gleichnissen folgen zwei ganz kurze und ein längeres. Getrennt werden diese Sammlungen wieder von einem Gespräch Jesu mit seinen Jüngern (Matthäus 13,34–43).

Gleichnisse von der Königsherrschaft Gottes

Die erste Sammlung umfasst die Gleichnisse vom Unkraut unter dem Weizen (sieben Verse), vom Senfkorn (zwei Verse) und vom Sauerteig (ein Vers). Alle sind sie Bildreden, die den Kontrast von kleinem Anfang und überwältigend großem Ende zum Inhalt haben.

Die zweite Sammlung versammelt die Gleichnisse vom Schatz im Acker (ein Vers), von der wertvollen Perle (zwei Verse) und vom Fischernetz (fünf Verse). Die beiden kurzen Gleichnisse haben einen deutlich erkennbaren gemeinsamen Gegenstand: nämlich die übergroße Freude, das Himmelreich gefunden zu haben. Die letzte Bildrede, das Gleichnis vom Fischernetz, spiegelt ein Thema der allerersten Bildrede vom Unkraut und dem Weizen: nämlich das Gericht am Ende der Zeit. Sind es dort »Unkraut« und »Weizen«, die von den Engeln Gottes geschieden werden, so sind es hier die guten und die schlechten Fische, welche die Engel verlesen. An die Stelle der Freude über die Rettung tritt hier aber die Kontrastaussage über den Schrecken angesichts der Verwerfung.

Die folgende Auslegung wendet sich den vier kurzen Bildworten Jesu zu.

Kleiner Anfang – große Wirkung

Die Gleichnisse vom Senfkorn (Matthäus 13,31–32) und vom Sauerteig (Matthäus 13,33) handeln von einer gemeinsamen Erfahrung: Aus verschwindend geringen Anfängen entsteht eine große Wirkung. Möglicherweise spiegeln diese Bildworte eine Situation wider, in der sowohl Jesus als auch seine Jünger die Frage bewegte, was ihr Dienst denn überhaupt ausrichtete. War ihre Arbeit nicht so gut wie nichts angesichts der Herausforderungen und Aufgaben, vor die sie sich gestellt sahen? Was bewirkte schon die anfangs nur von wenigen geglaubte Predigt Jesu?

Mit den Gleichnissen zeigt Jesus seinen Jüngern: Jetzt ist nicht die Zeit, in der die großen und sichtbaren Wirkungen zu erwarten sind. Das Reich Gottes erscheint nicht mit welterschütternden Ereignissen und sichtbarer Machtentfaltung wie die übrigen Reiche dieser Welt. Es wird aber der Augenblick kommen, da es jene alle an Größe und Ausdehnung übertrifft.

Geschichten als Vergleichspunkte

Wenn es in der Übersetzung heißt: »Das Himmelreich gleicht einem Senfkorn …« (so die Lutherübersetzung; ganz ähnlich die Einheitsübersetzung: »Das Himmelreich ist wie ein Senfkorn …«), so ist das zwar wortwörtlich übertragen, führt aber auf eine falsche Fährte. Nicht etwa das Senfkorn, der Sauerteig, der Schatz oder der Kaufmann sind Bilder des Reiches Gottes, sondern der Vorgang, die Geschichte, die das Gleichnis erzählt. Gemeint ist: »Mit dem Reich Gottes verhält es sich wie mit …« Das ganze erzählte Geschehen ist der Vergleichspunkt.

Das Gleichnis von Samen und Baum

Für den Orientalen stand bei solchen Geschichten wie der vom Senfkorn nicht der Gedanke der Entwicklung im Vordergrund des Verständnisses. (Das ist eine moderne Betrachtungsweise, die in die Gleichnisse etwas hineinlesen würde, was damalige Menschen so nicht empfinden konnten.) Nicht die verborgene, aber stetige Entwicklung des Samenkorns und der Pflanze betrachteten sie, sondern sie staunten über den Anfang und das Ergebnis. Das war für sie ein Wunder Gottes: Aus einem so kleinen Beginn wird ein so großer Endzustand. Aus einem winzigen Korn wird ein riesiger Busch, ja fast ein Baum.

Der Baum war im Alten Testament das Bild für ein mächtiges Reich, und die Vögel, die in seinem Schatten Schutz fanden, standen für viele Völker. Der Prophet Ezechiel vergleicht das Reich des Pharao mit einem solchen Baum (Ezechiel 31) und der Prophet Daniel das babylonische Reich des Königs Nebukadnezar (Daniel 4).

Als Vision der endzeitlichen Gottesherrschaft sieht wiederum Ezechiel das Volk Israel als große Zeder, in deren Schutz die Vögel nisten. An dieses bekannte Bild scheint Jesus anzuknüpfen, wenn er den augenblicklich so kleinen Anfängen des Gottesreiches die Hoffnung auf das Ende gegenüberstellt.

Das Gleichnis von Sauerteig und durchsäuertem Brot

Das Gleichnis vom Sauerteig will wohl dasselbe sagen. Hier geht es aber um die Verborgenheit des Wirkens. Der Sauerteig verschwindet im Teig; man sieht ihn nicht mehr, man kann seine Wirkung nicht beobachten.

Dennoch ist sie frappierend. Am Ende hat das kleine Klümpchen Sauerteig das ganze Mehl durchsäuert. Es hat eine ansteckende Kraft.
Gelegentlich taucht der Sauerteig als negatives Bild in der Bibel auf, so zum Beispiel in der Warnung vor dem »Sauerteig der Pharisäer und Sadduzäer« (Matthäus 16,6) oder im Bildwort vom »Sauerteig der Schlechtigkeit und Sünde« (1 Korinther 5,6–8). Doch im Gleichnis vom Sauerteig liegt eine positive Deutung vor – ähnlich wie Jesus im Bild vom »Salz der Erde« (Matthäus 5,13) eine verborgene positive Wirkkraft zum Ausdruck bringt.

Alle werden satt

Die Kirchenväter deuteten diesen Sauerteig auf die Liebe, die alles durchdringt. Die Dreizahl der Maßangabe steht bei Augustinus für die drei Vermögen des Menschen *denken, fühlen, begehren* oder für *Leib, Seele, Geist*. Doch so weit wollte Jesus mit seinem Gleichnis höchstwahrscheinlich gar nicht gehen. Er hob auf das überraschende Endergebnis ab.

Übrigens spricht Jesus hier von gewaltigen Mengen! Drei »Scheffel« (hebräisch *sat*) Mehl waren fast ein halber Zentner, und davon konnte man Brot für mehr als hundert Menschen backen. Im Reich Gottes werden zum Schluss alle satt, so könnte man anknüpfen. Damit erinnert das Gleichnis an die Erzählung von der Speisung der fünftausend Menschen (Matthäus 14,15–21): Mit fünf Broten und zwei Fischen hat Jesus alle satt gemacht, und es blieben noch zwölf Körbe voll Brocken übrig. Von diesen Brocken zehren wir heute noch ...

Das Gleichnis vom Schatz im Acker

In den beiden anderen Kurzgleichnissen greift Jesus beliebte orientalische Märchenmotive auf: ein verborgener Schatz, ein fahrender Kaufmann, eine wertvolle Perle. In fast identischen Worten formuliert Jesus die Pointe der Bildworte. Sie haben, ähnlich wie die ersten beiden Kurzgleichnisse, dieselbe Aussage, dasselbe Ziel.

Da ist zunächst der Mann, der einen Acker umpflügt. Nachher muss er ihn kaufen: es ist also nicht sein eigener Acker; er mag Tagelöhner sein oder sonst irgendwie im Dienst eines größeren Herrn und Landbesitzers stehen. Nun stößt er beim Pflügen auf den verborgenen Schatz. Das ist nicht nur blühende Fantasie, solche Fälle kamen vor, und daher enthält die jüdische Lehrüberlieferung auch juristische Erörterungen darüber, was in solchen Fällen Rechtens ist. Einer dieser Grundsätze lautet: »Mobilien werden beim Kauf von Immobilien miterworben«, und es heißt ausdrücklich: »Schätze, die der Käufer findet, gehören ihm« (Joachim Jeremias).

Unser Mann im Gleichnis Jesu verhält sich also formal ganz korrekt. Er versteckt seinen Fund zunächst wieder, kauft erst den Acker, und dann kann er den Schatz rechtmäßig in Besitz nehmen. Zweierlei fällt aber in der Art, wie Jesus seine Pointe formuliert, auf. Erstens: die Freude. »In seiner Freude ging er hin ...« Und zweitens: Er verkaufte alles, was er hatte. Dieser Schatz wog alles andere bei weitem auf.

Das Gleichnis von der kostbaren Perle

Der Kaufmann scheint, im Gegensatz zu dem Landarbeiter, systematisch gesucht zu haben. Er scheint mit Perlen gehandelt zu haben und war deshalb natürlich immer auf der Suche nach schönen und wertvollen Stücken. Dennoch wird auch er nicht einfach von vornherein die wertvollste Perle seines Lebens gesucht haben, sondern im Zuge seiner Geschäfte fiel sie ihm plötzlich in die Hand.

Der Fortgang des Gleichnisses sprengt die Logik des Kaufens und Verkaufens. Denn wenn der Kaufmann alles verkauft, was er besitzt, steht ihm keine Einsatzmasse mehr für weitere Geschäfte zur Verfügung. Eine so große Freude hat ihn erfasst, dass er alles einsetzt, worüber er verfügt, um diese eine Perle zu gewinnen. So verhält es sich mit dem Himmelreich. Was will Jesus sagen?

Die Freude der Begegnung

Liegt die Hauptaussage auf der Freude? Oder liegt sie auf der Forderung, für das Reich Gottes alles andere aufzugeben? Aber wer so fragt, geht am Reich Gottes vorbei. Bei Jesus kann man das gar nicht trennen. Es geht nicht um Leitideen, es geht um das Reich Gottes in Person. Es begegnet in ihm. Er verkörpert es, er regiert es, in ihm ist es da. Wo immer in der Begegnung der Menschen mit ihm diese Erkenntnis aufblitzte, diese Erfahrung einschlug, da war fassungslose Freude.

In dieser Freude waren Menschen bereit, alles zu verlassen und sich ihm anzuschließen. Gewiss konnte Jesus manchmal vor den Entbehrungen der Jüngerschaft warnen, wenn sich ihm jemand allzu leichtfertig anschließen wollte (Lukas 9,57–58). Aber wenn man die Nachfolge in der Jüngerschaft, das Streben nach dem Reich Gottes, nicht zuerst aus der tiefen, existenziellen Freude über die geschenkte Begegnung mit Gott heraus ergreift und begreift, versteht man in der Tat gar nichts und geht am Wesen der Gottesherrschaft vorbei. »Alles erblasst vor dem Glanz des Gefundenen« (Jeremias).

Die Kirchenväter haben den Schatz und die Perle auf Jesus selbst gedeutet. Er ist es, auf den wir stoßen, und der uns so unverhofft mit Freude erfüllt. Er ist *die* wertvolle Perle.

September

GLAUBE HEILT

Margot Käßmann

»Und Jesus ging weg von dort und zog sich zurück in die Gegend von Tyrus und Sidon. Und siehe, eine kanaanäische Frau kam aus diesem Gebiet und schrie: Ach Herr, du Sohn Davids, erbarme dich meiner! Meine Tochter wird von einem bösen Geist übel geplagt! Und er antwortete ihr kein Wort. Da traten seine Jünger zu ihm und sprachen: Lass sie doch gehen, denn sie schreit uns nach. Er antwortete aber: Ich bin nur gesandt zu den verlorenen Schafen des Hauses Israel. Sie aber kam und fiel vor ihm nieder und sprach: Herr, hilf mir! Aber er antwortete und sprach: Es ist nicht recht, dass man den Kindern ihr Brot nehme und werfe es vor die Hunde. Sie sprach: Ja, Herr, aber doch fressen die Hunde von den Brosamen, die vom Tisch ihrer Herren fallen. Da antwortete Jesus und sprach zu ihr: Frau, dein Glaube ist groß. Dir geschehe, wie du willst. Und ihre Tochter wurde gesund zu derselben Stunde« (Matthäus 15,21–28).

Eine Mutter und ihr Kind

Die kanaanäische Frau, die in der Erzählung des Evangeliums begegnet, ist namenlos, und sie wird nicht charakterisiert durch die Einbindung in Familienstrukturen: »Tochter des«, »Frau des«, »Schwester des« ... wie sonst oft in den Evangelien. Eine Frau, die wir heute »alleinstehend« oder »alleinerziehend« nennen würden. In jedem Fall ist sie Mutter und verantwortlich für eine kranke Tochter. Ein krankes Kind. Dafür geht eine Mutter über Grenzen. Dafür legt sie Angst und Scham und Etikette ab, wenn irgendwo Heilung sichtbar wird. Wenn dein Kind krank ist, dann wird dein Leben in Mark und Bein erschüttert. Du möchtest dem Kind die Schmerzen abnehmen, es erlösen vom Leiden.

Müttergeschichten

Erliege ich dem Mutter-Mythos? So unterschiedslos kann doch heute nicht von Mutterliebe geredet werden! Aber muss die Alternative zum Mutter-Mythos immer die Problematisierung von Mutterschaft sein? Diese Geschichte einer mutigen Frau aus dem Gebiet von Tyrus und Sidon zeigt eindrücklich, welche Kraft in der Mutterliebe steckt. Das muss doch auch gesagt werden dürfen: Diese Kraft haben besonders wohl die Mütter in sich. Mütterliche Liebe zu den Kindern sozusagen als »Extremfall« der Liebe zu anderen, sie kann in der Tat ungeheure Kräfte freisetzen.

Im Evangelium begegnet eine Frau mit einer Tochter, die krank ist, Schwerkrank, wie die Rede vom bösen Geist, der sie übel plagt, vermuten lässt. Wie ist dieser böse Geist loszuwerden, was ist zu tun? Die Frau hört von dem Rabbi aus Nazaret. Und sie hat das Vertrauen, oder sagen wir: Ihr wird der Glaube geschenkt, dass bei ihm Heilung zu finden ist. Sie ist ganz offensichtlich nicht ungebildet, sondern durchaus mit der Psalmensprache Israels vertraut, wenn sie auch nicht zum Volk Israel gehört. Sie nennt Jesus »Sohn Davids«, sie teilt die jüdische Hoffnung auf Heilung und Heil. Diese Frau nimmt in Anspruch, dass der Gott Israels Heilung zu allen bringt.

Existenzängste – damals, heute

Die Frau treibt die Not. Mit der Krankheit der Tochter sind nicht nur ihre mütterlichen Schutzinstinkte wach. Es sind auch ihre konkreten sozialen und wohl auch ökonomischen Nöte. Wie soll sie denn für den Lebensunterhalt sorgen? Wird die Tochter je selbständig leben können? Und die bange Frage aller Mütter, besonders aber der Mütter kranker und behinderter Kinder: Was, wenn ich nicht mehr bin?

Ach, da hat sich gar nicht so viel geändert bis heute. Mütter sind nicht gern gesehen in der modernen Berufswelt. Wer stellt schon eine junge Frau ein – sie könnte ja schwanger werden! »Ausbildung zum Facharzt?«, sagte der bekannte Gynäkologe, »das können Sie bei mir machen, aber nur, wenn ich Sie eigenhändig sterilisiert habe. Sonst verschwenden wir dabei doch nur kostbare Zeit!« Muttersein und Beruf lassen sich schwer verbinden im Zeitalter der Allround-Mobilität. Und die Mutter eines kranken oder behinderten Kindes gar, sie ist auch in Deutschland heute ganz schnell auf dem Weg ins Abseits, ins Armutsrisiko und in die soziale Isolation: »Ein behindertes Kind – das muss doch heute nicht mehr sein im Zeitalter von Präimplantationsdiagnostik und Spätabtreibung ...« Das soziale Netz kann ganz schnell reißen.

Die Herausforderung Jesu

Die Not macht die Frau für die Jünger zur Nervensäge. Sie schreit, sie ist einfach nicht abzuschütteln. Jesus scheint sie zunächst in aller Ruhe ignorieren zu wollen. Aber die Jünger erwarten von ihm ein Machtwort – und das spricht er ja auch! Er weist die Frau schroff ab: »Ich bin nur gesandt zu den verlorenen Schafen des Hauses Israel.« Er ist Jude und angetreten, für die verlorenen Schafe Israels zuständig zu sein.

Als die Frau beharrt, steigert Jesus seine Abweisung noch: Das Brot des Lebens soll doch nicht vor die Hunde geworfen werden. Jesus ist hier nicht gerade ein Sympathieträger. Das klingt unerhört hart, verletzend, es klingt nach verbaler Gewalt. Für fast alle Frauen wäre mit einer solchen Abfuhr der Mut verloren.

Der hartnäckige Glaube

Frauen erleben es ja allzu oft: Du bist nicht wert genug, nicht schlau genug, nicht ausgebildet genug. Und nicht nur in Afrika, Asien, Lateinamerika, das erleben Frauen auch hier, ja, auch in der Kirche. Zum Helfen gut genug, aber nicht zum Leiten ...

Wir brauchen Frauen mit Kindern, weil die demografische Entwicklung so problematisch ist, da freut die Gesellschaft sich im Prinzip über jedes Kind, schon wegen der Rente. Aber dieses Windelnwickeln und Vokabelnabhören und diese Ausfallzeiten bei Windpocken und das Klavierüben – das ist doch letzten Endes volkswirtschaftlich irrelevant, oder? Damit müssen sich gelehrte Kreise, Rabbiner und Apostel, nicht befassen, da geht es schließlich um die großen Fragen, um relevante Entscheidungen ...

Jene Frau aus Kanaan aber lässt sich nicht abweisen, das imponiert mir ungeheuer. Sie vertraut, sie glaubt, dass Gottes Heil auch für sie bestimmt ist und hält trotz der massiven Abweisung daran fest. Ja, es geht um ihre Tochter! Und ja, sie ist den Jüngern peinlich.

Der Lernprozess Jesu

Für Jesus ist die Predigt des Evangeliums in der ganzen Welt ein Zeichen der noch ausstehenden letzten Zeit. Er fühlt sich nicht zuständig. Doch jetzt trifft er dort, wo es nicht zu erwarten war, auf Glauben. Glauben, der sich nicht auf Rechte beruft und doch von Jesus alles erwartet. Das ist nicht selbstverständlich, ja das ganze Neue Testament ist voll von Staunen darüber, dass der Gott Israels sich *allen* Menschen, *allen* Völkern zuwendet.

»Die Dogmatiker haben mit dieser Perikope ihre liebe Not. Jesus scheint darin von einer Heidin bekehrt zu werden; in ihm geht eine Wandlung vor« (Rudolf Bultmann). Mit ihrer festen Überzeugung vom Heil Gottes, das auch ihr zugesprochen ist, wird diese Frau in der Tat zu einer Lehrerin für Jesus und zu einer Lehrerin der Kirche. Wenn Jesus wahrer Mensch wie wahrer Gott war, wie sollte er dann nicht lernen dürfen? Lernen ist eine Grundbedingung menschlicher Existenz!

Über die Grenze gehen

Jene Frau ringt mit Jesus um Grenzziehungen. Und Jesus überwindet die eigene Position, die sich in ihren Grenzen als zu eng erweist. Er ist offen für Lernprozesse, für neue Einsichten, für Horizonterweiterungen. Am Ende hat Recht, wer versteht, dass Gottes Heil *allen* Menschen zugesagt ist. Die Frau behauptet sich durch Scharfsinn und Beharrlichkeit.

Das ist eine Herausforderung bis heute. Gerade weil das Evangelium heute in so vielen Kulturen und in fast allen Nationen beheimatet ist, könnten wir als Christinnen und Christen ihr nacheifern, indem wir beitragen zur Überwindung der Fremdheit in dieser Welt. Wir selbst können über Grenzen gehen. In unserem eigenen Land über die Grenzen zu denen ohne

Obdach, ohne Asyl, zu denen ohne Sinn, ohne Freunde, ohne Hoffnung. Und weil wir wissen, dass Schwestern und Brüder im Glauben in aller Welt leben, könnten wir auch die Grenzen zwischen Völkern und Nationen, zwischen Kulturen und Kontinenten überwinden ...

Gesandt zu allen Völkern

So wie Jesus erst langsam die ungeheure Dimension seiner Sendung wahrnimmt, so dauert es lange, bis die Jünger wirklich verstehen. Erst nach der Auferstehung nehmen sie wahr, dass es nicht nur um Israel, um das neue Königreich Davids geht, sondern um den ganzen bewohnten Erdkreis, die ganze *Oikumene*.

In Südafrika wurde mir erzählt, dass zu Zeiten der Apartheid Farmer einen Missionar von ihren Höfen verjagten, als er begann, Schwarze zu taufen. Denn, sagten sie – und da hatten sie theologisch Recht! –, wenn er die Schwarzen tauft, sind die wie wir ... Die Geschichte Gottes mit den Menschen, sie verändert die Welt, sie verändert die Menschen, sie verändert sogar Gott. Im Glauben begegnen sich Mensch und Gott. Beide gehen nicht unverändert aus der Begegnung hervor.

Glaube heilt

Das Vertrauen dieser Frau, ihr Glaube, ist so überwältigend, dass Heilung möglich wird: Die Tochter wird gesund. Solcher Glaube kann Berge versetzen und Wunder wirken. Solcher Glaube ist Lebensbrot, weil durch ihn Jesus als Brot des Lebens erkannt wird. Heilung ist aber nicht einfach Gesundheit, sonst wäre Gesundheit ja eine Art Gottesbeweis. Heil sein und Heilung finden bedeutet wohl vor allem: in meinem Leben eins werden mit Gott, meinen Weg annehmen, mich von Gott gewollt wissen, so wie ich bin, ganz und gar auf Gott vertrauen, Jesus Christus wahrnehmen als den Weg zu Gott, als meinen Zugang zur Wahrheit und zum Leben.

Der lebendige Christus unter uns

Ich habe erlebt, was es Menschen bedeutet, ein Segenswort zugesprochen zu wissen, eine segnende Hand aufgelegt zu erfahren. Auch die Sinne, die spüren, die hören, die erfahren wollen, haben ihr Recht. Wir wollen Heil-Sein erfahren, Gemeinschaft er-leben, mit allen Sinnen. Vor allem das Abendmahl kann eine solche Erfahrung sein: schmecken und sehen, wie freundlich Gott ist. Der lebendige Christus, real präsent unter uns. Durch ihn erfahren wir Heilung in der Gemeinschaft miteinander – an allen Orten und zu allen Zeiten. Und wir überschreiten mit ihm Grenzen, die uns voneinander und von anderen trennen in der Gemeinschaft mit Gott selbst.

September

GOTT BEGREIFEN? Joachim Wanke

Wir haben verstanden – haben wir?

»Habt ihr das alles verstanden? Sie antworteten: Ja! Da sagte er zu ihnen: Jeder Schriftgelehrte also, der ein Jünger des Himmelreichs geworden ist, gleicht einem Hausherrn, der aus seinem reichen Vorrat Neues und Altes hervorholt« (Matthäus 13,51–52).

Matthäus lässt die Jünger auf die lange Gleichnisrede Jesu (Matthäus 13) einfach sagen: »Ja, Herr, wir haben verstanden!« Eine gewichtige Antwort. »Habt ihr das alles verstanden?« Kein langes Herumreden, keine Demutsfloskeln, keine Einschränkungen. Mir fällt ein Politiker ein, der mehrfach nach einer verlorenen Wahl vor die Mikrofone trat und sagte: »Ich habe verstanden!« Ob er wirklich verstanden hatte? Ob die Jünger wirklich alles verstanden hatten? Ob wir ehrlich antworten könnten: »Ja, Herr, wir haben verstanden!«?

Ein Leben lang lernen

Matthäus erzählt die Jesusgeschichte für die Gemeinde, für uns. Er ist wohl selbst ein Schriftgelehrter, wie er am Ende dieses Evangelientextes beschrieben wird, einer, der »Neues und Altes aus seinem reichen Vorrat hervorholt«, ein »Katechet« des Gottesreiches, der an dem einzigen Lehrer und Katecheten Maß nimmt, an Jesus Christus. Matthäus will das Verstehen und die Praxis der Kirche seiner Generation an Jesus und seiner Botschaft ausrichten. »Denn nur einer ist euer Lehrer – der Christus« (Matthäus 23,8.10). Wir alle hören ein ganzes Leben lang nicht auf, Jünger des Himmelreiches zu sein, Schüler, »Hörer« zu sein bei diesem Lehrer. Aber was heißt dann die Antwort: »Ja, wir haben verstanden«?

Zunächst einmal, dass wir eingestehen, nicht verstanden zu haben! Wenn wir auf die Spitzenwissenschaften der heutigen Zeit schauen, die theoretische Physik oder die Mikrobiologie, dann erfahren wir: Je tiefer die Wissenschaftler in die Geheimnisse der Materie des Universums oder des lebendigen Organismus eindringen, desto mehr müssen sie sagen: »Wir haben zwar dieses oder jenes verstanden, aber in jedem Verstehen öffnen sich Kontinente von Unverstandenem. Jede Antwort setzt neue Fragen in die Welt!«

Wie wir von Gott reden

Angesichts dieses Staunens der Wissenschaft dürfen wir uns schon fragen, ob unsere Rede von Gott nicht manchmal doch zu unbedarft erscheint (Ich schließe mich hier ausdrücklich ein!). Tun wir nicht manchmal so, als ob uns das gewaltige Geheimnis, das wir zu verkünden haben, so zuhanden wäre wie ein Gegenstand, den wir nach Belieben gebrauchen oder weglegen können? Ahnen die Menschen aus dem, was wir Christinnen und Christen »verstanden haben«, etwas von dem Gott, mit dem Jesus an kein Ende gekommen ist – weil dieser Gott alles übersteigt, was wir uns ausdenken können?

Die großen Theologen des Mittelalters haben das gewusst. Wir heute verpacken das Gottes-Geheimnis oft in unsere Begriffsschachteln und denken, jetzt haben wir es begriffen – was Gottes Jenseitigkeit heißt, was »Schöpfung« bedeutet und »Menschwerdung Gottes«, was die göttliche »Vorsehung« über unserem Leben ist und was auf uns am »Ende aller Dinge« wartet.

»Nein, Herr, wir haben nicht begriffen, nicht genug begriffen. Wir müssen immer neu bei dir in die Schule gehen, um mit dir zu sagen: Abba – du unser Vater, der du offenbar bist und doch verborgen, Herr des Himmels und der Erde – und doch jedem näher als der eigene Atem und die eigene Seele.«

Verstehen wollen

In der Theologie ist Bescheid-Wissen noch lange nicht »Begreifen«! Aber eben darum muss es gehen: Gott immer größer sein zu lassen, größer als alle Lehre, als alles Wissen, größer als die Kirche und das, was wir in ihrem Namen sagen und tun können. An der Gottes-Frage bleiben – mit der Bereitschaft und dem heißen Verlangen, in der Schule Jesu, in der Schule der besten Lehrer des Glaubens zu begreifen.

Verstehen setzt Verstehen-Wollen voraus. Was »nicht-verstehen-wollende« Theologen zustande bringen an Konfusion und Irritation, haben wir in der Geschichte der Kirchen und auch ihres ökumenischen Weges zueinander erfahren. In der Ökumene gibt es viele gelehrte Stimmen – aber haben wirklich alle verstanden, was der Herr mit der Einladung zur Einheit seiner Jünger (Johannesevangelium 17) sagen will? So viele Gesichtspunkte, Anmerkungen, Einwürfe, Selbstverteidigungen – eines ist deutlich: Wo es kein Verstehen-Wollen gibt, wo unser Verständnis nicht geleitet ist vom Hören-Wollen auf den Herrn und sein Mandat, wo wir nicht darauf vertrauen, dass Gottes Geist unter Umständen auch etwas Neues und mir Unbekanntes sagen und aufdecken könnte, da wird die Gelehrsamkeit des Glaubens zum toten Gehäuse, zu einem Korsett, das der Gemeinschaft der Glaubenden den Atem nimmt und sie erstickt.

Glaube kommt vom Hören

Die alten Meister der Theologie sagen: Es gibt kein Lehren ohne Bereitschaft zum Hören. Darum waren sie auch große Beter. Im Gebet strecken wir uns

voll Verlangen, voll guten Willens aus nach dem, der allein Licht in unsere Finsternisse bringen kann: »Herr, ich verstehe, hilf meinem Nicht-Verstehen!« Darum gehört zum Reden von und über Gott das Gespräch mit Gott, der Wille zum Hören auf seine Stimme.
»Wie die Augen der Knechte auf die Hand ihres Herrn, wie die Augen der Magd auf die Hand ihrer Herrin, so schauen unsere Augen auf den Herrn, unseren Gott, bis er uns gnädig ist«, bis er uns verstehen lässt (Psalm 123,2).

Das Evangelium neu sagen
Der Schriftgelehrte als guter Hausherr »wird aus seinem reichen Vorrat Neues und Altes hervorholen« – und es wie ein Hausvater den Seinen geben zur rechten Zeit. Mich hat immer gewundert, dass der in der Überlieferung so verhaftete Matthäus, der kein Jota und kein Häkchen von der Tora des Mose vernachlässigen möchte, diese Reihenfolge gewählt hat: Neues und Altes. Sicher: Es gilt die Jesus-Botschaft, seine neue Kunde vom Himmelreich mit den Verheißungen, die an die Väter ergangen ist, zusammenzubringen. Richtig! Aber wir dürfen auch diese Einladung des Matthäus an uns hören: »Sagt das Evangelium neu, so, dass es in seiner Herzmitte verstanden werden kann, dass die Menschen aufhorchen, dass sie sich angesprochen fühlen und spüren: Was alt scheint – ist brandaktuell, es meint mich und mein Leben!«

Unsere Hände sind nicht leer
»Selbstverständliches neu – und Neues selbstverständlich sagen!« Ob in diesen Worten ein besonderer Auftrag für das Land zwischen Werra und Oder gefasst werden könnte? Die Wende von 1989 könnte dann wie ein Symbol einer Wende zu Gott sein, einer Wende, die jederzeit möglich ist, besonders für Menschen, die sich in Zwängen und Fesseln wissen und die den »aufrechten Gang« lernen möchten.
Früher waren die Fesseln hässlich, jetzt sind sie meist vergoldet – aber einzwängen und verkrümmen, das wird von beiden Sorten Fesseln bewirkt. Eine Wende zum wirklich neuen Leben, zu einer neuen Freiheit, zu einer Welt, die zum Himmel werden soll – die Kunde davon: Das ist der Vorrat, der uns zum Austeilen anvertraut ist. Unsere Hände sind nicht leer, sondern gefüllt – weil Gott selbst uns reich gemacht hat. Nicht reich zum Behalten, sondern reich, um austeilen zu können.
»Habt ihr das alles verstanden?« fragte der Herr. Sie antworteten: »Ja.«

Oktober

ENDSTATION GLÜCK

25,1 Dann wird es mit dem Himmelreich sein wie mit zehn Jungfrauen, die ihre Lampen nahmen und dem Bräutigam entgegengingen. **2** Fünf von ihnen waren töricht, und fünf waren klug. **3** Die törichten nahmen ihre Lampen mit, aber kein Öl, **4** die klugen aber nahmen außer den Lampen noch Öl in Krügen mit. **5** Als nun der Bräutigam lange nicht kam, wurden sie alle müde und schliefen ein. **6** Mitten in der Nacht aber hörte man plötzlich laute Rufe: Der Bräutigam kommt! Geht ihm entgegen! **7** Da standen die Jungfrauen alle auf und machten ihre Lampen zurecht. **8** Die törichten aber sagten zu den klugen: Gebt uns von eurem Öl, sonst gehen unsere Lampen aus. **9** Die klugen erwiderten ihnen: Dann reicht es weder für uns noch für euch; geht doch zu den Händlern und kauft, was ihr braucht. **10** Während sie noch unterwegs waren, um das Öl zu kaufen, kam der Bräutigam; die Jungfrauen, die bereit waren, gingen mit ihm in den Hochzeitssaal, und die Tür wurde zugeschlossen. **11** Später kamen auch die anderen Jungfrauen und riefen: Herr, Herr, mach uns auf! **12** Er aber antwortete ihnen: Amen, ich sage euch: Ich kenne euch nicht. **13** Seid also wachsam! Denn ihr wisst weder den Tag noch die Stunde.

ENDSTATION GLÜCK

Tag und Stunde des Endes
Der Bergpredigt Jesu im Matthäusevangelium steht die große »Wehe- und Endzeitrede« spiegelbildlich gegenüber. Sie ist ebenso lang wie diese, nämlich drei Kapitel, und sie ist ebenso sorgfältig aufgebaut. Eine Einleitung (Matthäus 23,1), eine Überleitung (Matthäus 24,1–2) und eine Schlussbemerkung (Matthäus 26,1–2) gliedern die Rede in zwei ungleich lange Hauptabschnitte. Der letzte Abschnitt der Rede (Matthäus 24,36 – 25,46) handelt von »Tag und Stunde des Endes« (Rainer Riesner). Er ist aus fünf Einheiten komponiert, die Matthäus spiegelbildlich geordnet hat: Die erste und die fünfte Rede-Einheit sprechen vom »Menschensohn« und seiner Wiederkunft (Matthäus 24,36–42.43–44 und 25,31–46), die zweite und die vierte vom Herrn und seinen Knechten (Matthäus 24,45–41 und 25,14–30). In der Mitte, als dritte Rede-Einheit, steht das Gleichnis von den zehn Jungfrauen(25,1–13); es trägt daher als Dreh- und Angelpunkt dieses letzten Abschnitts besonderes Gewicht.

Eine aufregende Aufgabe
Jesus benutzt, wie so oft, ein Bild aus dem Alltagsleben der Menschen seiner Zeit – aus dem *festlichen* Alltagsleben. Eines der schönsten, größten, längsten und fröhlichsten Feste im Volk, auch bei den kleinen Leuten, war die Hochzeit. Damals war es Sitte, dass die engsten Freundinnen der Braut, die Brautjungfern, den Bräutigam empfingen. Sie waren sozusagen die Vorhut der Braut. Sie hatten die Aufgabe, den Bräutigam abzuholen, ihm als Empfangskomitee entgegenzugehen. Sie mussten ihm den Weg zeigen und ihm das Geleit geben. Es war eine große Ehre für eine junge Frau, dieser Aufgabe gewürdigt zu werden. Und natürlich war es auch eine große freudige Aufregung.
Die Aufgabe bestand darin, sich für den Bräutigam bereitzuhalten. Daher ist die ganze Aufmerksamkeit der jungen Frauen darauf gerichtet: Wann kommt er? Aber die Hochstimmung verfliegt allmählich, weil der Erwartete auf sich warten lässt, weil die Weile lang wird, weil die Dunkelheit einfällt, weil man müde ist.

»Lehre mich, dass mein Leben ein Ziel hat«
In den Leseordnungen für die Gottesdienste der Kirchen gehört der Text an den Ausgang des Kirchenjahres, wenn wir das Ende aller Zeit bedenken, das Ende der Geschichte, den Übergang unserer Zeit in Gottes Ewigkeit. Ich traf einmal einen Menschen, der sagte, dass er die Vorstellung der Ewigkeit schrecklich finde; die Erwartung, selbst dort einzugehen, sei für ihn furchtbar. Warum? Weil er sie sich

quasi mathematisch wie einen unendlichen Raum vorstellte, unendlich leer, unendlich weit, unendlich kalt, und er ganz klein und verloren darin. Wen lockt das schon? Oder wenn wir an das Ende denken, an das Grab, an das Sterben, da sehen wir vielleicht das Gegenteil: Da ist es unendlich eng, unendlich schwarz. Was sind das schon für Aussichten?

»Herr, lehre mich doch, dass es ein Ende mit mir haben wird und mein Leben ein Ziel hat und ich davon muss« (Psalm 39,5). »Lehre uns bedenken, dass wir sterben müssen, auf dass wir klug werden!« (Psalm 90,12). Solche Gebetsworte legen uns die Psalmen in den Mund. Und sie tun es mit Recht. Denn wer das Ende bedenkt, lebt klüger. Und dennoch: Bei Jesus findet sich nirgendwo ein *memento mori*, kein »Mensch, denke, dass du sterben musst«.

Das Ziel: Ein Fest ohne Ende

Jesus war das Leben, er hat die Todesmauer durchbrochen und immer wieder in Bildern des Lebens von diesem Ende gesprochen: das Gastmahl am Tisch Gottes, die Geburt zur neuen Welt, himmlische Wohnungen – kein Wort vom Eingang in eine kalte Unendlichkeit: Wohnungen sprechen von Geborgenheit, die himmlische Stadt von Gemeinschaft.

Im Gleichnis von den zehn zur Hochzeit Geladenen wählt Jesus ein Bild, das eine größtmögliche freudige Hochspannung malt. Nicht »das Ende« kommt auf uns zu, sondern eine Person. Kein »Was«, sondern ein »Wer« steht am Ende, jemand, der uns erwartet. Jesus beschreibt das Ende unter dem Vorzeichen des Hochzeitsfestes, der Freude, des Feierns, des Jubels. Also kein düsteres Weltuntergangs-Szenario, sondern Fest und Feier und Freude. Jesus selbst ist der »Bräutigam«, und für uns alle gibt es diese Festfreude – aber es gibt sie voll und ganz und ungetrübt erst dann, wenn Jesus kommt. Aufgabe der Jünger Jesu ist es, Vorhut zu sein, Jesus entgegenzugehen, ihm seine Gemeinde entgegenzuführen und Jesus den Weg zu seiner Gemeinde zu bereiten.

Die Nacht vor dem Fest

Es dauert aber lang, sehr lang, bis es so weit ist. Es wird darüber Mitternacht. Die Nacht hat in der Bibel immer eine besondere Bedeutung. Es ist kein Zufall, dass Jesus den Bräutigam erst um Mitternacht auftreten lässt. In der Nacht bedrängt das Heer des Pharao die fliehenden Israeliten. In der Nacht muss sich Jakob dem Engel zum Kampf stellen. In der Nacht findet der Gebetskampf von Getsemani statt. In der Nacht wird Jesus gefangen genommen.

Die Nacht ist immer auch Gefährdung, ist Anfechtung, die »Stunde der Finsternis« (Lukas 22,53). Aber sie hat eine Kehrseite: In der Nacht teilt Gott das Schilfmeer für sein Volk. In der Nacht sieht es die Feuersäule. In der Nacht wird Jakob gesegnet, und die Sonne geht auf. Anfechtung und Errettung, das beschreibt die Bibel oft im Bild der Nacht.

Alle schlafen ein

Es wird Nacht in der Welt, bevor Jesus kommt. Die Finsternis beherrscht das Terrain. Die dunklen Mächte scheinen zu überwiegen. In dieser Nacht der Welt haben Jünger Jesu eine Aufgabe. Sie sollen die Hoffnung offen halten. Sie müssen ein Licht brennen lassen, weil da noch jemand kommt, weil da noch mit jemandem gerechnet werden muss, der in der Rechnung der Welt fehlt, ohne den sie aber nicht aufgeht. Weil sie diese Hoffnung am Leben erhalten, sind sie »Licht« und »Salz« (vgl. Matthäus 5,13–16).

Das Gleichnis erzählt: Die Nacht wird so lang, dass *alle* einschlafen, auch die klugen Jungfrauen. Die Ankunft Jesu wird für alle unvermutet geschehen, auch für die, die ihn erwarten. Auch die, die darauf vorbereitet sind, werden von der Ankunft Jesu wie plötzlich überfallen. Auch sie sind überrascht. Aber warum sind die einen vorbereitet, die anderen nicht? Sie haben ihn doch alle erwartet, sind alle eingeschlafen, werden alle überrascht.

Vorbereitet auf eine lange Nacht

Die Leuchten, mit denen ein Bräutigam eingeholt wurde, bestanden aus einer Art Fackeln, Stangen, die an der Spitze mit ölgetränkten Lappen umwickelt waren. Wenn die nun zu lange brennen, muss man die Lappen nachtränken, damit sie nicht abbrennen und verlöschen. Die klugen Jungfrauen waren wohl deshalb klug, weil sie anscheinend mit einer Verzögerung gerechnet hatten und für diesen Fall gerüstet waren. Die anderen waren es nicht. Die Frage, warum nicht einfach die einen mit den anderen teilen, lässt sich nicht auf die Bildebene übertragen, wenn wir das »Öl« der klugen Jungfrauen auf die Gesinnung der Gemeinde, ihre Liebe, ihr Glaubensleben, ihre Hoffnung hin deuten. Materielle Gaben kann und soll ich mit anderen teilen. Meine Gesinnung aber kann ich nicht »teilen«, die kann ich nur »mit-teilen« und bezeugen in der Hoffnung, dass ein Funke überspringt. Wenn der Herr wiederkommt, kann ich mich jedenfalls nicht hinter anderen verstecken und mich mit ihnen entschuldigen. Da muss ich für mich selber einstehen.

Schritte der Vorbereitung

Wie kann ich mich vorbereiten und bereit sein, selbst wenn mir die Zeit zu lang wird und ich einschlafe? Vielleicht hilft hier der Hinweis auf die Bergpredigt (siehe die Monatskapitel Mai bis Juli). Vorbereitet zu sein für die lange Nacht heißt: das Leben danach auszurichten oder besser: von Gott danach ausrichten zu lassen, dass wir in der Nachfolge-Wirklichkeit leben.

Das kann zum Beispiel heißen, dass ich nicht das Meine suche, jedenfalls nicht an erster Stelle; dass ich nicht die eigenen Schäfchen um jeden Preis ins Trockene bringen will und nicht frage: »Was springt dabei für mich heraus?« Dass ich der eigenen Herrschsucht, dem verborgenen Machtstreben im eigenen Herzen auf die Spur komme und es immer wieder ablege. Dass ich nicht aus Ehr- und Gewinnsucht handle. Dass ich wahrhaftig bin im Umgang mit anderen, nicht lüge, nicht übertreibe und beschönige, nicht angebe …

Das klingt wie ein langer Laster-Katalog, und ist doch nur die Kehrseite eines einzigen Bildes: des Bildes Jesu und seiner Weise zu leben: lieben, dienen, versöhnen, Frieden stiften, zusammenbringen, die Wahrheit sagen. Jesus »leben«.

Jesus kommt

»Öl bereit zu haben für meine Leuchte«: Das ist das Bewusstsein, dass Jesus *heute* kommen könnte, ja dass er wirklich kommt: dass er mit dabei ist in meinem Tageslauf, in meiner Kommunität, in unseren Familien und Gemeinden, bei unserem Tun und Lassen. Alles kann zum Fenster werden, durch das ich nach Jesus Ausschau halte: durch das Fenster unserer Berufsarbeit, durch das Fenster unseres Familienlebens, durch das Fenster unserer menschlichen Natur, unserer Charakterstärken und Charakterschwächen hindurch dürfen wir nach Jesus Ausschau halten. Ich tue das nicht nur für mich selbst, ich tue das für andere mit – für eine Welt, der Gott das Hochzeitsfest bereiten möchte.

OKTOBER
WARTESTAND

Joachim Wanke

Unterschiedliche Arten des Wartens

Es gibt unterschiedliche Arten des Wartens in meinem Leben: unangenehmes Warten beim Zahnarzt; ärgerliches Warten, wenn ein Zug sich verspätet hat; besorgtes Warten, wenn eine wichtige Nachricht sich verzögert. Warten und Warten ist eben nicht dasselbe. Auf eine Prüfung wartet man anders als auf die Freundin, ein Gerichtsurteil erwartet man anders als das Herannahen des Weihnachtsfestes. Kann ich auch sagen: Christen warten anders als Nichtchristen?

Eingeladen zum Fest

Dass beide »Arten« von Menschen »warten«, sich auf Zukunft beziehen, sich auf Künftiges ausstrecken – das ist wohl unbestritten. Wir warten auf dieses und jenes, auf eine Gehaltserhöhung, auf den Abschluss der Ausbildung, auf einen Arbeitsplatz, auf den nächsten Urlaub, auf unbeschwerte Festtage. Jeder Mensch wartet auf etwas. Das unterscheidet uns vom Tier – wir leben stets aus einer Hoffnung, mag sie noch so klein sein. Die Frage ist nur, worauf wir warten dürfen. Auf »etwas« – oder auf »jemanden«.

Die Jungfrauen im Gleichnis warten auf den Bräutigam. Sie warten auf die Hochzeit, das »Fest« – in der Sprache der Bibel ein Bild für das Kommen Gottes am Ende aller Geschichte. Für mich offenbart sich darin der tiefste Sinn meines Lebens: ein zum Fest Eingeladener zu sein.

Vor-Freude

Bei besonders wichtigen Festen erhält man eine gedruckte Einladungskarte, besonders schön oder originell gestaltet: »Wir wollen uns das Ja-Wort sagen. Am soundsovielten ... Wir laden dich ein – komm, freu dich mit uns! Nimm teil an unserem Fest!«

Manchmal lege ich mir eine solche Einladung so auf den Tisch, dass ich öfters einmal darauf schauen kann. Die Vorfreude geht dann im Alltag mit. »Aha – bald kommt das Fest!« Es ist gut, dass die Menschen einander einladen und miteinander (und nicht allein für sich) feiern.

Aber es wäre töricht zu meinen, die Einladungskarte sei schon alles. Sicher, es mag schön gestaltet sein, vielleicht sogar goldumrandet, auf Büttenpapier gedruckt und durch Boten persönlich abgegeben. Das Entscheidende aber ist doch: Eine Einladung verheißt etwas! Sie stellt etwas Größeres in Aussicht. Sie will Vor-Freude erwecken, Sehnsucht, Erwartung – nicht satte Zufriedenheit. Es gibt Leute, die wollen nur eingeladen sein – gehen aber dann nicht hin. »Hat er an mich gedacht? – Na, dann ist es gut. Mein Ansehen ist gewahrt. Hingehen sollen die anderen. Ich hab sowieso keine Zeit!«

Gottes Einladung

Im Gleichnis von den zehn Jungfrauen werden wir an die »Einladungskarte« zum kommenden Fest erinnert, die Gott uns hat zukommen lassen: Jesus selbst. Er ist der Einladende und die Einladung. Er ist nicht nur vor zweitausend Jahren gekommen, sondern er kommt jetzt, hier und heute.

Vielleicht wird es für Sie oder mich in nächster Zeit heißen: »Der Bräutigam kommt! Geh ihm entgegen!« Es ist wichtig, dass wir das Öl der Erwartung in unserem Leben nicht ausgehen lassen. Es ist wichtig, dass wir das Licht im Herzen brennen lassen: »Ja, Herr, dich habe ich erwartet – hol mich hinein in deine Freude!«

Eine konkrete Übung

Ich möchte Ihnen eine Übung vorschlagen, wie wir das Licht in unserem Herzen am Brennen und Leuchten halten können: Ich lade Sie ein, jeden Tag vier Worte zu beten. Für mich persönlich sind sie »Haltegriffe« für mein Gebet und mein Leben. Sie lauten:

Miserere – das heißt: Erbarme dich. Herr, erbarme dich meiner Schwachheit.

Amen – das heißt: Ja, so sei es. Ja, ich nehme mein Leben an aus deiner Hand! So wie es ist, ohne zu mäkeln.

Alleluja – das heißt: Lobe den Herrn. Ich freue mich über deine Verheißungen, ich freue mich, dass ich von dir schon die Einladung zum Fest erhalten habe.

Maranathá – das heißt: Herr, komm. Komm bald! Lass aufscheinen, was ich jetzt nur mühsam glauben kann: dass du der Herr bist.

Miserere – Amen – Alleluja – Maranathá! Ob diese vier Worte nicht Ihr Gebet werden können?

Oktober
DER GEWALT BEGEGNEN

Margot Käßmann

Der nächtliche Zug

Es ist Nacht. Die Szene ist geradezu tumultartig. Es kommt zur Konfrontation. Jesu Jüngerinnen und Jünger haben erwartet, dass mit der Ankunft ihres Rabbis in Jerusalem nun der Durchbruch erfolgt: Was mögen sie sich erhofft haben? Da ist er, der Rabbi, den ich verehre. Dessen Botschaft für mich Leben und Zukunft bedeutet. Den ich liebe! Und jetzt geht alles schief, sie kommen mit Schwertern und Knüppeln.

»Und als er noch redete, siehe, da kam Judas, einer von den Zwölfen, und mit ihm eine große Schar mit Schwertern und mit Stangen, von den Hohenpriestern und den Ältesten des Volkes. Und der Verräter hatte ihnen ein Zeichen genannt und gesagt: Welchen ich küssen werde, der ist's; den ergreift. Und alsbald trat er zu Jesus und sprach: Sei gegrüßt, Rabbi! und küsste ihn. Jesus aber sprach zu ihm: Mein Freund, dazu bist du gekommen? Da traten sie heran und legten Hand an Jesus und ergriffen ihn. Und siehe, einer von denen, die bei Jesus waren, streckte die Hand aus und zog sein Schwert und schlug nach dem Knecht des Hohenpriesters und hieb ihm ein Ohr ab. Da sprach Jesus zu ihm: Stecke dein Schwert an seinen Ort! Denn wer das Schwert nimmt, der soll durchs Schwert umkommen. Oder meinst du, ich könnte meinen Vater nicht bitten, dass er mir sogleich mehr als zwölf Legionen Engel schickte? Wie würde dann aber die Schrift erfüllt, dass es so geschehen muss? Zu der Stunde sprach Jesus zu der Schar: Ihr seid ausgezogen wie gegen einen Räuber mit Schwertern und mit Stangen, mich zu fangen. Habe ich doch täglich im Tempel gesessen und gelehrt, und ihr habt mich nicht ergriffen. Aber das ist alles geschehen, damit erfüllt würden die Schriften der Propheten. Da verließen ihn alle Jünger und flohen« (Matthäus 26,47–56).

Ein Zug der Gewalt

Es ist Nacht. Gerade noch haben die Jünger geschlafen, während Jesus betet, dass der Kelch an ihm vorübergehen möge. Seine Zwiesprache mit Gott hat am Ende zu Entschlossenheit geführt. Jesus erkennt als unabänderlich und notwendig, was sich vollziehen wird. Nach der Stille des Gartens taucht nun eine »große Schar« auf. Das ist wohl nicht nur ein Polizeitrupp, da kommt eine wütende Menge, ein aufgebrachter Mob. Mit Knüppeln – heute wären es wohl Baseballschläger, die sie dabei haben. Warum diese Wut jetzt? Warum diese Empörung zu diesem Zeitpunkt? Sie hätten mit ihm ringen können, als er im Tempel lehrte, mit Worten, mit Argumenten. Hat sich vielleicht gerade deshalb die Wut angestaut, weil er im Recht und nicht zu widerlegen war? Oder ist es organisierte, aufgestachelte Gewalt, präzise geplant zur Verhaftung?

Die Versuchung, zum Schwert zu greifen

Eine Szene, die mit Gewalt aufgeladen ist: Hier die Menge, die mit Knüppeln und Schwertern kommt, Judas, der vielleicht Jesus zwingen will, endlich Klarheit zu schaffen, die Jünger mit ihrem Entsetzen und auch ihrer Trauer. Und Jesus selbst? Nach dem Ringen im Gebet mit Gott scheint eine große Ruhe von ihm auszugehen.

Wenn wir die Gewalthaltigkeit der Szene ansehen, können wir den Ärger und die Wut nachempfinden. Das eigene Gewaltpotenzial ist sehr wohl spürbar in bestimmten Situationen: Wer könnte das von sich weisen? Keinem und keiner von uns steht an, zu erklären, dass wir dieses oder jenes nie tun würden. Keiner und keine von uns kann eine Extremsituation vorweg beurteilen. Angst, Enttäuschung, Wut – so entsteht die Versuchung, die Hand oder Waffe zu erheben. Ich kann nicht sagen, wie ich gehandelt hätte. Jesus aber bleibt eindeutig, er gibt die Leitlinien vor: »Stecke dein Schwert an seinen Ort! Denn wer das Schwert nimmt, der soll durch das Schwert umkommen« (Matthäus 26,52).

Ganz klar hat Jesus sich gegen Unrecht gewendet, ist er für die Armen eingetreten. Aber er hätte nicht für seine Sache zum Schwert gegriffen – und das tut er auch nicht, als es um sein eigenes Leben geht. »Stecke dein Schwert an seinen Ort.« Wissen wir nicht inzwischen, dass Gewalt immer nur Gewalt sät? Es gibt letzten Endes keine geschichtlichen Beispiele dafür, dass Gewalt wahren Frieden schafft.

Allein in der Nacht

Als das Schwert weggesteckt ist, bleibt Jesus allein zurück. Es ist ein trauriger, einsamer Schluss der Szene. Die Jünger bleiben nicht. Sie halten es nicht aus, dass die Wahrheit der Gewalt weichen muss. Von Jesus geht eine Ruhe aus, die wohl aus der Gewissheit stammt, dass dies seine Aufgabe, sein Weg ist (zweimal gibt es den Hinweis, dass darin die »Schrift erfüllt« werde) auf die Schrift. Jesus sieht sich selbst in dem Geschehen nicht nur mehr als Handelnder, sondern als einer, der in einer Aufgabe steht. Nicht Angst, sondern Gewissheit lenkt seine Schritte. Die tumultartige Szene, sie löst sich auf, weil Jesus selbst jede Eskalation zurückweist.

Selbst gegenüber Judas ist kein Zorn zu spüren. »Mein Freund«, sagt Jesus – ob es dieses Wort war, das Judas zum Selbstmord trieb? Er hat sich erhängt. Doch nicht, weil er sein Ziel erreicht hat, sondern weil er enttäuscht und verletzt ist. »Wer das Schwert in die Hand nimmt, der wird durch das Schwert umkommen.« Gewalt sät keinen Frieden und keine Selbstbestätigung, sondern nur Zerstörung. Was ist der größte Verrat? Dass einer der Seinen das Schwert genommen hat?

Dass sie ihn alle verlassen? Es ist wohl das Bitterste, wie wenig sie verstanden haben, dass seine Aufgabe eine andere ist als die der weltlichen Herrschaft.

Den Kreislauf der Gewalt unterbrechen

»Stecke dein Schwert an seinen Ort, oder du wirst durch das Schwert umkommen.« Ich glaube wir stehen als christliche Kirchen vor der Herausforderung anzuerkennen, dass es keine theologische Legitimation von Gewalt gibt. Unser Ort ist die Gewaltfreiheit. Wir mögen versagen, ja. Wir mögen schuldig werden – etwa mit Blick auf Menschenrechtsverletzungen. Aber den Weg der Gewalt wählen heißt, schuldig werden vor unserer Botschaft.

Gewaltfreiheit ist etwas, was wir üben können. Was wir lernen müssen! Es gibt viele Beispiele an vielen Orten, die aktiv, sinnvoll, überzeugend gegen Gewalt antreten. Unsere Gemeinden können Ort der Gewaltüberwindung werden.

Spuren legen

Lassen wir uns erzählen aus Boston, aus Durban, aus Belfast, aus Rio de Janeiro: wie dort Menschen der Gewalt begegnen. Wir existieren als christliche Kirche in vielen Ländern, wir sind ein Volk aus vielen Völkern. Das macht mir große Hoffnung. Und ich wünsche mir, dass meine Kirche, dass unsere Gemeinden aktiv mit anderen daran beteiligt sind, Gewalt zu überwinden.

Ich bin überzeugt, dass wir damit der Lehre unseres Herrn Jesus Christus folgen und dass wir damit umsetzen, was die Liebe Gottes zu all seinen Geschöpfen bedeutet. Alle sind wir geliebt. Alle sind wir gemeint. Von der Vision des Friedens, die wir für Gottes Zukunft aus der Bibel kennen, können wir Spuren legen in unserem Leben, in unserer Stadt, in unserem Land, in unserer Welt.

Niemand kann sich auf Jesus berufen, wenn er oder sie Gewalt anwenden. Gott demonstriert die eigene Macht nicht mit Gewalt.

Beten

Gott sucht Glauben. Glaube ist wohl gerade da zu finden, wo die Ohnmacht Gottes akzeptiert werden kann. Das ist zu lernen aus der Nacht von Gethsemane: dass Gebetswünsche eben nicht immer zur unmittelbaren Erhörung führen. Im Gebet kann auch erkannt werden, dass der Weg ein Weg des Verlierens, des Unterliegens ist. Der Gedemütigte ist Jesus nicht. Erhobenen Hauptes akzeptiert er die Macht der Gewalt, aber er lässt sich nicht dazu demütigen, sie selbst anzuwenden.

November

LIEBE ZÄHLT

25,31 Wenn aber der Menschensohn kommen wird in seiner Herrlichkeit, und alle Engel mit ihm, dann wird er sitzen auf dem Thron seiner Herrlichkeit, 32 und alle Völker werden vor ihm versammelt werden. Und er wird sie voneinander scheiden, wie ein Hirt die Schafe von den Böcken scheidet, 33 und wird die Schafe zu seiner Rechten stellen und die Böcke zur Linken. 34 Da wird dann der König sagen zu denen zu seiner Rechten: Kommt her, ihr Gesegneten meines Vaters, ererbt das Reich, das euch bereitet ist von Anbeginn der Welt! 35 Denn ich bin hungrig gewesen, und ihr habt mir zu essen gegeben. Ich bin durstig gewesen, und ihr habt mir zu trinken gegeben. Ich bin ein Fremder gewesen, und ihr habt mich aufgenommen. 36 Ich bin nackt gewesen, und ihr habt mich gekleidet. Ich bin krank gewesen, und ihr habt mich besucht. Ich bin im Gefängnis gewesen, und ihr seid zu mir gekommen. 37 Dann werden ihm die Gerechten antworten und sagen: Herr, wann haben wir dich hungrig gesehen und haben dir zu essen gegeben, oder durstig und haben dir zu trinken gegeben? 38 Wann haben wir dich als Fremden gesehen und haben dich aufgenommen, oder nackt und haben dich gekleidet? 39 Wann haben wir dich krank oder im Gefängnis gesehen und sind zu dir gekommen? 40 Und der König wird antworten und zu ihnen sagen: Wahrlich, ich sage euch: Was ihr getan habt einem von diesen meinen geringsten Brüdern, das habt ihr mir getan. 41 Dann wird er auch sagen zu denen zur Linken: Geht weg von mir, ihr Verfluchten, in das ewige Feuer, das bereitet ist dem Teufel und seinen Engeln! 42 Denn ich bin hungrig gewesen, und ihr habt mir nicht zu essen gegeben. Ich bin durstig gewesen, und ihr habt mir nicht zu trinken gegeben. 43 Ich bin ein Fremder gewesen, und ihr habt mich nicht aufgenommen. Ich bin nackt gewesen, und ihr habt mich nicht gekleidet. Ich bin krank und im Gefängnis gewesen, und ihr habt mich nicht besucht. 44 Dann werden sie ihm auch antworten und sagen: Herr, wann haben wir dich hungrig oder durstig gesehen oder als Fremden oder nackt oder krank oder im Gefängnis und haben dir nicht gedient? 45 Dann wird er ihnen antworten und sagen: Wahrlich, ich sage euch: Was ihr nicht getan habt einem von diesen Geringsten, das habt ihr mir auch nicht getan. 46 Und sie werden hingehen: diese zur ewigen Strafe, aber die Gerechten in das ewige Leben.

LIEBE ZÄHLT

Schafe und Ziegen

Das Gleichnis vom Weltgericht hat oft Verwirrung und Beklemmung hervorgerufen. Wie versteht Matthäus dieses Gleichnis? Von wem ist da die Rede?

Um eine Frage gleich am Anfang zu beantworten: unsere Übersetzungen sind irreführend, wenn sie von »Schafen« und »Böcken« sprechen; denn es geht nicht um weibliche und männliche Tiere. Vielmehr hat Jesus ein Verfahren aus der Hirtenwelt seiner Zeit vor Augen: Die Herden umfassten stets Schafe und Ziegen gemischt. Beide Tierarten weideten tagsüber miteinander. Zur Nacht aber musste sie der Hirte trennen, weil die Ziegen Wärme brauchen, während die Schafe frische Luft benötigen.

Ein Gleichnisse für alle Welt

Das Gleichnis vom Weltgericht ist Teil der Endzeitrede Jesu: Die Gleichnisse vom Hausherrn und seinen Knechten (Matthäus 24,43–44.45–51) sprechen unmittelbar das Verhältnis von Jesus und seinen Jüngern an. Hier wird die Gemeinde Jesu Christi in den Blick genommen, die Kirche, ebenso im Gleichnis von den anvertrauten Talenten (Matthäus 25,14–30).

Im letzten Abschnitt (Matthäus 25,31–46) dagegen richtet sich der Blick wieder – wie am Anfang der Endzeitrede – auf die Welt als Ganze oder, wie es ausdrücklich heißt: um »alle Völker«: Im biblischen Sprachgebrauch ist das Wort »Völker« gleichbedeutend mit »Heiden«, das heißt mit Nichtjuden, oder schlicht gesagt: mit dem Rest der Welt. Es geht im Gleichnis also um alle Völker, ob glaubend oder nicht glaubend, ob religiös oder nicht, um alle Menschen, alle Welt. Und darin steckt die frohe Botschaft dieses Gleichnisses.

Denn da gibt es ja viele, die Jesus nicht kennen und die ihm darum auch nicht bewusst dienen können. Da gibt es viele, die zwar jemandem etwas Gutes tun, sich aber nicht dessen bewusst sein können, dass sie es Jesus tun. Im Gleichnis fragen sie den Richter erstaunt, und sie *müssen* erstaunt fragen; denn ihre Frage ist echt.

Es gibt Gerettete

Das heißt aber: Es gibt auch unter den Menschen, die Jesus nicht kennen, »Gesegnete« seines Vaters. Es gibt Gerettete, es gibt viele unter den Heiden, die das Reich Gottes erben. Insofern ist das Gerichtsgleichnis Jesu keine Drohung, sondern eine Einladung. Es bringt eine ungeahnte Weite, die Herzensweite Gottes. Es zeigt für uns und alle Welt, wo Gottes Maßstäbe liegen. Es macht deutlich, wonach Gott die Menschen beurteilt, auch die, die Jesus nicht kennen. Es ist wie in dem anderen Gleichnis von den beiden Söhnen, in dem Jesus sagt, dass derjenige, der zu Gottes Willen Nein sagt, ihn dann aber dennoch tut, gerechtfertigt ist, während derjenige, der zu Gott Ja sagt, aber dann nicht tut, was Gott möchte, von Gott fern ist. (Matthäus 21,28–32). Die äußere Zugehörigkeit, das Bekenntnis der Lippen sagt so wenig!

Das heißt natürlich nicht, dass es gleichgültig ist, ob ich an Jesus glaube oder nicht. Denn wenn mir die Einladung Gottes nahe gebracht wird, bin ich nicht einfach mehr einer, der von Jesus nichts weiß. Dann muss ich mich stellen. Der Jünger oder die Jüngerin darf in Jesu Nähe leben. Das ist keinerlei Verdienst, aber ein Vorrecht, und es verpflichtet. In dem Gleichnis geht es aber nicht darum, sondern sein Thema sind »die Völker«, die »Heiden«. Unter ihnen gibt es nach den Worten Jesu viele, die gerettet werden und die nicht wissen, warum. Es muss ihnen erst von Jesus erklärt werden.

Der Maßstab des Gerichts

Was aber ist der Maßstab? Wonach werden die Menschen gerichtet? Welche Elle wird da angelegt? Es ist nichts anderes als die Barmherzigkeit, wie sie bereits in der Bergpredigt Jesu vorgestellt ist. Barmherzigkeit ist das Wesen Gottes, Gott selbst ist barmherzig.

Gott selbst hat uns Gefangene und Kranke besucht: Jesus ist zu uns gekommen. Gott selbst hat uns Hungrige gespeist und unsere Seele satt gemacht. Gott selbst hat uns Durstige getränkt mit dem erfrischenden Wasser seines Geistes. Gott selbst hat uns Nackte gekleidet. Gott lässt seine Sonne scheinen über Böse und Gute, er lässt regnen über Gerechte und Ungerechte. So ist Gott.

Und wo immer in einem Menschen etwas an Barmherzigkeit sich regt, da ist es ein Lichtstrahl aus der Fülle Gottes, da ist es eine Regung des Herzens, die der Geist Gottes geschenkt hat.

Die Werke der Barmherzigkeit

Von Christen wird erwartet, dass sie das verstehen, dass sie das Gebot der Liebe begreifen und leben. Aber anscheinend ruht in allen Menschen ein ursprüngliches Wissen darum, dass Leben Pflege braucht, Hingabe, Erbarmen, Gnade. Wo immer ein Mensch dieser Regung Raum gibt, kommt es von Gott. Was Jesus als Maßstab des Gerichts aufzählt, sind nichts anderes als die klassischen »Werke der Barmherzigkeit«, von denen die Propheten des Alten Testaments (Jesaja 58) sprechen: Hungrige speisen, Durstige tränken, Nackte kleiden, Obdachlose beherbergen, Gefangene besuchen, Kranke pflegen und, nach dem Buche Tobit, Tote begraben. (Das Letzte kommt hier – begreiflicherweise – nicht vor, denn alle diese Werke der Barmherzigkeit sind nun auf die Person Jesu bezogen, er aber ist der Lebendige.) Unerkannt haben die Gesegneten Jesus gedient. Was immer sie einem Bedürftigen getan haben, wird ihnen zugerechnet als eine Wohltat an Jesus selbst.

Wer sind die Geringsten?

Wer aber sind die geringsten Geschwister Jesu? In Matthäus 10,42 sagt Jesus: »Wer einem dieser Geringen auch nur einen Becher kalten Wassers zu trinken gibt, weil es ein Jünger ist, wahrlich, ich sage euch: es wird ihm nicht unbelohnt bleiben.« Hier spricht Jesus von seinen Jüngern, und er hat eine Verfolgungssituation vor Augen. Stellen wir uns etwa das Dritte Reich vor oder das frühere kommunistische Imperium, die islamischen Regime in Afrika und Asien, wo Christen bedrängt sind: Wo immer ein Mensch Erbarmen hat, egal wer es ist, und einem anderen Menschen hilft, auch wenn es oder gerade weil es ein Jünger Jesu ist – der hilft Jesus selbst.

Man darf den Kreis der »Geringen« vielleicht nicht auf diese Menschengruppe eingrenzen, aber sie gibt uns ein Beispiel. Das ist die Gerechtigkeit Gottes, dass er auch die geringste Geste, den Becher kalten Wassers, als Liebestat anerkennt und gelten lässt. Dass wir als Gemeinde Jesu das verstehen und auch so handeln, das ist vorauszusetzen. Hier geht es um die Barmherzigkeit Gottes mit allen Menschen. Und die ist atemberaubend groß.

Wenn er es tut, ist es Gnade

Nun mögen (gerade evangelische) Christen hier fragen: Ist das nicht »Werkgerechtigkeit«? Werden wir doch nur aufgrund unserer Taten erlöst und nicht aufgrund der Gnade Christi? Doch, selbstverständlich. Auch für die christliche Kirche setzt Jesus diese – man könnte es so nennen – »matthäische Tatgerechtigkeit« zwar voraus, aber als Folge und Ausfluss der erfahrenen Gnade.

Denn die »Gerechtigkeit« ist ja inhaltlich gefüllt von der Barmherzigkeit Gottes. Und es ist ein großer Unterschied, ob *wir* unsere Werke rühmen, oder ob Jesus als himmlischer Richter es tut (Adolf Schlatter). Wenn wir es tun, ist es Selbstgerechtigkeit. Wenn er es tut, ist es Gnade.

VIELLEICHT IST ES WAHR

Joachim Wanke

Eine Wette mit höchstem Einsatz

Eine von Martin Buber überlieferte chassidische Geschichte erzählt: Ein gelehrter Aufklärer besuchte den Barditschewer Rabbi Jizchak, um mit ihm zu diskutieren und seine Argumente für den Glauben zu widerlegen. Als er in seine Wohnung kam, ging der Rabbi mit einem Buch in der Hand auf und nieder, ohne auf den Gast zu achten, und sagte: »Vielleicht ist es aber wahr.« Dieser eine Satz erschütterte den Gelehrten. Schließlich wandte sich der Rabbi ihm zu und sagte: »Du hast mit vielen gestritten und über ihren Glauben gelacht. Sie alle haben dir Gott und sein Reich nicht demonstrieren können. Auch ich kann es nicht. Aber, mein Sohn, bedenke: Vielleicht ist es wahr.«

Die chassidische Erzählung erinnert an Blaise Pascals Vergleich des christlichen Glaubens mit einer Wette: Angenommen, die Argumente für oder gegen die Wirklichkeit Gottes und seiner Verheißungen stünden fünfzig zu fünfzig. Gibt es Gott nicht, dann hat, wer auf Gott setzt und verliert, dennoch nichts verloren, denn das ganze Leben ist und bleibt der Vergänglichkeit und dem Tode verfallen, mit und ohne Wette. Gibt es Gott aber und treffen seine Verheißungen ein, dann hat, wer auf Gott und seine Verheißungen setzt, alles gewonnen.

Es geht ums Ganze

Der chassidische Weise und der französische Philosoph haben sich zum »Vielleicht« durchgerungen, zur Wette mit dem höchsten Einsatz: »Vielleicht ist es aber wahr!« Friedrich Nietzsche hat es nicht vermocht, wiewohl er hellsichtig wie kaum ein anderer erahnte, was das eigentlich bedeutet: dem Nichts zu trotzen. Er meinte, der Mensch müsse auf der angeblich sicheren Seite bleiben – dem schrecklich-schönen irdischen Leben. Vor allem: Er dürfe nicht angesichts der Erkenntnis, dass der Himmel leer ist, kapitulieren. Er müsse sich selbst seinen Lebenssinn entwerfen und entschieden zu ihm stehen – eben darin bestehe seine wahre Größe. Man muss wohl solche Überlegungen der Auslegung der biblischen Gleichniserzählung vom Weltgericht vorausschicken, um dessen Dimension anzudeuten. Hier geht es nicht um dieses oder jenes Detail des christlichen Glaubens, über das man gelehrt streiten könnte. Hier geht es um das Ganze, mit dem unser Christsein steht und fällt.

Der Tag des Menschensohns

An dem Gerichtsgleichnis im 25. Kapitel des Matthäusevangeliums gibt es nichts zu erklären. Diese Geschichte spricht zu uns mit einer Verständlichkeit, der auch zweitausend Jahre nichts anhaben können. Alle Welt, jeder Mensch, natürlich auch der fromme Christ wird sich einmal einer letzten »Evaluierung« aussetzen müssen. Bei diesem Gericht ist keine mühsame Prozessordnung zu beachten. Es wird vielmehr so sein, wie wenn in einem dunklen Zimmer das Licht angeht. In einem dunklen Zimmer hat man keine Orientierung. Wenn dann auf einmal das Licht angeht, weiß man im gleichen Augenblick, wo man ist. Matthäus will sagen: Du wirst im gleichen Augenblick, wenn Gott das Licht anmacht, wissen, wohin du gehörst – zu denen auf der Rechten oder zu denen auf der Linken.

Ein Urteil über die versammelten Völkerscharen wird in der Geschichte eigentlich gar nicht gesprochen, denn der himmlische Richter hat sein Urteil schon fertig, wenn die Menschen vor ihm erscheinen. Gleich zu Beginn der Erzählung werden sie – ohne große Worte und Umstände – in Schafe und Böcke geschieden. Der zeitgenössische Leser oder Hörer dieses Evangelientextes weiß sofort: Hier geht es um das jedem frommen Juden geläufige Endgericht, wie es im siebten Kapitel des Danielbuchs erzählt wird: Am Ende der Tage wird der Menschensohn-Richter kommen, umgeben von allen Engeln, und sich auf den himmlischen Thron seiner Herrlichkeit setzen. Der christliche Leser wird den Menschensohn-Richter mit Jesus identifizieren, wie das Evangelium insgesamt nahe legt.

Die Begründung des Richters

Matthäus hat kein Interesse an einer drastischen Ausmalung des Gerichtsvorgangs; worauf er abheben will, ist etwas anderes. Es ist die Begründung dieser Scheidung. Und diese ist nun wirklich sonderbar. Der himmlische Menschensohn-König verlangt Werke der Barmherzigkeit, »Liebeswerke«, so wie sie das Judentum kennt und in seinen Texten nennt. Nun gut. Auch das Judentum kannte so genannte »Liebeswerke«. Das war den Frommen vertraut. Befremdlich ist, dass der Richter sagt: Ihr habt *mir* zu essen gegeben ... Diese Formulierung ist bewusst rätselhaft. Die Gegenfrage »Herr, wann haben wir dich hungrig gesehen und dir zu essen gegeben?« ist verständlich. Das Rätsel löst sich in der Antwort des Menschensohn-Richters, auf die die ganze Erzählung ausgerichtet ist: »Amen ich sage euch: Was ihr für einen meiner geringsten Brüder getan habt, das habt ihr mir getan« (Matthäus 25,40).

Wer euch aufnimmt, nimmt mich auf

Wer sind diese »geringsten Brüder« des Richter-Königs? Matthäus hat in den »geringsten Brüdern« des himmlischen Richters aller Wahrscheinlichkeit nach Not leidende Jünger Jesu gesehen, die er der Solidarität seiner Gemeinden empfahl: »Wer euch aufnimmt, der nimmt mich auf, und wer mich aufnimmt, nimmt den auf, der mich gesandt hat« (Matthäus 10,40). Jesus identifiziert sich mit seinen Jüngern, seine Boten gelten soviel wie der Sendende selbst. Der Lohn eines Propheten und der Lohn eines Gerechten wird denen nicht vorenthalten, die Propheten und Gerechte aufnehmen, beherbergen, im Gefängnis besuchen und versorgen. Ja, selbst ein Becher Wasser, der einem der Jünger gereicht wurde, wird nicht ohne himmlischen Lohn bleiben (vgl. Matthäus 10,41f).

Angesichts der antiken Lebensverhältnisse entsprechen den aufgezählten Taten der Barmherzigkeit wohl sehr konkrete Anforderungen. Ich vermute einmal, dass sie im Alltagsleben damals häufiger anstanden als heute. Besonders eine Gruppe unter den Christen war auf solche praktische Lebenssolidarität angewiesen: die von Stadt zu Stadt ziehenden urchristlichen Missionare. Dass diese Wandermissionare häufig Hunger und Durst litten, immer wieder Obdach brauchten, Kleidung und Fürsorge in Krankheit und Versorgung im Gefängnis, in das sie schnell durch eine verärgerte Stadtobrigkeit gelangen konnten (im antiken Gefängnis mussten die Gefangenen durch Angehörige versorgt werden!) – das hat alles einen sehr realen Hintergrund für die Leser des Evangeliums.

Die Vision des heiligen Martin

Soweit – so gut! Aber was machen wir heute nun mit diesem Text, wenn unsere Prediger Gehälter aus Kirchensteuergeldern erhalten und zur Abendpredigt im Dom mit dem Auto vorfahren? Gewiss, auch diese Boten Jesu brauchen sicher Barmherzigkeit ... Aber: Ist diese Erzählung nicht doch grundsätzlicher von Matthäus gemeint? Im Lichte der ganzen Jesus-Botschaft dürfen wir in ihr eine Weisung hören, die uns zu einer grundlegenden Solidarität mit jeder Menschennot verpflichtet.

Die praktische Frömmigkeit aller Jahrhunderte hat das Gleichnis weithin so verstanden. Die Legende vom heiligen Martin, die jedes Jahr im November nacherzählt und an vielen Orten nachgespielt wird, ist ohne Zweifel von diesem Gleichnis inspiriert: Der nichtchristliche Soldat Martin teilt seinen Mantel mit dem Bettler am Weg. Eine himmlische Vision belehrt ihn: Ohne es zu wissen, hat er Christus selbst bekleidet.

Den Weg Jesu gehen

Sind wir damit am Ende unserer Auslegung angekommen? Ich meine, wir müssen noch etwas Wichtiges bedenken, ja vielleicht das Wichtigste überhaupt. Warum die Identifikation Jesu mit seinen »geringsten Brüdern«? Solidarität mit jeder menschlichen Not – Ja! Aber wozu braucht es dann diese Verschränkung mit Jesus: »Das habt ihr mir getan!«? Ist das nur eine schöne Idee? Ein guter literarischer Einfall des Evangelisten? Ein besonders raffinierter moralischer Appell, im Gutes-Tun nicht nachzulassen?

Das Christentum ist nicht von Jesus Christus ablösbar wie eine Philosophie oder eine Weisheitslehre, die – einmal richtig verstanden – ihren Lehrer letztlich überflüssig macht. Das Evangelium ist für Matthäus und für die spätere christliche Glaubenstradition so etwas wie eine Einweisung in die Nachahmung des Lebens Jesu, letztlich in die Übernahme seiner Lebensoption.

Nach dem Gerichtsgleichnis wird Matthäus den Weg Jesu in sein Leiden und Sterben erzählen. Und dieser Weg ist ja ein Weg der Selbsthingabe für die »Vielen«, wie es in den Abendmahlsworten heißt, die Matthäus getreu überliefert. Dieses Leiden ist im Verständnis des Evangelisten und seiner Tradition letzte Konsequenz der Verkündigung des irdischen Jesus. Er bleibt auch im Leiden und Sterben seiner Botschaft treu. Er geht den Weg der Liebe für alle Menschen bis zum »Äußersten«.

Für euch und für alle

Jesus selbst hat gelebt, was er seinen Jüngern als Lebensgestalt auferlegt. Seine Lebensoption ist ein Leben im Dasein »für« den anderen – weil Gott selbst so ist. »Seid barmherzig, wie es auch euer Vater (im Himmel) ist« (vgl. Lukas 6,36). Der Menschensohn-Richter, der mit Jesus von Nazaret identisch ist, wird letztlich unser Leben an seinem Leben messen. Er wartet darauf, dass sich in uns das ausprägt, was er selbst ist: der gehorsame Sohn des Vaters, der gekommen ist, nicht seinen eigenen Willen, sondern den Willen des Vaters zu tun (Matthäus 7,21). So hat er uns zu beten gelehrt (Matthäus 6,10). Unsere Ewigkeit wird in dem bestehen, was wir auf Erden geworden sind: dem Willen des Vaters Gehorsame – oder Ungehorsame, zur Liebe fähige – oder zur Liebe unfähige Menschen. Darum macht jede Tat der Liebe nicht nur einen hungrigen Nächsten satt, sondern sie sättigt – zugespitzt gesagt – den »Hunger« Jesu, uns alle als seine Brüder und Schwestern zu sehen. Diese wird er im Gericht »wiedererkennen«, von den anderen gilt: »Ich kenne euch nicht« (Matthäus 7,23).

Pascals Wette

Der Haupteinwand Nietzsches gegen die Wette Pascals ist: Es lohnt sich nicht, auf Jesu Lebensoption zu wetten, weil man dadurch das satte irdische Leben verpasst. Auch Pascal weiß um dieses Gegenargument, aber er meint: Wer sich für die Option zu einem Leben aus liebender Hingabe in der Art Jesu entschließt, merkt mehr und mehr, dass er damit schon hier auf Erden den Himmel gewinnt. Diese Einsicht kann man freilich nicht mehr argumentativ vermitteln, sondern nur durch eigene Lebenserfahrung als innerlich überzeugend begreifen. Wer im Schwimmbecken das Schwimmen lernen will, aber sich nur ängstlich am Haltegriff des Beckenrandes festhält, kann nicht erfahren, dass er vom Wasser getragen wird. Vernünftig ist das Festhalten – aber die Erfahrung zu schwimmen kommt erst mit dem Loslassen.

Vielleicht wird es gewiss

Ob Nietzsche vielleicht doch verkannt hat, dass die wahren Übermenschen, die dem Ansturm des inneren Zweifels am Sinn von Liebe und Hingabe trotzen, die Heiligen sind, Menschen, die in einer Welt der Unbarmherzigkeit und des Egoismus täglich neu das Erbarmen wagen? Wer sagt denn, dass diese nicht auch in die gleichen Abgründe des Zweifels, der Verlorenheit und letzter Lebensangst geschaut haben wie Nietzsche selbst? Aber sie haben sich eben nicht mit dem »Spatz in der Hand« begnügen wollen, sondern das »Vielleicht« des jüdischen Weisen gehört und darauf gesetzt: »Vielleicht ist es doch wahr!« Viele, die diesen Weg des Glaubens und Vertrauens gegangen sind, bezeugen, dass sich ihnen dieses »Vielleicht« in ein seliges »Gewiss« verwandelt hat.

Die Urangst des Menschen ist der dumpfe Verdacht, »zu kurz« zu kommen. Es gehört zu unserem Wesen, uns etwas vorzumachen, Masken zu tragen, uns und den anderen ein Bild zu vermitteln, das nicht unbedingt dem entspricht, was wir sind.

Wenn ich das Gleichnis aus dem Matthäusevangelium als Wort Gottes an mich gerichtet lese, nehme ich ein wenig von der entscheidenden Begegnung mit dem Menschensohn-Richter in der Ewigkeit vorweg. Ich schaue auf ihn, der das, was er von mir erwartet, selbst getan hat, auch mir gegenüber. Darum sage ich neu Ja zu dem täglichen Versuch, mehr und mehr mein Leben loszulassen, meine Angst um mich selbst, meinen Verdacht, zu kurz zu kommen.

Der kommenden Welt Gottes entgegen

Der Gedanke eines Gerichtes, das mir angesichts der Begegnung mit diesem Richter Jesus von Nazaret ins Haus steht, macht mir keine Angst. Dieser Gedanke macht mir Beine – das gebe ich zu. Er beflügelt mich, mich noch mehr und intensiver an ihn zu halten. Ich lerne, dass es verborgen unter dem Alltag meines Lebens und dem unserer Kirchen, ja der Gesellschaft insgesamt einen Wandlungsprozess gibt, der allmählich die Gestalt der kommenden Welt Gottes vorbereitet.

Es gibt schon Inseln des Gottesreiches hier auf Erden. Man findet sie nicht nur in Kirchgemeinden. Ob es Menschen gibt, die dieses Ziel nicht erreichen? Das Gleichnis schließt dies als schreckliche Möglichkeit nicht aus. Es mag eine solche Verhärtung geben, die nicht bereit ist, sich der Liebe gegenüber zu öffnen, selbst der Liebe nicht, die uns vom Kreuz Jesu her umfängt. Im Übrigen halte ich mich an ein Wort des katholischen Theologen Hans Urs von Balthasar: »Es gibt zwar eine Hölle, aber ich hoffe fest, dass keiner drin ist!« Die Heilige Schrift gibt uns darüber keine Auskunft. Aber sie sagt ausdrücklich, dass die Liebe »alles hoffen« darf (1 Korinther 13,7).

RECHENSCHAFT GEBEN   Margot Käßmann

Von Bäumen und ihren Früchten

In der ersten seiner 95 Thesen, die er an die Wittenberger Schlosskirche schlug, sagte Martin Luther: »Da unser Herr und Meister Jesus Christus sagte: tut Buße, wollte er, dass das ganze Leben der Gläubigen Buße sein sollte.« Buße – das ist ein schwieriger Begriff in unserer leichtlebigen und von Leichtigkeit faszinierten Zeit. Alles immer easy und cool und gut drauf. Wie soll da von Buße geredet werden? Wer lebt denn in einem Bewusstsein von Schuld, wie Luther das bei seiner Frage nach dem gnädigen Gott tat?

»Nehmt an, ein Baum ist gut, so wird auch seine Frucht gut sein; oder nehmt an, ein Baum ist faul, so wird auch seine Frucht faul sein. Denn an der Frucht erkennt man den Baum. Ihr Schlangenbrut, wie könnt ihr Gutes reden, die ihr böse seid? Wes das Herz voll ist, des geht der Mund über. Ein guter Mensch bringt Gutes hervor aus dem guten Schatz seines Herzens; und ein böser Mensch bringt Böses hervor aus seinem bösen Schatz. Ich sage euch aber, dass die Menschen Rechenschaft geben müssen am Tag des Gerichts von jedem nichtsnutzigen Wort, das sie geredet haben. Aus deinen Worten wirst du gerechtfertigt werden, und aus deinen Worten wirst du verdammt werden« (Matthäus 12,33–37).

Wir können das Gericht nicht ausklammern

Bekannte Bilder sind das! Sie haben sich tief eingeprägt. Aber sollen wir mit einer Drohung wieder in Angst und Schrecken versetzt werden (wie die Kirche das ja mit der Gerichtspredigt durchaus getan hat)? Von dem Drohen mit erhobenem Zeigefinger halte ich nichts. Zuallererst kommt Gottes große Zusage: Du bist geschaffen, gewollt, geliebt.

Angewandt auf die Bilder des Gleichnisses: Gott ist es, der den Baum gut macht, der dem Baum eine Chance gibt. Aber wir haben auch die Pflicht, uns selbst und anderen immer wieder klar zu machen, dass es in allem Ernst um die Verantwortung für unser Leben geht, um die Früchte unseres Lebens, um Gottes Anspruch. Wir können die Gerichtsfrage nicht ausklammern. Ich bin rechenschaftspflichtig für das, was ich mit meinem Leben angefangen habe. Das Gute und das Böse werden sich zeigen.

Wessen Liebe kann das noch gutmachen?

Es ist grausam, wie spät viele das merken. Da müssen Menschen erst recht alt werden, dass sie sagen: Das soll alles gewesen sein? Ich hab's doch gar nicht ausgefüllt, ich bin so vielen vieles schuldig geblieben. Und die Zeit läuft davon. »Wessen Liebe kann das noch gutmachen? Die meine nicht. Nein, die meine nicht« (Kurt Marti). Wir versagen in unserem Leben. Als Einzelne, als Gemeinschaft, als Volk. Immer wieder. Wir müssen uns dieses Versagen bewusst machen. Und: wir können dieses Versagen vor Gott bringen. Gottes Liebe kann heilen, wo wir versagt haben. Nicht nur auf die Früchte kommt es an, sondern vor allem auf die Verwurzelung in Gott. Jesus will ja geradezu herausfordern, dass wir nicht nur die Frucht anschauen, sondern das, was dahinter steckt. Das Leben ist nicht nur schwarz-weiß, gut und böse, es ist komplex, vielfältig. Aber es muss fest verwurzelt sein.

In Gott verwurzelt

Wie ist das nun mit dem Guten und dem Bösen in einem Volk? Eigentlich haben wir doch ein großartiges Beispiel vor Augen, an das wir uns an jedem 9. November erinnern. Wir waren alle Zeuginnen und Zeugen von Weltgeschichte. Seit 1980 wurde in den evangelischen Kirchen der DDR der kirchliche Buß- und Bettag mit einer Friedensdekade verbunden, und wir im Westen haben uns diesem Brauch bald angeschlossen. In der DDR hatte diese Friedensdekade eine ganz entscheidende Rolle, weil hier der Staat offen kritisiert und die Aufrüstung in Frage gestellt wurde. Hier entstand eine intensive Diskussion über die Haltung der Christinnen und Christen zur Gewalt. Der Ruf »Keine Gewalt!«, der die Wende mitgeprägt hat, hat in der Friedensdekade eine entscheidende Wurzel – und die Friedensdekade hatte ihre Wurzeln in einem tiefen Gottvertrauen. Wahrheit wurde so hörbar. Die faulen Früchte wurden ans Licht gebracht, tiefere Wurzeln wurden erkennbar. Umkehr, Veränderung wurde möglich.

Ein Schritt zur Befreiung

Umkehr kann der Schritt in die Befreiung sein. Erst wenn wir unsere Schuld klar sehen, werden wir frei, weil wir mit ihr umgehen können, sie vor Gott bringen können. Ich glaube, die Kirchen haben die Pflicht solche Umkehr anzumahnen: Da sind die Familien, die benachteiligt sind in diesem Land: 28,6 Prozent der Familien mit zwei oder mehr Kindern leben unterhalb der Armutsgrenze. 1,1 Millionen Kinder leben in Haushalten von Sozialhilfeempfängern. Da ist das Kind, das am Frankfurter Flughafen kaserniert und im Schnellverfahren nach Uganda zurückgeschickt wird. Wer kümmert sich darum? Wer widersteht dem Gerede von der Überflutung durch Flüchtlinge und verteidigt die Menschenrechte jedes Einzelnen? Da sind die Minen aus Deutschland, die Menschen in aller Welt zerfetzen. Wer wagt es, die Rüstungsindustrie anzufragen, ohne sich von den Arbeitsplatz-Argumenten abschrecken zu lassen? Da ist die alte Frau, die mutterseelenallein inmitten der Apparate stirbt. Der Mann, der zum Alkohol greift, weil er die Arbeitslosigkeit nicht erträgt. Die Mutter mit drei Kindern, die mit der Sozialhilfe nicht auskommt und Schulden macht.

Wir sind verstrickt in die Schuld der Welt und können uns nicht allein freisprechen. Stattdessen begeben wir uns hinein in einen großen Ablenkungsapparat, der uns Tag und Nacht betäubt: Bloß nicht über das Leben nachdenken! Wenn die Menschen der Talkshow-Gesellschaft am Tag des Gerichts Rechenschaft abgeben müssen von jedem nichtsnutzigen Wort, das sie geredet haben – da wird alle Hände voll zu tun sein!

Gott kann uns wecken

Wenn die Christen erlöster aussehen würden, sagte Nietzsche, dann würde er ihre Religion auch anziehender finden. Aber für ein fröhliches und zuversichtliches Christentum brauchen wir den Ernst der Umkehr, die Rechenschaft über unser Reden und Tun, die Frage nach den Früchten. Da müssen wir nachdenken, erinnern, überlegen, wo denn Veränderung notwendig wäre. Ich glaube, dass bereits eine Bereitschaft zum klaren Blick auf unsere reale Situation, ein Schritt der Umkehr ist. Da verändert sich etwas. Da wird sichtbar, wo böse Schätze und böse Herzen sind, wo nichtsnutzige Worte.

Die Kraft zu solcher Veränderung erbitten wir im Gebet. Im Gebet werden meine Wurzeln erkennbar. Gebet ist die stumme oder laute Zwiesprache mit Gott, vor den ich das Gute und das Böse bringen kann. Gebet ist die Hinwendung zu Gott, in der ich meine Rechenschaftspflicht wahrnehmen kann. Nur Gott kann den Menschen, die Welt aus dem Todesschlaf wecken (Karl Barth).

Dezember

IMMANUEL

1,18 Mit der Geburt Jesu Christi war es so: Maria, seine Mutter, war mit Josef verlobt; noch bevor sie zusammengekommen waren, zeigte sich, dass sie ein Kind erwartete – durch das Wirken des Heiligen Geistes. **19** Josef, ihr Mann, der gerecht war und sie nicht bloßstellen wollte, beschloss, sich in aller Stille von ihr zu trennen. **20** Während er noch darüber nachdachte, erschien ihm ein Engel des Herrn im Traum und sagte: Josef, Sohn Davids, fürchte dich nicht, Maria als deine Frau zu dir zu nehmen; denn das Kind, das sie erwartet, ist vom Heiligen Geist. **21** Sie wird einen Sohn gebären; ihm sollst du den Namen Jesus geben; denn er wird sein Volk von seinen Sünden erlösen. **22** Dies alles ist geschehen, damit sich erfüllte, was der Herr durch den Propheten gesagt hat: **23** Seht, die Jungfrau wird ein Kind empfangen, einen Sohn wird sie gebären, und man wird ihm den Namen Immanuel geben, das heißt übersetzt: Gott ist mit uns. **24** Als Josef erwachte, tat er, was der Engel des Herrn ihm befohlen hatte, und nahm seine Frau zu sich. **25** Er erkannte sie aber nicht, bis sie ihren Sohn gebar. Und er gab ihm den Namen Jesus.

IMMANUEL

Das Buch eines neuen Anfangs
Das letzte Kapitel dieses Buches führt zurück zum Anfang des Matthäusevangeliums. »Buch der Entstehung Jesu Christi« steht darüber als allererster Satz (Matthäus 1,1). »Christus« ist die griechische Übersetzung von »Messias«, dem jüdischen Königstitel: »der Gesalbte«. Jeder Leser in Israel wusste, was Matthäus hier sagen will. Es geht um den erhofften Retter, Heilsbringer und Friedenskönig.

»Buch der Entstehung *(genesis)* Jesu Christi« (Matthäus 1,1): ein bewusster Anklang an das erste Buch der Bibel, wo es heißt: »Dies ist die Entstehung *(genesis)* von Himmel und Erde« (Genesis/1 Mose 2,4) und: »Dies sind die Geschlechter *(genesis* im Plural) von Adam« (Genesis/1 Mose 5,1). Schon allein durch die Wortwahl lässt Matthäus hier das Geheimnis Jesu anklingen. Hier geht es um den Ansatz einer neuen Schöpfung (Genesis/1 Mose 2,4), um den neuen, von Gott erneuerten Menschen (Genesis/1 Mose 5,1).

Die Entstehung des Messias
Bibelkundige Ohren hörten sofort: Matthäus will heilige Geschichte erzählen, Geschichtshandeln Gottes unter den Menschen, unter seinem Volk. Das Stichwort von der *genesis* kehrt in Matthäus 1,18 wieder. Wörtlich steht da eigentlich nicht »Geburt«, sondern *genesis*, Entstehung: »Mit der Entstehung Jesu Christi verhielt es sich so ...« Und eigentlich ist es auch keine richtige »Geburtsgeschichte«. Denn anders als in der Weihnachtsgeschichte des Lukasevangeliums (Lukas 2,1–20) steht die Geburt Jesu nicht selbst im Mittelpunkt, sondern die Bedeutung und Aufgabe des Kindes, seine »Entstehung« als Messias. Was die Überschrift über das ganze Evangelium in Matthäus 1,1 verheißt, wird jetzt Geschichte.

Hören und Tun
Während Lukas aus der Sicht der Maria berichtet, nimmt Matthäus die Perspektive Josefs ein. Durch ihn wird Jesus rechtlich in den Stammbaum Davids eingegliedert; daher ist Josef der einzige Mensch außer Jesus, der im Matthäusevangelium »Sohn Davids« genannt wird. Rein juristisch war das eine klare Sache: Indem Josef Jesus annahm, gab er ihm die vollen Sohnesrechte, und so galt er dann ebenfalls als »Sohn Davids«.

Josef tritt in allen Evangelien, wenn überhaupt, nur ganz am Anfang auf. Das Auffallendste an ihm ist: Er spricht kein einziges Wort. Nicht eine Silbe ist uns von ihm überliefert. Er hört und tut. Dadurch zeichnet er sich aus. Sein Schweigen ist nicht Verschlossenheit. Er ist offen für Gott und sein Reden. Er ist »ganz Ohr« geworden, und dann ein Mensch der gehorsamen Tat. Nur weil er so hören kann, ist er auch in der Lage, aus Glauben zu handeln.

Die Schwangerschaft Marias

Zunächst entdeckt Josef die Schwangerschaft Marias und macht sich seine Gedanken dazu, und die sind menschlich und nahe liegend. Eine Verlobung zu damaliger Zeit war schon – wie eine Eheschließung – eine feste vertragliche Verpflichtung, die nur durch einen Scheidebrief wieder gelöst werden konnte. Eine Schwangerschaft während der Verlobungszeit galt als Ehebruch. Nun hätte eine öffentliche Anzeige erfolgen müssen, und die vorgeschriebene Strafe war Tod durch Steinigung, manchmal »gemildert« in Tod durch Erdrosseln. Aber hier hatten die Rabbinen in großer Weisheit einen »Zaun« um das Gesetz gebaut, indem sie exakte Zeugenaussagen und eine zweifelsfreie Beweisführung verlangten, bevor das Todesurteil vollstreckt werden durfte – sodass die nötigen Beweise begreiflicherweise meistens sehr schwer zu erbringen waren.

Die Gerechtigkeit Josefs

Immerhin: öffentliche Schande war auch in einem solchen Falle das Ergebnis, und die wollte Josef Maria ersparen. Daher sein Plan, sich heimlich von ihr zu scheiden. Er wollte nicht nur das Gesetz erfüllen, sondern auch Barmherzigkeit walten lassen. Das ist ein für Matthäus typisches Motiv, und daher darf man wohl annehmen, dass die Gerechtigkeit des Josef, die in den ersten Sätzen unseres Abschnitts hervorgehoben wird, eben in dieser Barmherzigkeit bestand. Was er sich vornahm, war auf jeden Fall eine ehrenhafte Lösung des inneren Konflikts, in dem er sich befand. Aber es kommt anders.

Gott weiht Josef in seine Pläne ein, und vielleicht darf man auch von ihm sagen, was die Heilige Schrift von Abraham sagt: »Er hat Gott geglaubt, und das wurde ihm zur Gerechtigkeit angerechnet und er wurde ein ›Freund Gottes‹ genannt« (Jakobus 2,23). Gott spricht zu ihm durch den Engel im Traum. Der erklärt Josef das Geheimnis der Schwangerschaft Marias.

Gottes schöpferischer Geist

Wie das Lukasevangelium weiß auch Matthäus von der Entstehung Jesu durch den Heiligen Geist zu berichten. Wenn auch beide Evangelien ganz unterschiedlich erzählen, so haben sie doch wesentliche Merkmale gemeinsam. Ihre Hinweise auf die Jungfrauengeburt haben nicht den Tenor hellenistischer Göttererscheinungen. Sie atmen eine völlig andere Atmosphäre als die griechischen Sagen über den Geschlechtsverkehr von Göttern mit irdischen Frauen. Es handelt sich auch nicht um die »heilige Hochzeit« der ägyptischen Pharaonen-Überlieferung. Die Hinweise der Evangelien auf die jungfräuliche Mutterschaft sind durch und durch jüdisch. Das semitische Wort für »Geist«, *ruach*, ist weiblich, sodass die genannten mythologischen Vorstellungen im hebräischen Kontext gar nicht aufkommen konnten. Es geht um die schöpferische Macht des Heiligen Geistes (vgl. Genesis/1 Mose 1,2).

Die Einwohnung Gottes

»Nicht Heraushebung Jesu aus dem Menschlichen ist Sinn dieser Überlieferung, sondern das Gegenteil, Hineinsenkung des Heiligen in diese Welt ... Die Einwohnung Gottes in diese Welt (wird) Ereignis in einer nicht mehr zu überbietenden letzten Weise« (Hartmut Gese). Die Propheten wurden durch den Heiligen Geist zu einzelnen Worten und Taten inspiriert. Jesus dagegen ist vom ersten Anfang an durch den Heiligen Geist geschaffen. Bei ihm sind Person und Auftrag nicht trennbar. Gott handelt durch seinen Geist und erfüllt seine in den Schriften Israels gegebene Verheißung: »Du bist mein Sohn, heute habe ich dich gezeugt« (Psalm 2,7). »Seht, die Jungfrau wird ein Kind empfangen, einen Sohn wird sie gebären, und man wird ihm den Namen Immanuel geben, das heißt übersetzt: Gott ist mit uns« (Jesaja 7,14 nach Matthäus 1,23).

Über das genauere Wie und Was schweigen Matthäus wie Lukas, es gibt keine unkeusche, neugierige und mirakulöse Ausschmückung des Geheimnisses. Der Erzählung zugrunde liegt wohl eine eigenständige, nicht ableitbare judenchristliche Überlieferung, die aber »mannigfache religionsgeschichtliche Assoziationen möglich gemacht« hat (Peter Stuhlmacher). Lukas erzählt noch ganz unbefangen – bei Matthäus könnte man schon die Spur einer Verteidigung heraushören gegen den Vorwurf, Jesus sei ein uneheliches Kind der Maria.

Ein Name als Programm: Gott rettet

Nachdem die Herkunft des Kindes verkündet ist, wird Josef gesagt, er solle ihm den Namen »Jesus« geben. Damit wird Josef das Vaterrecht zugesprochen, denn die Verleihung des Namens war Sache des Vaters: bei einem Knaben anlässlich seiner Beschneidung acht Tage nach der Geburt. »Das Kind war nicht weniger das von Gott ihm anvertraute Eigentum, als unsere Kinder uns von Gott übergeben sind;

nur werden sie uns auf dem geheimnisvollen Weg der Natur geschenkt, während Jesus durch ein Wunder der göttlichen Schöpfermacht Josef gegeben war« (Adolf Schlatter).

Allerdings denkt sich nicht Josef irgendeinen passenden Namen aus, sondern der wird ihm mitgeteilt. Es gibt eine rabbinische Überlieferung, dass der Name des Messias schon vor Erschaffung der Welt genannt wurde. Jetzt verwirklicht er sich in der Zeit. Der Name ist in der Bibel mehr als nur die Benennung eines Menschen. Name ist Wesen, Charakter, Auftrag und Bestimmung. »Jesus«, hebräisch *Jeschua*, ist die damals sehr beliebte und häufig verwendete Kurzform von »Josua«, *Jehoschua*, und bedeutet: »Der Herr errettet«, »Der Herr erlöst«.

Jesus: Der sein Volk erlösen wird

Wesen, Charakter, Auftrag und Bestimmung des Kindes werden unmittelbar aus dem Namen abgeleitet, und zwar mit einem Psalmzitat: »Denn er wird sein Volk erlösen von seinen Sünden« (Matthäus 1,21 nach Psalm 130,8).

Drei Dinge fallen auf: Zum einen fährt der Engel nach Nennung des Namens »Jesus« ohne jede Erläuterung fort: »*denn* er wird erlösen ...« Erneut wird damit deutlich, wie Matthäus voraussetzt, dass seine Leser die hebräische Bedeutung des Namens ohne weitere Erklärungen erkannten. Zum Zweiten ist die Begründung des Namens »Jesus« im Griechischen dadurch unterstrichen, dass das »er« im Psalmzitat auf ganz betonte Weise ausgedrückt wird. Man soll den Satz also so verstehen: »Du sollst ihm den Namen ‚Jesus' geben, *denn er ist es*, der sein Volk erlösen wird.« Und zum Dritten steht bei Matthäus dort, wo es in Psalm 130,8 wörtlich heißt: »Er wird *Israel* erlösen«, nun »*sein Volk*«. Das ist durchaus mehrdeutig: Es kann dasselbe heißen, also Israel meinen, aber es kann auch das Volk bezeichnen, das zu Jesus gehören wird, das er sich schafft und beruft, also im Sinne des Matthäus die Kirche aus Juden und Heiden.

Immanuel: Gott mit uns

In Jesaja 7,14 heißt es: »Seht, die junge Frau wird ein Kind empfangen, sie wird einen Sohn gebären, und sie wird ihm den Namen Immanuel (Gott mit uns) geben.« Das Wort, das im hebräischen Bibeltext verwendet wird, kann jede Frau in jungen Jahren bezeichnen. Aber schon im frühen Judentum hat sich die Vorstellung durchgesetzt, dass es mit diesem »Immanuel« etwas Besonderes auf sich haben muss und er von einer Jungfrau geboren werden wird. So haben Juden schon im zweiten Jahrhundert vor Christus in ihrer griechischen Übersetzung der Bibel diese Stelle mit »Jungfrau« wiedergegeben. Matthäus steht mit seiner Wortwahl also innerhalb einer jüdischen Überlieferung.

Im Jesaja-Text heißt es, *die Mutter* werde dem Kind den Namen »Immanuel« geben; bei Matthäus lautet es: »*man* wird ihm den Namen geben«. Das Passiv ist eine im Jüdischen geläufige Umschreibung für göttliches Handeln. Gott selbst gibt den Namen – ganz so, wie es für Josef jetzt mit dem Namen »Jesus« geschieht.

Kein Widerspruch besteht zwischen den beiden Namen. Wie »Jesus«, »Gott erlöst«, drückt auch »Immanuel« die Bedeutung der Person Jesu aus: Jesus ist die Gegenwart Gottes in Person, der »Gott mit uns«. Damit wird die Brücke geschlagen zum Ende des Evangeliums, an dem Jesus den Jüngern sein »Mit-Sein« verheißt: »Ich bin bei/mit euch alle Tage.«

BILDER DER HEILIGEN FAMILIE

Margot Käßmann

Sehnsucht nach Geborgenheit

Jedes Weihnachten sehen wir es neu vor uns, das Bild der Heiligen Familie: Josef, Maria und das Kind, wie in einen Kokon eingehüllt in ihre Beziehung zueinander. Ein Bild, das ganz tiefe Sehnsucht nach Geborgenheit weckt, die wohl alle Menschen kennen. Menschen, die alt sind, aber nicht allein sein wollen. Junge Menschen, die sich zwar nicht mehr in die vorgegebenen Formen der Eltern hineinpressen lassen wollen – aber irgendwo dazugehören, das ist wichtig. Erwachsene Menschen, mitten im Leben, denen Familie und Beruf vorgegebene Pflichtraster sind: Sie sollen sorgen für die anderen, aber wo sind Liebe, Geborgenheit, Zärtlichkeit abgeblieben im Alltag?

Wer es nicht erlebt, ahnt es

Auf einem Besuch in Simbabwe habe ich Krippendarstellungen gesehen, die ganz anders sind als bei uns: ein kleiner schwarzer Junge in einer afrikanischen Rundhütte mit einer afrikanischen Mama und einem hoch gewachsenen Jäger als Vater. Und ebenso gibt es Darstellungen der Heiligen Familie in Indien und in Bolivien, im Pazifik und in Russland. Die Geschichte, die uns Matthäus und Lukas erzählen, wurde zu allen Zeiten und an allen Orten verstanden. Eine Frau wird schwanger. Sie ist arm, ebenso wie der Mann an ihrer Seite, und unter demütigenden Bedingungen bekommen sie ein Kind. Liebe kommt zur Welt mit dieser Geburt. Viele Eltern dürfen das erleben: Da kommt ein schutzloses Wesen zur Welt, und mit ihm entsteht ein unbändiges Liebesgefühl. Wer es nicht erlebt hat, kann es erahnen: vollkommene Liebe, eine Liebe, die sich hingibt für andere.

Urbilder des Lebens

Maria behütet das Kind, Josef schützt Mutter und Kind. Im Trubel der Zeit sind diese drei eine unzerstörbare Einheit. Vieles wartet auf sie an Herausforderungen in ihrem Leben, aber dieser Moment ist unwiederbringlich. Wenn Sie die Augen schließen, wie sehen Sie die drei vor sich? Wer von den dreien wären Sie gern? Ich möchte manchmal dieses Kind sein, geliebt, geborgen. Und dann wieder Maria, die vollkommen lieben, sich hingeben kann. Oder auch Josef, der nicht viel fragt, sondern handelt, zuverlässig zur Stelle ist. Urbilder des Lebens sind das.

Ein Zimmermann, eine junge Frau, ein Neugeborenes – Gott wählt sich die erstaunlichsten Wege, um in der Welt präsent zu sein. Das hätten ja nun wahrhaftig glamourösere Persönlichkeiten sein können! Aber nein, Gott sucht die Menschen des Alltags. Gott sucht jeden und jede von uns. Gott sucht uns mit der gleichen Hingabe und Liebe, die

Josef, Maria und Jesus verknüpft. Eine Liebe, die einander zur Seite steht in guten und in schlechten Tagen. Gott wird Mensch, weil diese Liebe Gott hin zu den Menschen treibt.

Die Botschaft der Liebe ...

Viele Jahre nach der Geburt Jesu wird der Apostel Paulus schreiben: »Nun aber bleiben Glaube, Hoffnung, Liebe, diese drei; aber die Liebe ist die größte unter ihnen« (1. Korinther 13). Die Liebe ist die größte, weil sie unser Leben übersteigt. Weil sie uns singen und tanzen und jubeln lässt. Weil sie uns träumen lässt. Wenn Gott die Menschen liebt, wie wird es dann aussehen eines Tages bei Gott? Dann wird unser Mund voll Lachen sein. Dann werden alle Tränen abgewischt und der Tod wird nicht mehr sein. Die Hoffnungsvisionen der Bibel, sie sind in der Liebe gegründet.

Und wenn ich nun keine Liebe finde in meinem Leben? Wenn ich mich allein oder schikaniert oder ungeliebt fühle? Wenn ich die vollkommene Liebe, die ich ersehne, nicht finde? Dann kann mir das Bild von der Heiligen Familie sagen: So liebt mich Gott. So umfängt und umsorgt mich Gott. So sehr liebt mich Gott, dass sein Sohn aus Liebe sogar das eigene Leben hingibt. Deshalb kennt Gott auch die Schwachpunkte unseres Lebens, das, was nicht glänzt, auch nicht an Weihnachten. Gottes Zuwendung gibt mir Würde und meinem Leben Kraft und Sinn. Ermutigung zum Leben. Dieses Kind in der Krippe hat uns davon erzählt, wie Gott uns je einzeln annimmt. Wir können unsere Ängste und Sorgen, aber auch unsere Freude und Festtagsstimmung direkt vor Gott bringen, Gott ansprechen im Gebet. Gottes Liebe trägt uns auch durch schwere Zeiten, sie wird uns tragen in ein neues Jahr.

... weitertragen in die Zeit

Gott hält die Zeit in Händen und wendet sich in Liebe den Menschen zu. So wie Maria und Josef sich dem Kind zuwenden, so wie das Kind sich später den Menschen zuwendet, denen es begegnet. Das ist die Kraft der Liebe und die Geschichte der Liebe, in die wir uns einreihen. Von dieser Liebe können wir etwas weitertragen, als Kind oder Jugendlicher, als Mann und Frau, als alter Mensch oder junger Mensch. Solche Liebe wird die Welt heller machen. Sie wird Licht in die Welt bringen, wie die Lichter des Advent und die Kerzen am Weihnachtsbaum uns vormachen.

DIE FAMILIE JESU
Joachim Wanke

Arme, Bettler, Lahme, Krüppel

Von dem großen niederländischen Maler Rembrandt gibt es ein Bild, das so genannte »Hundert-Gulden-Blatt« mit der Bezeichnung: »Die Familie Jesu«. Aber keine Krippendarstellung sieht man auf diesem Bild, sondern Jesus, in der Mitte stehend, erleuchtet von einem Lichtstrahl von oben, zu ihm drängend vom Rand des Bildes her Arme, Bettler, Lahme und Krüppel. Der Maler hat wohl an jene Szene gedacht, die im 12. Kapitel des Matthäusevangeliums steht: »Als Jesus noch mit den Leuten redete, standen seine Mutter und seine Brüder vor dem Haus und wollten mit ihm sprechen. Da sagte jemand zu ihm: Deine Mutter und deine Brüder stehen draußen und wollen mit dir sprechen. Dem, der ihm das gesagt hatte, erwiderte er: Wer ist meine Mutter, und wer sind meine Brüder? Und er streckte die Hand über seine Jünger aus und sagte: Das hier sind meine Mutter und meine Brüder. Denn wer den Willen meines himmlischen Vaters erfüllt, der ist für mich Bruder und Schwester und Mutter« (Matthäus 12,46–50).

In seinem »Hundert-Gulden-Blatt« hat Rembrandt die Szene ergänzt und im Bild gedeutet, wem sich Jesus wirklich verwandt fühlt. Wahrlich, das ist eine Familie, mit der man nicht viel Staat machen kann: Kranke, Bettler, kleine und geringe Leute, die in der Welt nicht viel gelten.

Die Heilige Familie

Und wie steht es um die Heilige Familie, um Maria und Josef? Das Verhalten Jesu gegenüber seinen leiblichen Verwandten ist in der Tat schockierend. Wir wundern uns, mit welcher Schärfe Jesus seine Mutter und seine leiblichen Verwandten von sich weist. Ein Kind in einer Katechese sagte einmal, als ich diese Stelle behandelte: »Hat denn Jesus das vierte Gebot nicht gekannt?«

Wir wissen, dass Jesus dieses Gebot gekannt hat. Aber wir wissen auch, dass er vor alle Bande der natürlichen Verwandtschaft einen anderen Gradmesser von Verwandtschaft gestellt hat. Wer zur Familie Jesu gehören will, der muss um seine eigene Bedürftigkeit wissen. Der muss in einem ganz tiefen Sinn »arm« sein. Was heißt das? Im Matthäusevangelium zeigt Jesus auf seine Jünger, die ihm nachfolgen, er zeigt auf die Menschen, die seinem Wort lauschen und die diesem Wort ihr Herz öffnen. Und Jesus sagt: Das sind meine Mutter, meine Schwestern und meine Brüder. Wer den Willen des Vaters im Himmel tut, der gehört zu mir, der darf sich rühmen, zu meiner Familie zu gehören. Wir dürfen Familie Jesu sein, und wir sollen immer noch mehr Familie Jesu werden. Ich nenne einmal drei Möglichkeiten, wie das geschehen kann.

Gottes heilige Gegenwart bezeugen

Wir Christen sind alle herausgefordert, von Gottes Gegenwart Zeugnis abzulegen, umso mehr, je mehr eine Zeit Gott vergisst oder besser: Gott verdrängt. Wer zur Familie Jesu gehören will, muss Gott in den Blick bekommen und darf ihn nicht aus dem Auge verlieren! Christen können – jeder auf seine Weise – ihren Mitmenschen helfen, Gottes Gegenwart neu zu suchen und den zu finden, der uns wirklich Leben in Fülle schenken kann. Christen können durch ihr Verhalten, ihr Reden und Tun helfen, dass andere auf Gott wieder aufmerksam werden. Wir können dazu beitragen, dass in den Herzen der Menschen die verschüttete Sehnsucht nach Gott wieder wach wird.

Gottes Willen an die erste Stelle setzen

Wir alle leben vom Zeugnis von Männern und Frauen, die ihre Hände in die Hände Gottes legen und sagen: Nicht mein Wille geschehe, sondern der deine. In solchen Lebenszeugnissen leuchtet auf, was das Evangelium von uns allen fordert: Wir sollen nicht unseren eigenen Willen zum Maßstab unseres Lebens machen, sondern den Willen des Vaters im Himmel. Ich freue mich darüber, dass bei vielen jungen Christen, besonders in geistlichen Gemeinschaften, wieder eine neue Bereitschaft aufbricht, Gottes Willen ganz ernst zu nehmen, Jesu Wort zum Maßstab und zur Richtschnur des eigenen Lebens zu machen. Die Bereitschaft, sich von Gott ganz in Beschlag nehmen zu lassen, sein eigenes Leben nach seinem heiligen Willen auszurichten, ist die Grundlage unseres christlichen Lebens. Jeder von uns ist von Gott gerufen, jeder von uns hat eine Aufgabe von Gott erhalten, die es treu zu erfüllen gilt.

Wer den Willen Gottes zu erfüllen sucht, der findet auch für sich selbst wahres Glück und die Erfüllung seiner eigenen Sehnsucht. Gott vermag uns eine Seligkeit zu schenken, die alles Begreifen übersteigt. Überall lädt uns Gott ein, uns selbst zu verlassen, uns zu übersteigen auf Ihn hin. Er lädt uns ein, den alten Adam in uns zu töten, der selbstsüchtig am eigenen Willen festhalten möchte. So werden wir Christus ähnlich, dessen Leben ganz Hingabe und Gehorsam war. Jesus war ja nicht gekommen, um seinen Willen zu erfüllen, sondern den Willen dessen, der ihn gesandt hatte, den Willen des Vaters.

Das Tun ist wichtiger als das Reden

Jesus sagt im Evangelium: Wer den Willen des Vaters tut, der gehört zu mir, der darf sich rühmen, mein Familienangehöriger zu sein. In der Nachfolge Christi kommt es nicht so sehr darauf an, dass man schön reden kann – ihre Seele ist das Tun.

Das Tun des Willens Gottes beginnt mit ganz schlichten Dingen: zum Beispiel, dass wir unser tägliches Gebet ernst nehmen; dass wir uns, wie es Jesus in der Bergpredigt bildhaft sagt, auch einmal »die Hand abhauen« und »das Auge ausreißen« (Matthäus 5,29–30), wenn diese uns zur Sünde verführen wollen; dass wir unseren Lebenspartner, unsere Kinder, unsere Nachbarn mit all ihren Schwächen annehmen und ihnen gegebenenfalls wirklich vergeben; dass wir einem anderen, der es nötig hat, in selbstloser Hilfe nahe sind …

Familie Jesu
Wir können zur Familie Jesu werden und es bleiben, indem wir durch unser Leben und Tun Gottes Gegenwart bezeugen, seinen heiligen Willen an die erste Stelle im Leben rücken und wirklich in Geduld und Treue tun, was Gott von uns erwartet. Das Ziel, das uns der Glaube verheißt, führt über den Wechsel der Jahre hinaus in die Ewigkeit: in die Heimat des himmlischen Vaterhauses.

Matthäustexte im Gottesdienst

Das Register schlüsselt die Monatskapitel nach den biblischen Texten auf, die in einem Monat im Mittelpunkt der Betrachtungen stehen. Die liturgischen Datierungen geben an, wann ein Bibeltext nach den Leseordnungen der evangelischen und der katholischen Kirche als Bibellesung vorgesehen ist.

JANUAR-KAPITEL
S. 17–20 Mt 2,1–12: ev.: Epiphanias I / kath.: Erscheinung des Herrn (alle Lesejahre) – S. 21–24 Mt 4,1–11: ev.: Invokavit I / kath.: 1. Fastensonntag A – S. 25–27 Mt 5,13: ev.: 8. So. n. Trinitatis I (Mt 5,13–16) / kath.: 5. So Jk A (Mt 5,13–16)

FEBRUAR-KAPITEL
S. 31–34 Mt 4,1–11: ev.: Invokavit I / kath.: 1. Fastensonntag A – S. 35–37 Mt 9,36–38: ev.: Bittgottesdienst um die Ausbreitung des Evangeliums / kath.: 11. So Jk A (Mt 9,36 – 10,8) – S. 38–39 Mt 27,15–31: ev.: – / kath.: –

MÄRZ-KAPITEL
S. 43–46 Mt 26,36–46: ev.: – / kath.: – S. 47–49 Mt 28,9–10: ev.: Osternacht I / Ostersonntag III (Mt 28,1–10) / kath.: Osternacht A (Mt 28,1–10) – S. 50–53 Mt 28,16–17: ev.: 6. So n. T. I (Mt 28,16–20) / kath.: Christi Himmelfahrt A (Mt 28,16–20)

APRIL-KAPITEL
S. 57–59; 63–65: Mt 28,16–20: ev.: 6. So n. T. I / kath.: Christi Himmelfahrt A – S. 60–62 Mt 28,1–8: ev.: Osternacht I / Ostersonntag III (Mt 28,1–10) / kath.: Osternacht A (Mt 28,1–10)

MAI-KAPITEL
S. 69–73; 74–75; 76–79 Mt 5,1–12: ev.: Reformationsfest I / kath.: 4. So Jk A / Allerheiligen (alle Lesejahre)

JUNI-KAPITEL
S. 84–87 Mt 5,21–48: ev.: 23. So n. T. V (Mt 5,33–37); 21. So n. T. I (Mt 5,38–48) / kath.: 7. So Jk A (Mt 5,38–48) – S. 88–90 Mt 28,20: ev.: 6. So n. T. I (Mt 28,16–20) / kath.: Christi Himmelfahrt A (Mt 28,16–20) – S. 91–93 Mt 13,24–30: ev.: 5. So n. Ep. I / kath.: Samstag der 16. Woche Jk

JULI-KAPITEL
S. 97–100 Mt 6,1–18: ev.: 13. So n. T. V (Mt 6,1–4); Rogate V (Mt 6,5–15) / kath.: Aschermittwoch (Mt 6,1–6.16–18) – S. 101–103 Mt 27,46: ev.: Karfreitag V (Mt 27,33–55) / kath.: Palmsonntag A (Mt 26,14 – 27,66) – S. 104–105 Mt 15,34: ev.: – / kath.: –

AUGUST-KAPITEL
S. 109–112 Mt 13,3–9.18–23: ev.: – / kath.: Mittwoch (Mt 13,1–9) und Freitag (Mt 13,18–23) der 16. Woche Jk – S. 113–116; 117–119 Mt 20,1–16: ev.: Septuagesimae I / kath.: 25. So Jk A

SEPTEMBER-KAPITEL
S. 123–126 Mt 13,31–33.44–46: ev.: 9. So n. T. V / kath.: 17. So Jk A – S. 127–130 Mt 15,21–28: ev.: 17. So n. T. I / kath.: 20. So Jk A – S. 131–133 Mt 13,51–52: ev.: – / kath.: Freitag der 17. Woche Jk (Mt 13,47–43)

OKTOBER-KAPITEL
S. 137–140; 141–142 Mt 25,1–13: ev.: Letzter Sonntag des Kirchenjahres I / kath.: 32. So Jk A – S. 143–145 Mt 26,47–56: ev.: – / kath.: Palmsonntag A (Mt 26,14 – 27,66)

NOVEMBER-KAPITEL:
S. 149–151; 152–156 Mt 25,31–46: ev.: Vorletzter Sonntag des Kirchenjahres I / kath.: Christkönigssonntag A – S. 157–159 Mt 12,33–37: ev.: Bußtag III / kath.: –

DEZEMBER-KAPITEL:
S. 163–167 Mt 1,18–25: ev.: Christnacht I / kath.: 4. Adventssonntag A (Mt 1,18–24) – S. 168–169 Mt 1,18 – 2,23: ev.: Christnacht I (Mt 1,18–25); Epiphanias I (Mt 2,1–12); 1. Sonntag nach dem Christfest III (Mt 2,13–23) / kath.: 4. Adventssonntag A (Mt 1,18–24); Erscheinung des Herrn (Mt 2,1–12); Fest der hl. Familie (Mt 2,13–15.19–23) – S. 170–171 Mt 12,46–50: ev.: – / kath.: Dienstag der 16. Woche Jk

Literatur

Dieses Literaturverzeichnis verweist auf die Fachliteratur, die Bruder Franziskus Joest für die Erarbeitung seiner Auslegungen zugrunde gelegt hat.

Eisenberg, Hans, »Evangelische Räte« –ihr Sitz im Leben. Unveröffentl. Manuskript, 1984.
Ferrari d'Occhieppo, Konradin, Der Stern von Bethlehem in astronomischer Sicht. Legende oder Tatsache? Gießen ⁴2003.
Grün, Anselm, Jesus – Lehrer des Heils. Das Evangelium des Matthäus, Stuttgart 2002.
Grundmann, Walter, Das Evangelium nach Matthäus (ThHK 1), Berlin 1968.
Hagner, Donald A., Matthew 1–13 (Word Biblical Commentary 33A), Nashville 1993.
Heim, Karl, Die Bergpredigt Jesu für die heutige Zeit ausgelegt, Tübingen–Stuttgart 1946.
Hengel, Martin, Die vier Evangelien und das eine Evangelium von Jesus Christus, Theologische Beiträge 34 (2003) 18–33.
Lohmeyer, Ernst/Schmauch, Werner, Das Evangelium des Matthäus (KEK Sonderband), Göttingen 1956.
Jeremias, Joachim, Die Gleichnisse Jesu, Göttingen ⁸1970.
Riesner, Rainer, Der Aufbau der Reden im Matthäus-Evangelium, Theologische Beiträge 9 (1978) 172–182.
Ders., Jesus als Lehrer. Eine Untersuchung zum Ursprung der Evangelien-Überlieferung (WUNT 2,7), Tübingen ³1988.
Robinson, John A. T., Wann entstand das Neue Testament? Paderborn und Wuppertal 1986.
Schlatter, Adolf, Der Evangelist Matthäus. Seine Sprache, sein Ziel, seine Selbständigkeit, Stuttgart 1929.
Ders., Das Evangelium nach Matthäus. Ausgelegt für Bibelleser, neu durchgesehene und sprachliche überarbeitete Ausgabe, Stuttgart 1987.
Schniewind, Julius, Das Evangelium nach Matthäus (NTD 2), Göttingen 51950.
Stuhlmacher, Peter, Biblische Theologie des Neuen Testaments. Bd. 1, Grundlegung. Von Jesus zu Paulus, Göttingen ²1997.
Ders., Biblische Theologie des Neuen Testaments. Bd. 2, Von der Paulusschule bis zur Johannesoffenbarung, Göttingen 1999.
Ders., »Gehilfen der Wahrheit werden«. Predigt über Matthäus 9,35–10,8, Theologische Beiträge 33 (2002) 255–259.
Westermann, Claus, Vergleiche und Gleichnisse im Alten und Neuen Testament (Calwer Theologische Monographien, Bd. 14), Stuttgart 1984.
Zahn, Theodor, Das Evangelium des Matthäus, Leipzig und Erlangen ⁴1922, Nachdruck Wuppertal 1984.

Bildquellen

Januar:	Andreas Felger, Aquarell ohne Titel, 1998, 75 x 56 cm
Februar:	Andreas Felger, Aquarell ohne Titel, 1999, 76 x 56 cm
März:	Andreas Felger, Aquarell ohne Titel, 1999, 55 x 38 cm
April:	Andreas Felger, Aquarell ohne Titel, 1998, 75 x 55 cm
Mai:	Andreas Felger, Aquarell ohne Titel, 2004, 71 x 52 cm
Juni:	Andreas Felger, Aquarell ohne Titel, 1999, 75 x 55 cm
Juli:	Andreas Felger, Aquarell ohne Titel, 1997, 75 x 55 cm
August:	Andreas Felger, Aquarell ohne Titel, 2002, 55 x 38 cm
September:	Andreas Felger, Aquarell ohne Titel, 1998, 75 x 55 cm
Oktober:	Andreas Felger, Aquarell ohne Titel, 1998, 76 x 56 cm
November:	Andreas Felger, Aquarell ohne Titel, 1998, 75 x 55 cm
Dezember:	Andreas Felger, Aquarell ohne Titel, 1998, 38 x 28 cm

In gleicher Ausstattung · Der Jahresbegleiter zum Lukasevangelium

Margot Käßmann · Joachim Wanke (Hg.)

Heute seine Stimme hören
Das Lukasevangelium als Jahresbegleiter

Mit Aquarellen von Andreas Felger
und Auslegungen von Bruder Franziskus Joest
Format: 17,0 x 24,0 cm, vierfarbig, 176 Seiten, mit 12 Aquarellen, gebunden
ISBN 3-451-28249-6

Joachim Wanke und Margot Käßmann: Der katholische Bischof von Erfurt und die evangelische Hannoveraner Landesbischöfin gelten in Kirche und Öffentlichkeit als Vertreter eines profilierten, auf die Gegenwart bezogenen Glaubens. In ihren Beiträgen erschließen beide Bischöfe die biblische Botschaft für heute. Die Monatskapitel bieten zentrale Texte des Lukasevangeliums, eingeführt und ausgelegt von dem evangelischen Ordensmann Bruder Franziskus aus der Kommunität Gnadenthal. Die buchkünstlerische Gestaltung mit zwölf Monatsbildern von Andreas Felger lädt zum Verweilen und Betrachten ein.
Das Buch macht Mut: dort wo Christen sich auf die gemeinsame Mitte besinnen, legen sie gemeinsam Zeugnis davon ab, dass die Stimme des Heils auch heute zu hören ist.

In jeder Buchhandlung

HERDER

Anselm Grün · Andreas Felger

Engel – Bilder göttlicher Nähe
AQUARELLE UND MEDITATIONEN

Format: 20,5 x 28,0 cm, 128 Seiten, vierfarbig, mit 24 Aquarellen, gebunden mit Schutzumschlag
ISBN 3-451-28538-X (Herder)
ISBN 3-87630-509-8 (Präsenz)

Ein einzigartiges Buch: Anselm Grün hat vierundzwanzig der schönsten Engel-Aquarelle von Andreas Felger ausgewählt und meditative Betrachtungen dazu geschrieben.
Der katholische Benediktinerpater ist der wichtigste Autor, wenn es um die »Wiederentdeckung« der Engel für die christliche Spiritualität geht. Andreas Felger aus der evangelischen Kommunität Gnadenthal ist ein bedeutender zeitgenössischer Maler, der seit über dreißig Jahren die Spuren der Engel gestaltet – in immer neuen künstlerischen Annäherungen.
Für beide, den Autor und den Künstler, steht die Gestalt des Engels für die Vielfalt der Erfahrungen göttlicher Nähe. Engel übersetzen das »Alpha« und »Omega« der Ewigkeit in menschliche Sprache. In geistlicher Betrachtung und in künstlerischer Darstellung gleichermaßen erschließt dieses Buch ihre Botschaft.

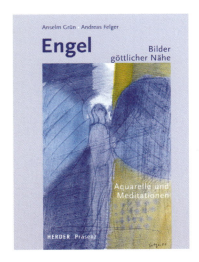

In jeder Buchhandlung

HERDER | Präsenz